中公文庫

漱石先生と私たち

小宮豊隆

中央公論新社

漱石先生と私たち　目次

漱石先生と私たち

夏目漱石

夏目漱石（なつめ・そうせき）　作家　一八六七〜一九一六

休息している漱石

一

私は是まで漱石先生のことを、いろいろ書いて来た。然《しか》しそれは大抵先生の内面生活の中心問題に関係のある事で、それからいくらかでも逸れるような事は、あまり書かなかった。その所為かどうかは知らないが、私の書いた『夏目漱石』・決定版『漱石全集』の解説・『漱石襍記』などを読んで、即ち私の書いたものだけを仲介として、自分の頭の中に夏目漱石の影像を纏め上げている人たちの中には、往往先生を神経のぴりぴりした、ゆとりのない、沈鬱で、嶮しくて、いつも苦虫でも嚙み潰したような顔をしていて、——例えば陽気で、洒脱で、のびのびして、平和で、静かで、落ついて、暖かな情味とともに、高く仙骨を帯びているというような所の少しもない人間のように想像している人も、いくらかいなくはないようである。事実は然し『猫』の迷亭を見ても分かるように、先生の中には一面確かに、陽気で、洒脱で、のびのびした所があり、また『三四郎』の広田先生を見ても分かるように、先生の中には他面また確かに、平和で、静かで、落ついて、情味があり、仙骨を帯びた所があった。もし私の是までに書いたものの何所からも、そういう先生の面影の浮かび上がって来ようがなかったとすると、私は先生を描いて十分であり得なかったと、言われなければならない。

もっとも私は、先生の中の迷亭的要素、広田先生的要素、もしくはそれに類似の要素を強調しすぎる事は、先生の内面生活の中心問題を、とかく見失わせ勝《が》ちにする所以にしかならないという、一己の意見を持っている。ある意味から言えば、これらの要素は、先生の内面生活の中心問題と、重要な関係を持つものであるには違いない。然しある見方に従えば、二つのものは、その性質上全然反対のもので、片方の存在は片方の存在を否定しかねまじき関係に立つものとされる。現に先生は、これらの要素の存在に着眼された為に、文壇に出た当時から、今日に於いてさえもある程度、真面目な問題を不真面目に取り扱い、もしくは身を躱す事によって其所から回避しようとする人間であるとして、不当に誤解され、もしくは不当に攻撃されて来ているのである。その寃を雪《すす》ぎ、その不当を是正する為だけでも、私には、先生の内面生活の中心問題を強調し、道を求める人としての漱石を前景に押し出して、その迷亭的要素や広田先生的要素は後景に据えて置くという、特殊な手段を用いる必要があった。勢い私は、緊張した夏目漱石の姿を描き出す事に急であって、その緊張をほごした、言わば休息している夏目漱石の姿を描き出す事に疎かであったかも知れない。無論私はその点にも十分な注意は配った積りなのである。然しいくら注意を配っても、その効果は少しも挙がらない事も十分あり得る。仮令その効果は多少あがっていたとしても、もともと其所に焦点を置いた仕事ではなかった以上、それが多くの読者から閑却されるだろう事も、亦十分あり得る事である。

ただ残念なのは、その為め夏目漱石の全貌が人人の頭の中に結晶する事がなく、例えば『猫』の迷亭だの、『三四郎』の広田先生だの、『虞美人草』の宗近さんだの、その他それに似た先生の作中の人物が、先生の中にはないもの、先生からは離れたもの、先生とは異質なもの、従って先生の人間から裏打されていない、その意味でひどく観念的な人物として受けとられ、特に先生の後期の作品の中の諸人物に対して、矛盾のようなものが感じられるという事である。是がその矛盾を解き、人人の頭の中に夏目漱石の全貌を纏め上げさせ得るかどうかは分からないが、私は此所で、私が是まで前景に出しては書く事をしなかった、休息している漱石を書いて見ようと思う。

二

先生はなかなかおしゃれだった。是は先生が江戸っ子であったという事、然も生れた家が、痩せても枯れても、名主という、相当派手な暮しをしていた家であったという事、そうして親類には遊女屋があり、姉さんだのの兄さんだのの住んでいた世界が、そういう空気の濃厚に漂っている世界だったという事、そういう事が見えない因果の糸となって、此所に尾をひいているせいもあるかも知れない。『それから』の代助は、相当なおしゃれとして描き出される。代助の中には先生のおしゃれが随分這入っているようである。

菅《すが》虎《とら》雄《お》さんによると、先生が熊本に赴任したてには、下駄はいつでも、（香取屋だったか）東京から取り寄せていたのだそうである。それが余程ストライキングな事に映ったと見えて、菅さんは五十年近い今日でもよくその話をする。私の知っている時分の先生は、それほど徹底したおしゃれではなかった。もっとも先生は、好い下駄を穿いてはいたが、然しそれはいつでも奥さんのお仕着であるらしく見えた。是は洋行から帰ってからの先生は、そんな事に頭と時間とを費す余裕がなかった為かとも思われる。明治三十八年の末ごろ書かれた『断片』の中に、先生は「独身のときは月給四十円で七十五銭の石鹸を使って居た。細君を貰って一月の間は一円の石鹸になった。二月目には五十銭のになった。三月目には三十五銭、一年目に赤ん坊が出来たら二十銭」と書いている。或は先生は経済的の理由から、いい下駄が穿きたくても「二十銭」の石鹸で我慢するように、そこいらの薩摩下駄で満足していなければならなかったのかも知れない。私が先生の所へ行き出したのは、先生が洋行から帰って、三年目である。洋行から帰りたてには、先生は経済的に、随分苦しい思いをしている。『猫』を書き出してからは、その方面では、いくらか楽になったようではあったが、然し子供は既に三人にもなっていたのだから、香取屋の下駄など、到底穿く気にはなれなかったのだろう。

然し洋行から帰って来て、高等学校に教えに来だした時分の先生の洋服姿は、ひどくハイカラで、諸先生の中に異彩を放っていたようである。今日流布している写真の先生は、髭を短く刈り込んでいるが、当時の先生は、カイゼル髭ほど極端なものではなかったとしても、房房と生えた真っ黒な髭の両端をぴんと刎《は》ね上げ、ひどく気取った風采をしていた。それが高いダブル・カラに、紺地の背広をキチンと着こなし、折目の正しいズボンに、磨き上げたキッドの編み上げを穿いて、菊倍判位の大きさの、黒いクロースの表紙の出席簿の角をつまみ、ぬかるみをあるきでもするように、爪先き立て勝にひょいひょいと弾みをつけて、教員室から教場へ少し俯向き加減にあるいて来る姿は、まったく颯爽たるものがあった。洋行帰りは、大抵向うで洋服を拵らえて来るから、よほどどうかしたのでない限り、大抵は颯爽としているものである。然し当時の先生の洋服姿は、普通の洋行帰りの群を抜いて、颯爽たるものだった。恐らく先生は、ロンドンで洋服屋に小言を言い言い、ぴたりと身体につくように、自分の洋服を仕立て上げさせたものに違いなかった。

是はもっと後の話であるが、私は早稲田の先生の家で、先生が今仕立て上がって来た洋服を着て見る所に出会った事があった。当時先生の家の玄関に、神代杉の広い枠に嵌め込んだ、殆んど等身の、大きな姿見が置いてあったが、先生はそれを客間に持って来させ、新しい洋服を着てその前に立って、後ろを向いて見たり、横を向いて見たり、腕を伸して見たり、曲げて見たり、あらゆる恰好をして、背中がぶくぶくになりはしないか、肩の所が飛び上がりはしないか、腋の下に妙な皺が出来はしないかなどという事を、ためつすがめつ実に克明に点検して、直しを一一洋服屋に注文した。それは端から見ていて、おかしい位だった。夏目漱石には似合わないような気さえした。然し他人が見ておかしくてもなんでも、先生はそうしなければ、気がすまないらしかった。——今から考えると、無論是は主として先生のおしゃれから来たものには相違ないが、然し一方、自分が自分の好みで洋服を作る以上は、何所までもキチンと自分の好みに合わせて作るのが当り前だという、先生の美的な潔癖からも来ているに違いなかった。

　靴の恰好をキチンと保って置く為に、穿かない時に靴に嵌めて置く、木の型がある。是はその後日本でもよく見かけ、その形もいろんなのが出来ているようであるが、先生はこの木型を西洋から持って帰って、学校から帰ると、靴に必ずこの木型を嵌めさせて、靴の恰好が崩れるのを防いでいた。靴に嵌めるそういう木型があるという事を、私が初めて知ったのは、先生が千駄木から西片町へ越して行く、手伝に行った時の事である。その時私は、先生も随分おしゃれだなあと、つくづく感心した。もっとも是は私が田舎者だった為に、日本にも疾《とう》にそういう木型が広まっている事を知らなかったせいかも知れない。然し先生と相前後して、私の親類の者もロンドンから帰って来たが、是は靴は幾足も持って帰ったが、そんな木型の事なぞ、噂にさえ上ぼせた事はなかった。是も田舎者だから、同じロンドンにいても、そんなものには、気がつかなかったのだと言われれば、それまでである。

　なんでもキチンとしている事の好きな先生は、だから、洋服の場合とは限らず、和服の場合でもなかなかやかましかった。柄を自分で見立てる場合は無論の事、例えば綿入の重ね着をする場合、上着と下着とがうまく重ならないで、下着がベロッと舌を出したり、衽先《おくみさき》がチャンと揃わなかったりすると、先生はいつでも厭な顔をして、奥さんに幾度も縫い直しをさせた。それがあんまりうるさいので、奥さんは到頭《とうとう》上着と下着との褄を揃えて、縫いつけてしまったという話が、たしか『漱石の思い出』に出ていたと記憶する。こうされれば、いくら先生だってどうしようもなく、不愉快でもなんでも、それをそのまま着ていなければならなかった。どうも僕の妻は乱暴な女でね、寸法が合っているんだから、うまく重ならない法はないなんて言い張りながら、仕舞には上下縫附てしまうんだからねと、奥さんの前で先生が私に言った事がある。

　明治四十四年二月四日、胃腸病院に入院中、奥さんに宛てて先生は、「着物届き候。大島の衣物と下着とはよく考えると実は不用に候。然し此方へ取って置き候。／大島の下に着る下着の胴の色あれでは羽織の裏の如く甲斐絹と同様にて見悪く候。白茶か、あらい模様宜しと申したる積に候。元の大島の羽織を不断に着る程わるくなり候や。夫《それ》よりも、只今着ている鉄色の方わるくならずや。又不断着ならば支那のケンドンの重い方が結構かと存候。いずれ帰って見た上に致すべく候。／羽織の方チョイチョイ着なればあの裏にては駄目に候。あれは下等な風呂敷の模様に候。いつか取り換たく候。織屋から買った糸織とかの不断の羽織とかはどうなり候や。それへあの裏をつけたらと存候。」と書いている。明治四十二年五月一日の日記には、「晩に〔佐藤〕紅緑が来る。縮緬の格子縞の袷に同じ茶の羽織を着て其上に矢張縮緬らしい道行を着たのみならず羽二重の長襦袢を着けたり。中々凝ったものである。そうして車夫を待たして置いて之に乗じて帰る。紅緑は是が道楽と見える。自分もやって見たい気もある。」とある。明治四十四年六月十三日の日記には、「○昨夕、鈴木〔三重吉〕が酔ぱらってくる。白縮緬の半襟に薩摩絣、茶の千筋の袴へ透綾の羽織をきて丸で傘屋の主人が町内の葬式に立って、懐に強飯でも入れていそうである。是は此間泥棒に洋服をすっかり取られた為である。」と書いてある。是は『明暗』の中に利用されているが、要するに先生は、自身着物に深い興味を持っていただけに、善かれ悪かれ、他人の着ている物にもよく気がついたのである。

　先生の日記だの手紙だのを読んでいると、今日はシルクハットをかぶって往来があるいて見たいとか、今日は新調のフロック・コートを着て演説がして見たくなったとか、今日は大島の袷を着て外を散歩したとか、今日はセルの単衣を着て欣欣然《きんきんぜん》としているとか、着物に関する先生の無邪気な歓びを表現した文章が、よく眼につく。先生には、自分の気に入った服装をして見る事が、何かとても楽しい事のように思われていたらしい。寺田寅彦は、僕は好い着物をきてキチンとしている事は好きだが、汚しはしないだろうか破きはしないだろうかなどと考えて、気になってたまらない、それがいやだから僕はこんな服装をしているのだと言った事がある。その点では先生は、寅彦と少し違っていたようである。大正五年、先生の亡くなる年の春の日記の中で、先生は「「○あの人はあんな凝った服装をしているがちっとも厭味でない」／「そりゃ地味なものを着るからさ」／「着物の柄からばかりじゃありません。あの様子がそうなんです。だから不思議に思うのです」／「そりゃ自分の着物の事を忘れているからさ」／「だって自分が好きで拵えたものじゃありませんか」／「選択や好悪はあるさ。けれどもそれを始終持って廻っていないんだ」／「選択や好悪があってどうしてそれを忘れる事が出来ます」／「それさ。選択や好悪は着物にあるんで着る人に存するのじゃない。だから人の顔を見て自分の着物と其人の着物とを比較しないのさ。即ち彼対我の優劣を眼中に置いていないのさ。人を離れた着物という事になるからな」」という一節を書き止めている。『野分』の白井道也の言葉を借りれば、服装に於いて先生が是ほど「解脱」した、大自在の境地に到達していたかどうかは、私にははっきり分からないが、然し先生が服装の事にやかましかったのは、他人の為ではなく、純粋に自分の為であった事だけは、確かなようである。のみならず先生が、それほど自分で

「好悪・選択」して置きながら、自分の着ている着物を忘れていたに違いない事は、早稲田の家に移ってから、先生が奥さんから、前掛を掛けさせられていたのからでも、およそ想像する事が出来る。着物の膝が汚れてしようがないから、前掛を掛けてくれという奥さんの申し出しに従って、先生は大島の着物の上に、両傍に短い乳をつけて、それを帯に挿むようにしたセルの前掛を掛け始めるのである。——是がいつごろまで続いたものか、私ははっきり覚えていない。然し大正二三年のころは、先生はまだ前掛けを掛けていたようにも思う。

三

芭蕉にはうすい痘痕《あばた》があったというが、先生にもうすい痘痕があった。そうしてそれは、先生の鼻の上と頬ぺたの辺とに、ぽつぽつと散らばっていた。『猫』の猫によると、この痘痕は主人の脳巓《のうてん》まで喰い込んでいる。それを隠す為に主人はあんなに髪の毛を長く伸しているのだという事であるが、それが嘘だかほんとだか、私は知らない。

然し先生が、湯殿で毎朝顔に髪剃《かみそり》をあてたあとで、髪を綺麗にかき、最後に右の端をぴんと刎《は》ね上げて置いてから、毎朝ではないまでも、よく自分の頬ぺたをつまんで見たり撫でて見たり、膨らませて見たり窄《すぼ》めて見たり、鏡の前でいろんな顔をして、相当の時間を潰す癖を持っていた事は、既に『猫』の中で、猫からすっぱぬかれているが、是は先生が千駄木から西片町に移り、西片町から早稲田に移っても、なお続いていたようである。――『猫』には、苦沙弥先生が、書斎の自分の机の上に鏡を立てて、自分の顔をいろいろにして見る所が、描き出される。苦沙弥先生は鏡の中の自分の顔を暫く見つめたあとで、「成程きたない顔だ」と独言を言う。それから「何を考え出したか、ぷうっと頬ぺたを膨らま」せ、その「ふくれた頬ぺたを平手で二三度叩いて見る」。そうして「此位皮膚が緊張するとあばたも眼につかん」と、もう一度独言を言う。今度は「顔を横に向けて半面に光線を受けた所を鏡にうつして見」て「こうして見ると大変目立つ。矢っ張りまともに日に向いてる方が平に見える。奇体な物だなあ」と感心する。次は「右の手をうんと伸して、出来る丈鏡を遠距離に持って行って静かに熟視」し、「此位離れるとそんなでもない。矢張り近過ぎるといかん。顔許りじゃない何でもそんなものだ」と「悟った様なこと」を言う所である。その次ぎは、鏡を急に横にして、鼻の根を中心に「眼や額や眉を一度に此中心に向ってくしゃくしゃとあつめ」ると、「見るからに不愉快な容貌が出来上」がる所である。

先生の家に泊って、朝先生と一緒に顔を洗ったりすると、私はよく先生が、此所に書いてある通りの事を繰り返すのに、ぶつかった。猫は是を先生の痘痕のせいにしているが、それをそのまま信じていいかどうかは、疑問である。『それから』の代助も、湯殿でよく鏡を見る事になっている。

もっとも先生のロンドンの日記の中には、今日バスに乗ったら痘痕のある男が三人乗っていたという事が書いてある。『猫』の中には、苦沙弥先生が自分の痘痕を気にして、「往来をあるく度毎にあばた面を勘定してあるく」という事が書いてある。先生は、事実自分の痘痕を気にする結果、いつのまにかこういう癖を養成してしまったものかも知れない。然もこういう癖は、自分の時間を潰し、もしくは自分の神経をいくらか悩ます種子とはなっても、倫理的にはなんの問題にもならない癖なのだから、先生は別にそれを匡正しようともせず、そのまま打ち捨てて置いたものかも知れない。——ただそういう事をしている先生をよくよく注意して見ると、代助と同じように、そうして自分の顔をいじくり廻して見る事が、先生には一種の楽しみなのではないかと思われるほど、先生は天真爛漫に、鏡の中に見入っているのである。勿論それとは比べものになる筈もないが、例えば若い女が自分の顔の痣を気にしたり、眼の縁のお出来を気にしたりして鏡を見るのとは、まるで趣の違った、天下泰平の感があるのである。

先生は或は、いくらかでもそれに拘泥している事が厭だから、その拘泥を踏み破る為に、『猫』の中で、自分の痘痕と自分の痘痕に関する諸行動とを、洗い浚いすっぱ抜いたものかも知れない。そのすっぱ抜きがすんだあとでは、寧ろさばさばした気持で、鏡を覗く事が出来るようになったものかも知れない。先生は、それとも痘痕の事なぞは疾《とっ》くの昔超越してしまって、代助と同じように、自分の肌の光沢と触りとを享楽する為に、こんな事をしていたのかも知れない。実際先生はすめすめした肌をしていたようである。

先生の癖で思い出すのは、同じ『猫』の中に書かれている、苦沙弥先生の顔を洗う時の癖である。苦沙弥先生は毎朝顔を洗うたんびに、舌をこきながらガーガーという声を出す。それを評して新道の二絃琴のお師匠さんは、「毎朝無作法な声を出す人」と言い、「御維新前は、中間でも草履取りでも相応の作法は心得たもので、屋敷町抔《など》であんな顔の洗い方をするものは一人も居らなかった」と言い、其所の下女は、「顔を洗うたんびに鵝鳥が絞め殺される様な声を出す人」と言っている。

猫によると、「細君の話しではここへ引越す前はこんな癖はなかったそうだが、ある時不図《ふと》やり出してから今日迄一日もやめた事がないという。一寸厄介な癖であるが、なぜこんな事を根気よく続けて居るのか吾等猫抔には到底想像もつかん」のだそうである。従って先生自身にも、どうしてこんな事をやり始め、どうしてこんな事を根気よくやり続けているのか、はっきり分からなかったのかも知れないが、然しともかく先生は毎朝、事実この通りの事をやり、それが先生の千駄木時代のみならず、西片町時代・早稲田南町時代までも続いているのである。是は或は先生の修善寺大患を期として中止されたのではなかったかという気がするが、先生は相当の長い期間、是を毎朝きちんきちんと実行しながら、自分で鵝鳥が絞め殺される時のような声だなと考えて見たり、こんなガーガー言っていては、隣近所が迷惑するかも知れない、その意味で是は少し不作法の声でもあるなと考えて見たり、いろいろに考えて見た事があったのではないかと思う。それでなければこの事に関して、二絃琴のお師匠さんやその下女の非難が現われて来うる筈がない。然しそう考えて見ても、そうしてそれを『猫』の中にまで書いて見ても、先生はこの癖を止めなかった。それがどういう理由から来るのか、私には分からない。もっともあらゆる癖は一種の反射運動のようなものだから、理窟ではいけないと思っても、その時になれば、つい本能的にやって仕舞うのかも知れない。

ただ先生のこの癖を、私たちが真似をして見た所によると、朝起きて頭がまだもやもやしている時に、大きな声でガーガーやると、内に鬱屈したものが気持よく発散して行くという、一種の効能がなくもないようである。然し先生が果してそういう効能を認めて、それを続けていたものかどうかは、無論分からない。第一その時分の私たちというのが、先生が前掛をかければ、自分たちもすぐ前掛をかけて見るという風に、真似の出来そうな事は、なんでも先生の真似をして見ようという、随分馬鹿気きっていた時分なのである。是も、どうだ、一つ我我も鵝鳥を絞めて、景気よく四隣《しりん》を驚かしてやろうじゃないかという、鈴木三重吉の提言に従って、二人で同時に真似をし出した事だから、当時、鬱屈したものが、発散して行く効能があるように感じられたからと言って、事実そういう効能があったかどうかは、勿論分かったものではない。

四

先生は修善寺大患以後は、あまり寄席へは行かなくなったようであるが、その前にはよく出かけた。先生は義太夫も好きだったし、講談も好きだった。然し、一番好きだったのは、落語ではなかったかと思う。是も先生が、江戸っ子であるという事を証明するものかも知れない。

先生は子供の時分から高等学校の時分へかけて、随分寄席通いをしたらしい。寄席はこのごろ、ラジオのお蔭でいくらか復活して来たようであるが、それでも私が学生の時分に比べると、すっかり寂れてしまった。私の学生の時分には、まだ方方に有名な寄席が存在していて、昇之助だの小さんだのを聴く為に、本郷から芝・四谷・牛込・浅草・神田などへよく出かけたものである。本郷や上野へ出かけるのは、無論の事だった。然もそういう寄席で、先生の知らない寄席は殆んどないと言って可《よ》い位、先生は寄席の事をよく知っていた。『硝子戸の中』には、先生の寄席通いをしていた時分の寄席の光景が、いかにも懐かしく描き出されている。

先生が子規と知り合いになったのは、明治二十二年、先生の高等学校の時分の事である。二人が知り合いになったのは、二人がよく寄席で顔を合せた揚句、寄席の事を話し合った事に始まるという噂は、出所が審かでないから、いきなり信じてしまう訳には行かない噂ではあるが、然し子規は東京に出て来てから、熱心に寄席通いを始め、日記にも事細かに寄席芸人の批評などを書き込んでいるのだから、そういう事があったとしても、それは少しも不思議な事ではなかった。太田達人さんによると、先生は左手に扇を持って（先生は左利きである）机をぴしゃぴしゃ叩きながら、よく講談の真似をした、それがなかなか器用だったというが、そう言えば先生の話しっぷりには、殊に講義や講演の呼吸には、講談口調はともかく、小さんを思い出させるものがあったようである。

先生が修善寺で寝ている時分、枕元で私が先生に、小さんの落語集を読んで聴かせた事がある。『うどんや』だったか『猫久』だったか忘れたが、私が一つ二つ読んでしまうと先生は、君はまずいね、田舎者のせいだろうと、言った。自分でもその時は、うまく読めたとは思っていなかったから、その批評に大して不服はなかったが、然し田舎者でなくったって、落語は読んで面白い筈がない、落語は聴くべきもので読むべきものではないと、肚の中で考えた。然し今から考え直して見ると、もし先生が落語を読んで聴かせたとしたら、相当面白かったのではないかという気もする。講談の真似が旨かったというし、講義や講演の呼吸に小さんを思い出させる所があるし、それよりも何よりも、先生は小さんが好きで、小さんの落語は随分きいていた筈だからである。少くとも先生の頭の中には、小さんの話が事細かに鮮やかに活きていたから、薙刀読みの小説を聴いているように、ひどくむずむずする気持になったものに相違ない。小さんを聴きに行きましょうと言って、先生がいやだといった事は、殆んどなかった。

小さんに関する先生の意見は、先生の談話筆記の中に、ちょいちょい出て来る。『三四郎』の中には、与次郎が三四郎に『小さんは天才である。あんな芸術家は滅多に出るものじゃない。何時でも聞けると思うから安っぽい感じがして、甚だ気の毒だ。実は彼と時を同じゅうして生きている我々は大変な仕合《しあわ》せである。今から少し前に生れても小さんは聞けない。少し後れても同様だ。――円遊も旨い。然し小さんとはおもむきが違っている。円遊扮した太鼓持は、太鼓持になった円遊だから面白いので、小さんの遣る太鼓持は、小さんを離れた太鼓持だから面白い。円遊の演ずる人物から円遊を隠せば、人物が丸で消滅して仕舞う。小さんの演ずる人物から、いくら小さんを隠したって、人物は活潑潑地に躍動する計りだ。そこがえらい。」と言って、小さんを礼讃して聞かせる所が書いてある。是は与次郎の口を藉り、与次郎の衣を着せた、先生の小さん礼讃である。

私は昔『猫』が第十一で完結になった時、夏休みで帰っていた田舎から先生の所へ、迷亭と苦沙弥とのおかし味の対照が円遊と小さんとのおかし味の対照に似ているという事を、書いてやった事がある。円遊の滑稽は、自分で頭からハメをはずしてかかる滑稽である。自分でおかしい事をしたり言ったりしているうちに、それが自分で面白くなって、自分でも何をしているのか、何を言っているのか、分らなくなってしまうのではないかと思われるほど、円遊は放埒《ほうらつ》無慚《むざん》に滑稽の世界をあばれ廻るのである。然《しか》るに小さんはいつでも、むっつりして、何がおかしいと言わない計りの顔をして、話をする。いくら話が佳境に進んでも、顔色一つ変えない。姿勢も殆んど崩さない。然も小さんの口によって空裏に描き出される人間の一挙一動は、馬鹿げておかしい事だらけである。そうしてその馬鹿げておかしいのは、酔っ払いの非常識そのものが、泥棒の見境のなさそのものが、猫久の無知そのものが、馬鹿げておかしいのである。円遊の落語のおかしみは、趣きは変っても、今日でもなお後継者を持つ事が出来る。然し小さんの落語のおかしみはまったく天品である。与次郎が言うように、小さん以後小さんは生れない。

先生の中には円遊的な要素も小さん的な要素もあった。それが、『猫』の迷亭になり苦沙弥になって現われたのだと、私は今でも思っている。従って先生は、円遊は円遊なりに、その価値を十分認めていたに違いないが、然し先生が一番好きだったのは、なんと言っても、小さんだった。実際小さんの落語を聴いている時の先生の顔つきは、うれしそうだというより外はない、実に明るい顔つきだった。今でも覚えているが、先生と一緒に牛込亭で小さんの『うどんや』を聴いて帰って来ると、先生は書斎に這入って茶を飲みながら、「おい、うどんや」と言っては饂飩屋をつかまえて酔っ払いが訳の分からない管を捲く、あの初めの所を繰り返しては、クックッ笑い出した。それを先生は長い間やめないのである。仕舞には笑いの止め度がなくなって、先生は顔をまっ赤にしてしまった。然しそれよりももっと私の驚ろいた事は、その晩牛込亭で小さんが高座に上ぼるや否や、まだ話を始めない先から、先生が、いかにもおかしくてたまらなそうにクックッ笑い出し、然もそれを我慢しなければ外の人に悪いと思っているらしく、それを押えようとして苦しそうに俯向いていた事である。

『三四郎』の中に、広田先生が「髭の下から歯を出して笑」うと、それが「割合に綺麗な歯」なので、三四郎が「急になつかしい心持」になるという事が書いてある。先生は是をどういう気持で書いたものか、私には分からない。のみならず先生は是を、果して自分を客観して書いたものであるかどうかが、私にはよく分からないのであるが、先生は「髭の下から歯を出して笑」い、然も先生は「割合に綺麗な歯」を持っていて、そのせいか何か、先生の笑いは、まったく「なつかしい」笑いだった。然し小さんを聴いてクックッ笑っている先生の笑いは、「なつかしい」というよりも、寧ろ可愛い笑いだった。先生を可愛いと感じなければいられないほど、その笑いは、邪気のない、善良な笑いだったのである。

五

先生には、陽気な所があった。また陽気な事の好きな所があった。是は先生が寒がりやで、淋しがりやであった所と脈絡する。先生は人に会い、人と話をするのが好きだった。

もっとも是は、自分にパーソナルにアフェクションを持って訪ねて来る人間に会って話をする事が好きなので、なんでも賑かでありさえすればいいというのではなかった。修善寺大患以後はそうでもなかったが、木曜の面会日の晩など、一時になっても二時になっても、先生は平気で、楽しそうに相手になっていた。西片町の時代に、松根東洋城と鈴木三重吉とが台所を指揮して、先生の家でお花見の宴を張るというので、その日は三重吉の趣味で、みんなお花見手拭をかぶらなくてはいけないという事になったが、そういう際にも先生は、外の人と同じように手拭で鉢巻をして、飲めない酒を二杯も三杯も飲み、まっ赤になりながら、にこにこしていた。

　毎年元日には、大抵門下の者が、先生の所にあつまる事になっていた。是も一面から言うと、お目出度うを言いに行くのか、酒を飲みに行くのか、それとも気焔を揚げに行くのか分からないような無礼講で、大抵な者は、午前中から出かけて行って、夜中にやっと引上げる、或者は一度来てさんざ膳の物を荒して置いて、一度廻礼に出かけ、夕方になると又帰って来て膳の前に坐り、今度は十二時が過ぎるまでも腰を据えているというような会合だったが、先生は朝から晩まで自分の席に坐りきりで、楽しそうに私達の相手になっていた。その光景のおよその所は『永日小品』の中の『元日』だの、『硝子戸の中』の第二十七だのによって髣髴《ほうふつ》する事が出来る。明治四十五年一月一日の寅彦の日記を見ると、「年賀廻礼、電車々掌運転手の同盟罷業にて全部運転中止、人力車時ならず幅を利かす。

最後に早稲田に至る。草平酔うて気焔を吐く。三重吉寝入る。東洋城式部官の大礼服に清国の勲三等をかけたり。野上」、斎藤与里両氏と帰る。」と書いてある。

然し是は単にお花見の宴や元日の宴のみではなかった。先生はお花見に行こうと言っても、桜草を摘みに行こうと言っても、博覧会見物に行こうと言っても、大抵はうん・うんと言って、一緒に出かけた。寺田寅彦、鈴木三重吉、野上豊一郎などと一緒に先生を誘い出し、八王子まで遠足して、万隣楼とかという、雨天体操場のようにガランとした料理屋で昼食を喰って、弓を引いたり将棋をさしたりした末、玉川を渡って後ろの小山に登り、帰って神楽坂で夕飯を喰って散会した事もあった。また先生を浅草に誘い出し、昼飯を喰ってから公園に這入って、先生をメリー・ゴー・ラウンドに乗せた事もあった。今はもうそんなものはなくなっているに違いないが、場内に木馬だの馬車だのが造りつけてあって、いいかげん人が乗ると、それが楽隊に合せて、大きな円を画して、ぐるぐる廻る仕組になっているのである。おれは馬術の心得があるから、馬に乗るんだと言って、先生は、木馬に乗った。是は或は寅彦が洋行から帰って来た時の事ではなかったかと思う。東洋城も一緒だったし、三重吉も一緒だった。草平もいたかも知れない。

今から考えると、私たちはどうしてあんなに先生の邪魔計りしていたのかと慚愧に堪えない。先生の日記を読むと、今日も妨害にて小説をかかず、夜に入りて漸く一回書く、などというような記事が、よく眼につく。すると私はいつでも、すまない事をしたと思う。

然し一方から言うと、我我がああして先生の邪魔をしたからこそ、淋しがりやの先生も、いくらかは気が紛れてよかったのだと、言えない事もなさそうである。是は虫のいい私の己惚に過ぎないのかも知れないが、然し先生がよく私の下宿などへさえ遊びに来てくれた事を考えると、弟子も弟子なみに、いくらか先生の役には立っているのだと、少しは己惚れてよさそうにも思われて来る。

　私は学生の時分からずっと、大正二年に一戸を構えるまで、森川町の下宿屋にいた。大学の正門を出て、まっ直に突き当った所にお宮がある。そのお宮に突き当って、左にお宮について廻ると、丁度お宮の裏にあたる所から、空橋《からはし》の下の通りに出る、細い道がついている。道は暫くの間は平らであるが、空橋の下の通りに続く二十間くらいの所は、非常に険しい坂道になっていた。私の下宿は丁度その坂道の中程にあり、私の部屋は、下宿の玄関から相当突き出た表二階で、坂をだらだらと下りて、入口の潜りに近い所に立つと、丁度それが私の部屋の下になる。先生はいつでもその坂の位置に立って、外から、小宮と呼ぶ。はいと返事をして障子をあけると、先生が、いるかいと言う。私は、ええと答える。もっとも是は先生のみではなく、私の下宿へ訪ねて来る人は、大抵そういう手続で私の在否を確かめる習慣になっていたようである。是は、入口の潜りをあけて、更に玄関を這入って、下女が出て来るのを待って、私の在否を確めるのが面倒だったせいである。『三四郎』で、与次郎が三四郎の下宿を訪ね、二階の窓から往来を眺めている三四郎に「おい、居るか」と言うと、三四郎が「うん、いる」と答える、「此の馬鹿見た様な挨拶が上下で一句交換され」て、与次郎が三四郎の部屋に上がって来るという事になっている。『心』の中にも先生が、私の下宿の「窓の下へ来て私の名を呼」ぶと、私が「驚ろいて窓を開け」る所が書いてある。学生の下宿というと、或は先生の頭の中では、すぐ私の下宿の事が浮いて来るようになっていたのではないかと思う。

然も先生が西片町に住んでいた時分には、先生は椎の木から一町ぐらいしか離れていない、ほんの眼と鼻との近い距離に住んでいたのだから、先生がよく私の下宿に呼び出しに来てくれたのは、それほど異とするに足りない事かも知れない。然し先生は、そのころはまだ電車の便のない、早稲田へ越して行ってからでも、よく徒歩で訪ねて来てくれた。大正元年九月十日の先生の手紙には、「田岡嶺雲《たおかれいうん》兄の葬の帰りに一寸参上の旨を認めんと存じ候処、宿の婆さん八釜《やかま》しく入室に抗議を申し込む……然る故にわざと上り込んで認めたくなりたり」というのさえある。私は下宿に帰って是を見て憤慨し、用心をするにも程がある。お前は夏目先生を知らなかったのか、知っていても上げなかったのかと、私はあとで、さんざ婆さんに小言を言ったが、事実婆さんは、夏目漱石を知らなかったらしかった。

然も先生は、こうして、私の所へだけ訪ねて来てくれたのではなかった。寅彦の所へも、東洋城の所へも、三重吉の所へも、中川芳太郎の所へも、野村伝四の所へも、野間眞綱《のままさつな》の所へも、津田青楓の所へも、高濱虚子の所へも、ちょいちょい訪ねて行っているのである。

またそういう人たちから誘い出されて、散歩したり、芝居見物に行ったり、飯を喰いに行ったりしているのである。

六

先生は、陽気のいい時には、人と一緒でなくても、一人で散歩するのが好きだった。是は先生に物を見る事の興味が強かったせいもあったに違いないと思う。明治四十四年の先生の日記の中には、江戸川の電車の終点に近い所で、「小肥に肥った双子木綿の羽織着物に角帯を締た男」が、「帽子を被らずに、俎《まないた》下駄《げた》を穿いて」、「綿フラネルの裏のついた大きな袋を両手で持って見物人を見廻し」ながら、「諸君、僕がこの袋の中から玉子を出す、此からっぽうの袋の中から屹度《きっと》出して見せる。驚ろいちゃいけない、種は懐中にあるんだから」と言って、「片手を胸の所で握ってそれをさっと開ける真似をし」、袋の中から玉子をとり出して見せる所が、書いてある。是は後に『明暗』の中で使われたが、勿論先生は後で小説の中に使ってやろうというような気持もあって、こういう下らない事にも、注意していたには違いないが、然しそれとともに先生には、そういうものを見る事その事が、相当楽しい事だったのだろうと思う。それは言わば、心を放つ事である。何もかも忘れて、それに見入る事である。先生が問題にした写生文も低徊趣味も、すべてこの見る事の楽しみに基礎を置いている。先生の日記を見ると、先生は日記に不愉快な事よりも、より多く愉快な事を書き込んでいる。そうしてその愉快な事は、多く自分が見て楽しいと思った事である。それを先生は大抵散歩する事によって経験している。先生は軽便な解脱の手段として散歩を選んだように見える。

先生と一緒に外をあるくと、いつでも先生は顔をまっ直に向けて、泰然とまっ直にあるいている。そのくせ先生は、何所に何があって、それがどうなっているという事を、実によく見ている。例えば美人などに摺れ違うと、私は振り返ったりして、その女のあとを見送るに拘わらず、先生は例によって正面を向いて、何所を風が吹くというような顔をして、さっさとあるき続ける。それじゃ気がつかなかったのかと思って、その女の顔を問題にして見ると、僕はああいう一重瞼の眼は嫌いだの、ああいう皮膚は、見た目には綺麗だが、お湯に這入るとてらてらして下品であるだの、あの鼻は険があっていけないだの、必ず要点を並べて好き嫌いをはっきり言うのである。そうして、君と一緒にあるくのもいいが、どうもきょろきょろしてみっともない、男は真直に向いてあるくものだよなどと、小言を言い出すのである。古道具屋の店先などに立った時でも、先生のいいものを見つけ出す速度は、実に早かった。いいものがいち早く自分自身を推薦する為に、向うからいきなり先生の眼の中に自分を投げ込んで来るのではないかと、空想して見たくなる位だった。

然しこの事は、いろんな意味で、先生に修業を誘ったのではないかという気もする。実際正しく精《くわ》しく物を見て、その本質を把握して過たないようになり得る為には、人は、いろんな意味で、修業を積み錬磨を重ねなければならないからである。心を放つという事は実は容易な事ではない。何もかも忘れてそれに見入るという事、前後を截《き》り放し、一心不乱に、その物に注意を集中するという事は、長い修業をつまなければ、誰にでも出来る事ではない。大抵の人は物を見て実はちっとも物を見ていないのである。

気持が鬱してたまらないから、散歩に出る。然し散歩に出ると、いろんな刺激がごちゃごちゃと重なって来る為に、心持は軽くなるどころか、反って重くなる。のみならず刺激に圧倒されて、へとへとに疲れて帰って来る。こういう風だと、内にいても外に出ても、私の気持の軽くなる時はないと、ある時私が先生に訴えると、先生はそれは君の心持があとを引くからいけないのだ、例えばショウ・ウィンドウを覗いてあるくとして、一つのショウ・ウィンドウから次のショウ・ウィンドウへひらりと移りさえすれば、そんな事はない筈だと、答えた。なるほどそれに違いなかった。然しそのひらりと移る事が、私にはなかなか出来なかった。今でもそれが自在に出来るとは、已惚にも思えない。

ひらりと移るという事は、要するに俳諧の味である。人生に対する俳諧的態度である。俳諧の附味が面白いのは、附句が前句からひらりと移っている点にある。ひらりと移っていながら、前句と根柢に於いて、微妙に繋がっている点にある。禅の悟りの事は分からないが、然し是も、物からも心からもひらりと移る事が出来る点にありそうに思われる。ひらりと移る事は、自分が心から引き廻されないで、自分で心を引き廻す事である。自分で自分の心を自由にする事である。自分で自分の心が自由に処理出来る以上、自分の心は自分にとって、決して重荷になる事がない。自分の前にいくら刺激が山ほど被いかぶさって来ても、泰然として——爽やかな、朗らかな、軽軽とした心持で、それに立ち向う事が出来る。

先生は洋行する船の上で、藤代禎輔さんに、自分は文学に就いて何一つ分かったと言えるものがない、ただ俳句だけはいくらか分ったと言える気がするという意味の事を言ったというが、当時先生が俳句をどういうものとして会得したのか、それは私にはよく分からない。然し先生の後の写生文論や低徊趣味論、その他先生の『草枕』などに現われている先生の意見から想像すると、既にその時分から先生はこのひらりと移る事に俳諧のすべてがあるとまでは考えなかったとしても、およそその方向から俳句の本質を把捉していたものではなかったかと考える事は、決して不可能の事ではない。もしそうだとすれば先生は、既に俳句に熱中していた時分から、自分の芸術を自分の内面生活の中心問題と結びつけて、自分の道の修業の一端として来ていた訳である。

然しいくら見る事の好きな先生でも、そうそう見て廻る気になれない時もあった。また仮令外に散歩に出ても、ひらりと移る事が出来ないほど、先生の中に燬《や》けつくように先生に解決を迫る問題がある事もあった。そういう心持を先生は『それから』の代助に於いても、『門』の、鎌倉に出かけて行く前の宗助に於いても表現しているが、『彼岸過迄』の須永に於いても、また『行人』の一郎に於いても表現している。一郎の動静を二郎の所へ知らせて来たHさんの手紙には、「兄さんは落ち附いて寝ていられないから起きると云います。起きると、ただ起きていられないから歩くと云います。歩くとただ歩いていられないから走けると云います。既に走け出した以上何処迄行っても止まれないと云います。止まれない計りなら好いが刻一刻と速力を増して行かなければならないと云います。」とあり、また「兄さんはすぐ呼息の塞まるような風に向って突進しました。水の音だか、空の音だか、何とも蚊とも喩えられない響の中を、地面から跳ね上がる護謨《ゴム》球のような勢いで、ぽんぽん飛ぶのです。そうして血管の破裂する程大きな声を出して、ただわあっと叫びます。其勢いは昨夜の隣室の客より何層倍猛烈だか分りません。声だって彼よりも遥に野獣らしいのです。しかも其原始的な叫びは、口を出るや否や、すぐ風に攫って行かれます。それを又雨が追い懸けて砕き尽します。兄さんは暫くして沈黙に帰りました。けれどもまだ歩き廻りました。呼息が切れて仕方なくなる迄歩き廻りました。」とある。

　無論是は、先生が実際に体験したというよりも、頭の中で体験した事だったのには違いなかった。然しこういう心持にいて人は、見る事も、ひらりと移る事も出来るものではないという事は言うまでもない事であった。大正三年三月、先生は津田青楓に宛てて、「私は馬鹿に生れたせいか世の中の人間がみんないやに見えます、夫から下らない不愉快な事があると夫が五日も六日も不愉快で押して行きます、丸で梅雨の天気の晴れないのと同じ事です。自分でも厭な性分だと思います」と書いている。そういう場合は、先生は、多く、外へも出ず、自分の書斎に閉じ籠って、うちの者とも口を利かず、人が訪ねて来ても面会を謝絶し、じっと考え込んでいたようであるが、それでも先生は同じ大正三年の夏、まだ『心』を書いている時分、同じ津田青楓に宛てて、「この前の木曜には岡君と二度きて下さったそうですが二度とも留守で甚だ申訳がありませんあの時は宅にいるのが厭になったので面会日にも拘わらず飛び出して漂泊者の如く方々を歩いたのです」と書いているように、どうにもやり切れなくなって、家を飛び出し、そこいらをぐるぐるあるき廻る事もあった。勿論是は見る為の散歩ではなく、一郎のように、じっとしていられないからあるくのである。一郎は別の所で「斯《こ》うして髭を生やしたり、洋服を着たり、シガーを銜《くわ》えたりする所を上部から見ると、如何にも一人前の紳士らしいが、実際僕の心は宿なしの乞食見たように朝から晩迄うろうろしている。二六時中不安に追い懸けられている。情ない程落附けない。仕舞には世の中で自分程修養の出来ていない気の毒な人間はあるまいと思う。……」と言っている。

こういう切迫した気持が、屢《しばしば》先生を襲った事は、先生の手紙や日記を読んだ事のある人には、誰にでも気がついている事だろうと思う。そういう場合先生がいつでも考える事は、見る事によってこの気持に寛ろぎをつけようとする事であり、ひらりと移る事によってその気持から脱却しようとする事であった。それだから先生は、『彼岸過迄』の須永に旅行させ、又『行人』の一郎を救うには「天下にありとある芸術品、高山大河、もしくは美人、何でも構わないから、兄さんの心を悉皆《しっかい》奪い尽くして、少しの研究的態度も萌し得ない程なものを」一郎に与え、「そうして約一年ばかり、寸時の間断なく、其全勢力の支配を受けさせ」るより外に、方法はないと、Hさんに言わせるのであるが、それは結局先生が、一方で見る事の楽しみと、見うる為にはひらりと移る事の必要とを知って居り、またその面は違っていても、それが自分に十分出来、それが出来る事によって、幾度も自身を苦悩から脱却して来た経験を持っていたからに外ならなかった。

（一六・二・二八／『婦人公論』昭和一六年四月号「先生のこと　わが師わが友」を改題）

漱石二十三回忌

上

先生二十三回忌の法会は、九日午後二時から茗荷谷の至道庵で営まれた。この日は雲もなく、風も吹かず、まったく麗かな小春日和だった。

生前先生は、こういう日にはきまって、書斎から日南の縁側に紫檀の机を持ち出して、本を読んだり、原稿を書いたりしていた。硝子戸越しの日ざしは、冬でも上気するほど暖かなので、先生はよく、羽織をかぶるか、パナマ帽を戴くか、頭に直接日を当てない工夫をしながら、それでもうだったような顔をして、机に向っていた。その時の先生の身体からは、陽炎が立つように思われた。先生の早い時分の句に「日当りや熟柿の如き心地あり」というのがある。先生のこの姿を見ると、私はきまってこの句を思い出した。この句を見るとまたきまって、この姿を思い出した。九日の小春日和は、私に、同時に二つのものを思い出させた。

然《しか》し先生の亡くなった年の九日は、どろんとして、寒くて、風が吹いて、実に厭な日だった。十二日のお葬いには、雪さえちらちらしたように思う。なんでも青山のうちまで紋附を取りにやるひまがないので、先生のフロック・コートを拝借して着る事にしたが、あんまり寒いので、奥さんが簞笥から真綿を出してくれ、それを森田のおいねさんが白シャツの上に、器用に延してくれた事を覚えている。それでも青山の斎場では、寒くて、歯の根が合わなかった。

その時のフロック・コートは、その時着た外套から白シャツから靴まで、一式形見にもらって、靴の外は、今でもトランクの底にしまってある。白シャツのカフスについていた金のリンクスは、洋行のお土産に、寺田寅彦が先生に贈ったもので、特に大事にしていたが、うちの者が四五年前に何所かへ失くしてしまった。寅彦が死んでから、私にとっては二重の形見となったものを、更に厳重に探させたけれども、到頭《とうとう》出て来なかった。先生にも寅彦にも、申訳がない。

至道庵で一番感じた事は、親族席が一杯であるのに、参拝者席は寧ろ淋しいという事だった。

これは考えて見れば当然の事で、親族席には先生の顔を知らないお孫さんなどが年年多く着席するに反して、先生のお友達や弟子は、二十何年も立つうちには、年年減って行く計りだからである。既にこの三四年の間にも、寅彦が死に、三重吉が死に、〔坂元〕雪鳥が死んだ。次の二十七回忌には、また誰かの顔が見えなくなるかも知れない。そういう自分の顔も、亦見えなくなるかも知れない。

その人の顔を見れば、すぐ先生の顔が浮いて来るというような人達の顔が、一つ減り二つ減りして行くという事は、淋しい事である。こうして仕舞には先生は、自分の顔を見た事もない人達だけから、祀られなければならないに違いない。そうなったら先生も、きっと淋しいだろうと思う。

中

九日の夜は奥さんから精養軒に招待された。精養軒では祭壇が設けられ、大正元年十月の、先生の写真が安置され、その前に香炉が据えられた。

大正元年といえば、先生四十六の年、現在の私よりも九つ年下の年である。然し不思議な事にこの顔は、いくら眺めて見ても、自分より九つ年下の人の顔だとは、考えられない。先生と私とは年が十七違っていたが、この顔はやっぱり、私よりも十七年上の先生の顔である。無論是が先生七十二の年の顔だと言うのではない。ただ何がなしに、私とは年が十七違った、先生の顔なのである。

同じ事を私は、父の顔で経験している。私の父は、私の十の年に、三十五で死んだ。然し私の頭の中では、頭の中のみならずその写真を見ても、父は常に、私よりも二十五年上の父である。是は或は死んで行った人は、死んだ当時の心の関係のまま、生きている者の頭の中で、生きている者とともに成長するせいなのかも知れない。それとも当時の関係が、生きている者の頭の中に、実にはっきり刻みつけられている為に、それが四十六の先生の顔を見ると、卒然として私を、二十九の昔に引き戻すせいなのかも知れない。少くとも年齢に関する意識は、相手次第でどうにでもなる、極めて不安定なもののようである。ともかくこの顔は私にとって昔の通り、懐しいのも懐しいが、恐いのも恐い顔だった。

食事の後では、みんなが一人ずつ立ち上って、先生に関する思い出を、一鎖ずつ話す事になった。私は電話をかけて、先生からひどく怒られた話をした。

先生の所に初めて電話が架設されたのは、大正元年十二月上旬の事である。この出来事は、それから一月くらいしか経たない、大正二年一月九日の事だった。その前日奥さんから人を通じて、少し頼みたい事があるから、明日の木曜には早目に来てくれないかという、伝言があった。然し私はその時は不在だったし、木曜にも差支があったので、当日電話でその旨を断った。所がその電話に、先生が出て来たのである。然も私はそれとは知らずに、奥さんを呼んでくれの、奥さんにこういってくれのと、勝手な取次を頼んだのである。

実際とんまな話であるが、初めて電話で聴く先生の声は、私にはどうしても先生の声だとは思えなかった。第一先生が電話に出るだろうなどとは、私は夢にも思っていなかった。

夏目さんですか。ええ夏目です。奥さんはいらっしゃいますか。奥さんは来客中です。

——返事がいやに横風なので、一体こいつは何者だろうと思いながら、私は少少癪に触って、それじゃ奥さんに今日は伺えませんから、明日伺いますと伝えて下さいと、素気《そっけ》なく言うなり、がちゃりと電話を切ってしまった。

　先生はあとで奥さんに、あれだけ横風な言葉使いをしているのだから、小宮に俺だと分からない筈がない、分かっていながら、お前を呼べの、お前にそう言えのと命ずるのは、けしからん、明日来たら追い帰してしまえと、厳命したのだそうである。それで奥さんが心配して、その晩三重吉を私の下宿へ寄越してくれた。生憎その晩私は、下宿にいなかった。三重吉は奥さんの手紙を添えて、置手紙をして帰って行った。それで私は初めて事の成行を知ったのである。

——私はこの事をすっかり忘れていたが、この秋三重吉書簡集の編輯をして、三重吉が私に宛てた書簡のお蔭で思い出した。ただそのあとどうなったかが少しも思い出せない所から想像すると、私がほんとに先生とは気がつかなかったのだという事が、先生に分かったので、小言を言われずに済んだのだろうと思う。

　私が精養軒で急にこの話をする気になったのは、先生の写真を見て一面恐いと感じた事が、いくらか手伝っているらしい。

下

そのあとではこれまで、先生の書斎と蔵書とをどうして保存するかという事が、談合される例になっていた。然し今年はその問題は出なかった。私もそれを出さなかった。

ヴァイマルにはゲーテだのシラーだのの住んでいた家が、住んでいた時のまま保存され、公開されている。アイゼナハにはバハの生れた家が、当時の家具とともに保存され、公開されている。ドイツのみならず、イギリスでもフランスでも、その国に生れた著名な芸術家の住んでいた家や生れた家は、到る所、丁寧に保存されて、公開されている。イタリーでは、ゲーテだのヴァグネルだのが滞在していた家というのにさえ、その旨を書いた札がうちつけてある。是はより具体的にその人を感じる事が出来るという意味で、文化的に必要な事である。それだから西洋でも、専ら公けの手で、その事に当っているのである。

もっとも現在の先生の家は、書斎と客間とが原形を存しているだけで、あとは、先生の歿後すっかり改築されてしまった。勿論その書斎と客間とは全然昔のままで、書斎には、板の間に絨氈を敷き、真ん中に紫檀の机を据え、座蒲団を置き、その廻りに火鉢、手筥《てばこ》、印を入れた籠、本、雑誌などが列《なら》び、二方の壁には書棚、入口の壁の下には『猫』に出て来る大机という風に、其所に這入って行けば、今にも先生が何所かから出て来そうに感じられるのではあるが、然し遺蹟を理想的に保存する上からいうと、この書斎や客間は元の位置に復《かえ》り、縁の下の砌《みぎり》には木賊《とくさ》が茂り、客間の窓からは芭蕉の広葉が見え、道を隔てる枳殻《からたち》垣と縁との間の赭土の庭には、相当沢山の檜葉《ひば》の植込が、昔の通りに列んでいなければならない。のみならず、玄関も、寝間も、茶の間も、すべて昔の儘でなければならない。

本来からいうと、夏目家で現在の家を取り毀わし、一切を原形に復した上で、例えば是を東京市にでも寄附し、市でその後の保管の任に当ってもらうというのが、一番良い保存法なのかも知れないとも思われる。然し是はいろいろの事情から、夏目家の財政が許さない。従ってそうする為には、例えば篤志な箇人か、漱石遺蹟保存会とかいうものがあって、夏目家から相当の値段で現在の家屋敷を買いとり、一切を原形に復した上で、是を市にでも寄附するという事が、必要である。然も市に寄附するとした所で、現在の市にそういう、目前どうという結果の出しようもない閑事業に当てる費用が、あるかないかが、既に問題なのである。

結局この仕事は、篤志な箇人か、特殊な会かが、買い入れ、建て直し、防火の設備などを自力でやった上で、自力で保存し、自力で公開するより途《みち》はなさそうである。然し非常時の今日、そういう篤志な箇人はいそうもなし、そういう特殊な会は成立しそうもなし、所詮この解決は、非常時が常時となる時まで、待つより仕方がないのだろうと思う。

その問題が当分解決される見込みがつかないのなら、せめて蔵書だけでも先にどうにかしたいという問題も起り得る。現在の家は、家番を置いて閉め切ってあるために、風通しが悪く、鼠が暴れ、本が痛んでしようがないからである。然し是を今、例えば何所かの図書館に寄附し、一纏めに漱石文庫として、人人が読めるようにしてもらう事が出来るとしても、そうして蔵書を取り去ったら、先生の書斎は歯の抜けたようなものになってしまうだろう。その点から言えば、蔵書の処分という事は、先生の家、もしくは書斎を保存する方法が、どうしても立たない場合になって、初めて考えべき問題で、こっちを先に考えるのは、寧ろ本末顛倒と言われべき事であるのかも知れない。――

こうして私は、この夜、何も言わなかった。言わなかったというよりも、実は言う事が出来なかったのである。

（一三・一二・二三／『東京朝日新聞』昭和一三年一二月二四日～二六日）

漱石と恋愛

一

『漱石と恋愛』という題目は、センセーショナルで、ジャーナリスティックで、何か婦人雑誌の広告にでも、大きく出ていそうである。然《しか》し私は是を、ジャーナリズムの浪に漂わされて書くのではない。恋愛は、漱石の作品並びに生活が、それを中心として旋回する、枢軸であった。それを把握し理解する事なしには、人は、漱石の作品並びに生活を、凡《およ》そ無意味な、生命のない、饒舌の堆積のようなものとしてしか、見る事を得ないに違いない。敢てこの題目の下に、私が私の見る所を此所で公けにしようとするのも、この枢軸の機構を説く事によって、人人の漱石に対する理解に資したい、切なる念願から愛したものに外ならない。

プラトンの書いた『饗宴』の中のソクラテスは、自分には恋愛に関する事の外は、なんにも分からない、と言っている。漱石は決して、そんな事は言わなかった。然し漱石ほど真面目に恋愛に就いて悩み、恋愛に就いて考え、恋愛を通して自分自身を高めて行った人は、恐らく外にあまり類がない。その意味で漱石は、ソクラテスと同じように、自分には恋愛に関する事の外は、なんにも分からない、——換言すれば、外の事はなんにも分からなくても、恋愛に関する事だけなら、自分には分かると、公言し得る資格を持つ人だったのである。

もっとも漱石が、その実生活に於いて、どんな恋愛をして来たかに就いては、我我は殆んど何も知る所がない。『書簡集』の中で漱石は、明治二十四年七月十四日と七月二十四日とに、子規に宛てて、自分が眼医者の所で会った、「銀杏返しにたけながをかけ」た「可愛らしい女の子」の事に就いて、書いている。『永日小品』の『変化』の中には、昔自分が中村是公《なかむらよしこと》と一緒に、或私塾の二階に住んでいた時分、自分の窓の真下の家の、竹格子の奥に、よく若い娘がぼんやり立っている所を見て、折折「ああ美しいなと思って、しばらく見下していた事もあった。」という事が、書いてある。また『日記』の中の、明治四十二年四月三日の条には、「歌麿の女」のような、或鰹節屋のお神さんに関する、記事がある。実生活に於ける漱石の恋愛らしいものを、強いて文献的に列挙するとすれば、およそこの位のものである。然しこの事は、勿論、漱石の恋愛体験の深さを、少しも傷つけるものではない。

凡そ一人の人間の恋愛体験の深さが、その人が実生活で知った女の数できまるものではなく、反対にその人の、心情の純粋と、志操の高貴と、意志の誠実と、反省の深切とによってきまるものであるとすれば、漱石がその実生活に於いて、所謂《いわゆる》文士・小説家の如くに、多くの女に接して、自分の身体を安売し、自分の心情を荒ませる事を敢てしなかったという事は、漱石にとって、祝福でこそあれ、少しもその弱点でも短所でもなかった筈である。

漱石未亡人の『思い出』によると、漱石二十五の年に、眼医者の所で会ったという、「銀杏返しにたけながをかけ」た女は、漱石の初恋の女だったのだそうである。漱石はいつまでもその人の面影を忘れる事がなかったというが、漱石とその人との交渉は、ただそれだけの交渉であるに止まって、漱石はその人と、口を利いた事もなかったように見える。その意味で漱石が現実に知っていた女は、その夫人ただ一人であったといって可《よ》いに違いない。然も漱石は、このただ一人を相手に、およそ一人の人間が恋愛において体験し得るあらゆるものを体験し悉《つく》したのである。漱石は夫人を愛した。同時に夫人を憎んだ。漱石は夫人から牽引された。同時に夫人を反撥した。『行人』の一郎の体験と、『道草』の健三の体験とは、この間の消息を、特に如実に物語るものである。

二

漱石は恋愛に関して、非常にロマンティックな、非常に神秘的な一つの「夢」を持っていたように見える。――恋愛は、いわば、宿命的なものである。自分達の父母の未生以前、自分達の過去の祖先の経験が、長い時間を隔てて、自分達の脳裏に再現するものが、恋愛である。従って恋愛の相手は、その人が生れない前から、既に定められているのである。ロメオがジュリエットに会う。そうして一目見て、是が自分の相手だなと、直ぐ「認識」する。エレーンがランスロットに恋をするのも、同様である。人は、一目見て、是が自分の相手だなと「認識」するや否や、鉄が磁石に牽《ひ》き寄せられるように、相手に牽き寄せられる。その間には、否やがない。待て暫しがない。有無をいわせず牽き付けられるのが、恋愛であるというのである。

漱石はこの事を『趣味の遺伝』に書いた。のみならず漱石は、その、ランスロットに対するエレーンの恋を、『薤露行』に於いて描いた。『一夜』の中でも、そういう「認識」が、人人の話題に上る。『幻影の盾』のヴィリアムとクララとの恋の成立が、どういう経過をとって来たかは精《くわ》しく分らないが、其所では、恋愛する者の一心不乱が、恋愛する者を夢幻の世界に導いて、神秘を極めた恋を成就させるのである。『三四郎』の中の広田先生は、自分が生涯にたった一遍見た女の夢を見た、その夢の話を三四郎に話して聴かせる。『永日小品』の『心』の中にも、「たった一つ自分の為に作り上げられた顔」の女の事が出て来る。

『饗宴』の中のアリストファネスは、喜劇作者らしいおどけた言葉で、エロスの讃美をするが、その主意とする所は、嘗ては一体であったにも拘らず、神から嫉まれて、半分ずつに、二つに截《き》り裂かれた男と女とが、元の一体になるために、合一し融合したいと冀《こいねが》い、互に互の半身を探し求めるのが恋愛であるという点にあった。半身という考え方は、既に旧約にも見えているのだそうである。従って此所のアリストファネスの説は、アリストファネスの口を借りて述べられた、当時のアテンに流布していた説であると見るべきであるのかも知れない。漱石の「夢」も、遡れば、或はこの辺に源を発しているのかとも思われるが、ただ漱石の「夢」は、夢というべく、あまりにはっきりした夢であった。『三四郎』の中の広田先生は、自分の夢を話して聴かせたあと、それで先生は、いまだに独身でいらっしゃるんですかと、三四郎から問われて、君、僕はそれほどロマンティックな人間じゃないよと答える。それと同じように、漱石は、いくらはっきりした「夢」を持っていたからといって、遮二無二その「夢」を現実にしようとして、風車にでも飛びかかって行く事を辞しない、ドン・キホーテでなかった事は言うまでもないが、それにも拘らずこの「夢」は、いつまでも漱石に付いて廻って、決して離れる事がなかったのである。

例えば『三四郎』である。三四郎と美禰子との関係は、本来そういう因果で結びつけられていたにも拘わらず、お互にその因果を「認識」する事が出来なかった為めに、竟《つい》に離れ離れになってしまったものであるとも、見れば見られなくはない。それが『それから』に来て、どうにもその因果から遁れる事は出来ないのだと「認識」して、代助は三千代に、自分の恋を打ち明ける。鉄と磁石とは、自分達が今迄置かれていた位置を離れ、自分達が今迄織込まれていた秩序を紊《みだ》してまでも、なお一緒にならなければいられないのである。次いで書かれた『門』では、そうまでして一緒になった鉄と磁石とが、一緒になるにはなったが、然も一緒になるために犯されなければならなかった罪の贖いのために、一生を小さくなって、社会の片隅に、片隅の幸福に生きていなくてはならない、夫婦者の生活が取り扱われる。

三

『彼岸過迄』の須永は、「僕も男だから是から先いつ何《ど》んな女を的に劇烈な恋に陥らないとも限らない。然し僕は断言する。若し其恋と同じ度合の劇烈な競争を敢てしなければ思う人が手に入らないなら、僕は何んな苦痛と犠牲を忍んでも、超然と手を懐ろにして恋人を見棄てて仕舞う積りでいる。男らしくないとも、勇気に乏しいとも、意志が薄弱だとも、他から評したら何うにでも評されるだろう。けれども夫《それ》程切ない競争をしなければ吾有に出来にくい程、何方へ動いても好い女なら、夫程切ない競争に価しない女だとしか僕には認められないのである。僕には自分に靡かない女を無理に抱く喜こびよりは、相手の恋を自由の野に放って遣った時の男らしい気分で、わが失恋の瘡痕を淋しく見詰めている方が、何の位良心に対して満足が多いか分らないのである。」と言っている。

『心』の中の先生も亦、同じような事を言っている。「果して御嬢さんが私よりもKに心を傾むけているならば、此恋は口へ云い出す価値のないものと私は決心していたのです。恥を掻かせられるのが辛いなどと云うのとは少し訳が違います。此方でいくら思っても、向うが内心他の人に愛の眼を注いでいるならば、私はそんな女と一所になるのは厭なのです。世の中では否応なしに自分の好いた女を嫁に貰って嬉しがっている人もありますが、それは私達より余っ程世間ずれのした男か、さもなければ愛の心理がよく呑み込めない鈍物のする事と、当時の私は考えていたのです。一度貰って仕舞えば何うか斯《こ》うか落ち付くものだ位の哲理では、承知する事が出来ない位私は熱していました。」というのが、それである。

漱石は此所で須永に、「夫程切ない競争をしなければ吾有に出来にくい程、何方へ動いても好い女なら、夫程切ない競争に価しない女だとしか」自分には思われないと言わせている。また先生には、「此方でいくら思っても、向うが内心他の人に愛の眼を注いでいるならば、私はそんな女と一所になるのは厭なのです。」と、言わせている。是は勿論、此方の感情が純粋である如くに、相手の感情も又純粋であるべき事を要求する声であるには違いないが、然しそれとともに、此所には、自分の恋の相手を、自分に定められている半身として求める声が、可也《かなり》はっきり響き出ている事も亦、見遁す訳に行かない。自分の恋の相手は、自分が相手を恋する如くに、自分を恋すべき筈である、それでなければその相手は、自分の恋の相手たるに値しない女であると、須永も先生も、ともに考えているのである。『彼岸過迄』と『心』との間に挟まっている『行人』では、主人公の一郎が、自分の細君の、自分に対する冷淡と虚偽と残忍とに悩んで、自分は自分に定められた女でない女と結婚している為めに、こんな不幸な生活を続けなければならないのではないかと想像する。そうして仕舞にはパオロとフランツェスカとの例を引いて、自分の細君は自分の弟を愛しているのではないかとさえ、疑惑し始める。一郎に従えば、パオロとフランツェスカとの恋は、天意による恋である。自分は、自分の妻が自分の弟の所へ嫁ぐべきであったのを、人意によって邪魔をしているのではないかというのである。――『行人』の一郎において、漱石の「夢」は、その「夢」としての機能を、殆んど発揮する事が出来ない程度に、蹂躙された貌になった。自分は自分に定められていない女と結婚しているのだという反省は、まだ一郎の心を寛ろげる力を持っている。然し自分の妻は自分の弟の所へ嫁ぐべきではなかったかと考えて見なければならないような一郎の「夢」は、まったく苦しい、悲しい「夢」に違いないのである。

四

漱石は恋愛に関して、特殊な「夢」を持ち続けた。是は既に述べた通りである。然しその「夢」に対する漱石の態度は、前期と後期とでは、——修善寺大患以前と以後とでは、可也違って来ているように思われる。

前期では、そういう宿命的な恋愛は、多く詩として描き出された。詩として描き出されない場合でも、その詩的な、美しい側面が、詩的な、美しい側面から描き出された。『幻影の盾』にしろ『一夜』にしろ『薤露行』にしろ『趣味の遺伝』にしろ、悉くそうである。『それから』といえども、代助の、「人情」の必然に押されて、一歩一歩宿命の淵へ脚を踏み込んで行く姿が、仮令讃美はされなかったとしても、やむを得ない事として、同情すべき事として、写し出される。社会の掟を破った為めに、社会に顔出しが出来なくなった『門』の宗助夫婦は、社会の片隅に、絶えず過去の影に脅やかされつつ、裸蠟燭を囲いでもするように、二人きりの世界を護って、生きている。其所には、片隅の幸福に生きる者の、哀れと濃やかさとが、絹漉のような柔らかなハートをもって取り扱われる。

然るに『彼岸過迄』以後、漱石によって描き出された恋愛は、恋愛の醜い側面であった。

『彼岸過迄』の須永は、口ではあれほど立派な事を言っていながら、一旦現実に身を処すると、自分で自分の嫁にしようともしていない千代子に対して、また千代子のお婿さんの候補者に対して、自分でも不思議な嫉妬を感じ、相手をも自分をも不愉快にする、醜悪な言動を敢てするのである。『心』の先生は、嫉妬に駆り立てられて、更に積極的に動き、自分の親友を売ったのみならず、その親友を死にさえも導いた。『行人』の一郎は、そういう種類の嫉妬こそ示さなかったが、然し自分の細君が、自分の要求する如くに自分を愛する事がない不満から、さまざまの邪推や疑惑に悩み、相手を苦しめ、周囲を苦しめ、竟には自分自身の頭脳と健康とを破壊してしまいそうな、危機に瀕するのである。

『心』の中の先生は、先生の弟子である私に対して、「とにかく恋は罪悪ですよ、よござんすか。そうして神聖なものですよ」と教えた。恋愛が神聖であるとは、いうまでもなく恋愛が、宿命的な、神秘的な、一種不可思議な力を持って、人間の上に襲いかかって来るからである。然もその同じ恋愛が罪悪であるとは、人がその不可思議な力に駆り立てられて行動する場合、人は屢《しばしば》、どんな卑劣な手段をとる事をも辞しないほど、「私」の塊りになり得るからである。現に『心』の先生は、平素の先生に似合わず、恋愛のために「私」の塊りになって、高貴な、自分の親友を倒してしまった。——先生の言葉を借りれば、前期の漱石はその神聖に着眼し、後期の漱石はその罪悪に着眼して、恋愛を取り扱っていると、言って可いかも知れない。

恋愛は、父母未生以前既に定められていた二人が、相求め相会うて、一つのものになろうとする、必然の要求である。この事は当然に、相互の完全なる所有という事を、条件とする。相互を完全に所有するという事は、相互を完全に独占するという事である。然るに相互の完全なる独占という事は、多くの場合、十分排他的になる事によって、自分達の利害だけしか考えまいとする、エゴイズムを伴い易い。――此所に漱石の問題があった。恋愛は必然なものであるには違いない。然しその必然なものが屢怖るべきエゴイズムを伴い勝《が》ちであるとすれば、人はその必然なものに対して、どう行動すれば可いのであるか、という問題である。

『心』の先生は、勿論、この必然に押し流された。そうして先生は自分の親友に、「人間」としては負けたが、恋愛には勝った。然も先生の爾後の苦悩の一生は、その苦悩によって、換言すれば、「私」の塊りとしての自分自身を認識し、その罪を悔いる事によって、「人間」としての自分自身の価値を取り戻す事が出来たのである。

五

道理に従って生きてこそ、人間は初めて「人間」であると、漱石は考える。道理に従って生きるとは、あらゆる「私」を捨てて生きる事である。利害の打算を忘れて生きる事である。恋愛は必然でも、もしその必然の中に、「私」が含まれ、道理に悖《もと》るものが含まれているとすれば、人は、その必然に反抗してまでも、道理に従い、「人間」として生き徹すべきである。――是が、後の漱石の意見であった。然もその事は、漱石にとって、愛と矛盾する事でもなんでもなかった。寧ろそうしてこそ愛は「大きな人道の立場から来る愛情」に高められる事が出来たのである。

ソクラテスは『饗宴』の中で、自分に愛の秘奥を教えてくれたディオティマの説を紹介する。――愛の秘奥に向う正しい道は、地上の箇箇の美しいものから出発して、かの最高の美に向って、愈《いよいよ》高く昇り行く事である。丁度梯子の段段を登って行くように、一つの美しい肉体から二つの美しい肉体へ、二つの美しい肉体からあらゆる美しい肉体へ、美しい肉体から美しい行状へ、美しい行状から美しい学問へ、更に美しい学問から出発して最後に美そのものの知識に到達し、結局美の本体を認識するまでになるのが、それであるというのである。然もそのソクラテスは、酔っ払って這入って来たアルキビアデスを見て、この男は、自分がこの男を愛し出すや否、自分が外のどんな可愛い人間に眼を着ける事も許さない、口を利く事も許さない、もしそんな事でもしようものなら、この男は、猜忌と嫉妬との為に、どんな無法な事を仕出かすか分らないと言って、アルキビアデスの愛情が利己主義的に固まっている事を、人人の前に指摘した。

漱石の考えていた「人間」だの「人道」だの「天」だのという世界と、ソクラテスの考えていた「美の本体の認識」に到達した愛の世界とが、果して同じものであるかどうかは、私にはよくは分からない。然しソクラテスが愛の秘奥と名づけている愛の世界と、ソクラテスが指摘したアルキビアデスの愛の世界との関係は、少くとも、漱石が考えていた「人間」だの「人道」だの「天」だのという世界と「私」の世界との関係に、酷似する所を持っている。漱石から言えば、ソクラテスが指摘したアルキビアデスの愛の世界は、「私」に充ちた愛の世界だったのに外ならない。こういう「私」を乗り越し乗り越しするのでなければ、人は、漱石の所謂「大きな人道の立場から来る愛情」の世界には、到底到達する事が出来ないのである。そう考えて漱石は、晩年、自分自身の「道」を踏み始めた。そうして『心』・『道草』・『明暗』と、次ぎ次ぎにその道程の報告を残して行った。――こうして漱石の恋愛は、後期に来て、内容的にも、次第に大転回を遂げる。

漱石が恋愛に関して特殊な「夢」を持っていたという事は、漱石の初恋の体験と、重大な連関があるのかも知れない。それとも自分の家庭に対する不満が、漱石をして、こういう「夢」を育て上げしめたものかも知れない。もしくは是は、漱石本来のロマンティシズムが、漱石がこういう体験を重ねる以前から、漱石にこういう「夢」を哺《はぐく》ませていたものかも分からない。――それは今いずれともきめる訳には行かないとしても、私は、漱石が人間に対して懐疑的になり、美しい恋愛の中にもあらゆる醜いエゴイズムが含まれているという事、寧ろ人間の恋愛の中にこそ最も多く、その醜いエゴイズムが含まれているという事を、爬羅剔抉《はらてっけつ》して行こうと志した際にも、言わば「天」の恋愛の具体的な姿として、漱石がそれに向って思慕の眼を注いだものは、この「夢」ではなかったかと、空想する事を禁じ得ないのである。然も漱石のこの「夢」が、漱石の初恋の女からのみ牽き出されたものであったとするならば、その初恋の女こそは、漱石にとって、ダンテに於けるベアトリチェの役目を勤めていた筈だという気もするのである。然し是れは恐らく私の、放恣な空想に過ぎないであろう。そういう事実は、全然分かってはいないからである。

（一〇・一一・二八／『東京朝日新聞』昭和一〇年一二月一日〜五日）

漱石二題

一 『正岡易占』

漱石の談話筆記『正岡子規』の中に、「一時正岡が易を立ててやるといって、これも頼みもしないのに占ってくれた。畳一畳位の長さの巻紙に何か書いて来た。何でも僕は教育家になって何《ど》うとかするという事が書いてあって、外に女の事も何か書いてあった。これは冷かしであった。一体正岡は無暗に手紙をよこした男で、それに対する分量は、こっちからも遣った。今は残っていないが、孰《いず》れも愚なものであったに相違ない。」という一節がある。漱石は誰から来た手紙でも、あとでひと纏めにして、みんな焚いてしまう習慣を持っていたのだから、子規の手紙が漱石の所に殆んど残っていないのは、当然である。もっとも現在漱石の遺族の手許に、子規の手紙が二三通保存されている。然《しか》し是は漱石がロンドンにいる時分に受取った手紙と、どうかした拍子に焚き残されたそれ以前の手紙とで、子規が死んでから、亡友の記念として、漱石自身によってそのまま保存される事になったものである。従って「孰れも愚なものであったに相違ない」という、その手紙の大部分は、我我から永久に失われ去ったのではあるが、然し子規の方は、不思議に漱石の手紙を保存していた。手紙そのものを保存していない場合でも、子規は、自分の日記『筆まかせ』の中に写しとって、それを保存した。勿論是が漱石が子規に宛てた手紙のすべてであるかどうかは分からない。然しそれはすべて既に『漱石全集』の中に収録され、漱石の初期の書簡集の飾となっている。そうしてそれは「孰れも愚なものであったに相違ない」どころではなく、高等学校から大学、大学を出てから、松山に行き熊本に行っていた時分の漱石の「生活」を探り知る上に、絶好の資料となっている。もし是とパラレルに、子規の漱石に宛てた手紙が残っていて、相互を対照しつつ研究する事が出来たなら、それは単に漱石と子規との交友関係を知悉する上のみではなく、子規の内面発展の歴史を精到に把握する上にも、また明治文化の動向を機微に察知する上にも、無二の好資料となったに違いないのである。然し是は、既に漱石の方針が方針だったのだから、今更なんとも致し方がない。ただ「畳一畳位の長さの巻紙」に書いて来た子規の易というのは、勿論それと同じものであるかどうかは分らないが、ともかく子規の『筆まかせ』の中に『正岡易占』という題で、こんな事が書いてある。是は仮令「畳一畳位の長さの」手紙そのままではなかったとしても、恐らくその原文の控であったに違いない。——

「余竹村其十より卜筮《ぼくぜい》術を伝授せるに、未だ施すべきの所なく困りいる折から、夏目漱石、我後来の運命の程を占いくれよという。心得たりといいながら筮竹さらさらとおしもんで虚心平気に卜うに、升䷭の師䷆に之くに遇う。乃ち之を判断して曰く、

「升は木、地中に生ずるの意なり。経に用見大人勿恤とあり、大人は即ち賢人君子なり。今より賢人君子を友とし徳を慎みなば、積小以高大という様になるの勢あり。初六に允升大吉とあり。象伝に上合志也という。君今学校にありて上、教師迄皆人望を君に帰す。故に君は屢々《しばしば》升て第一位にあり。是れ大吉なり。六五貞吉升階とあり。伝に大得志也という。是れ君が大学を卒業するの時にて、即ち君は已に文学者の堂に升る者なり。師は地中、水あるの象なり。地に水ありて而して後に草木生成す。此時君は已に後生を教育するの任にあたる。故に容民畜衆という。能以衆正以可王矣とは君能く文壇に将として牛耳を取るの謂なり。師出以律失律凶とは君が自分の説をのべ、或は之を筆するの時にも能く道理を正し、少しにても論理に背き哲理に合わざるの議論をなすべからず。苟も誤謬あらば大に不利を来すなり。九二在師中、王三錫命とあり。君の文を書くや天下其妙を称し、外国人といえども驚嘆することあるべし。然れども人事盛衰あり、六三に師或輿尸凶とあり。君の名声、大は則ち大なりといえども、未だ全く天下を服すること能わず、文学世界時として君に抵抗する者あり。君も亦時としてそれがために降旗を揚ぐることあるべし。されど固より大失敗というにもあらず、又君のほまれがそしりとなるにもあらず。いたく心配した

まうな。さりながら上六に小人勿用とあり。交際あしき時は為に君の名誉も落つることあり。宜しく朋友を選ぶべきなり。総ずるに初め君の学問上進の度は著しく、嶄然頭角を現わし、終には其名声海の内外に聞え渡るに至るものなり。されど伝に毒天下而民従之とあり。成程、天下の書生、君を慕うて帰する者多きに相違なしといえども、君の言論文章には一癖ありて天下を毒することなきにもあらず。学者に偏見《プレジュディス》あるは古来皆一徹にて別に咎むべきにもあらねど、其言、多少天下を毒するに至りては注意せざるべからざるものあり。君請う、其所論を吐くに当りて千思万考、主として僻見を除くことをつとめよ。

「どうです、是位の易ならば上々大吉なり。君、西洋軒の昼飯に出かけやしょう。安いものです。僕之を卜するに牛の羊に之くに遇う、本文に大人来《リ》迫《ル》、利《ヨロシ》レ有《ルニ》レ所レ食《スル》とあり。大人は僕の事いうまでもなし。天、君に命ず、君躊躇するなかれ。

「右の易占あたるや否やは之を後日に徴せざるべからず。」

——是は前後の関係から推測すると、明治二十三年二月下旬の比に書かれたものであるらしい。すると是は、漱石も子規も、この七月に第一高等学校を卒業しようとする年の事である。

是は子規の真面目だか冗談だか分らない。無論子規は真面目に易を立てたには違いない。然し子規が自分の易を、どれほど信仰していたかが疑問であるというのである。従って是を我我は、子規と漱石との交友関係を探り知る事の出来る好資料として、重宝がる訳にも行かないし、子規の内面発展の歴史を把握する事の出来る適切な手懸とする訳にも行かないのではあるが、かと言って我我は是を、漱石の将来の予言として、それが後の漱石の経歴とどう合いどう離れるかの、点検をしてみる種に使う気にもならない。それは寧ろ馬鹿げた無意味である。然し是を、当時子規が漱石に就いて考えていた事の、半ば無意識な現われだとして見ると、其所に多少の面白味が湧いて来るようにも考えられる。換言すれば是を、子規が不知不識のうちに発した、漱石に対する批評のようなものとして見ようというのである。

「君今学校にありて上、教師迄皆人望を君に帰す。故に君は屢々升て第一位にあり。是れ大吉なり。」というのは、現在の状態を叙述しているのだから、問題はない。然し「六五貞吉升階とあり。伝に大得志也という。是れ君が大学を卒業するの時にて、即ち君は已に文学者の堂に升る者なり。」と言い、或は「能以衆正以可王矣とは君能く文壇に将として牛耳を取るの謂なり。」と言い、或は「九二在師中、王三錫命とあり。君の文を書くや天下其妙を称し、外国人といえども驚嘆することあるべし。」と言っているのは、当時子規が漱石の文学者としての才能を、いかに高く買っていたかを物語るものと言って可《よ》いであろう。子規はこの前年（明治二十二年）の秋、漱石から房総紀行の『木屑録』を示され、漱石の漢詩漢文を駆使する技量の抜群であるのに驚嘆し、跋を書いて、君が英語に堪能な事は、自分もよく承知していた。然し漢詩漢文がこんなに出来るとは今が今まで知らなかった。元来英語の出来る者は和漢に拙く、和漢に秀でた者は英語に疎い。双方を操って自在なる事君の如きは、真に千万年に一人のみと、口を極めて漱石を激賞しているのである。然し「人事盛衰あり、六三に師或輿戸凶とあり」、文壇時に君に抵抗する者があり、どうかすると君もそれに降参する事がないとも限られない。然し「上六に小人勿用」とある。「賢人君子を友として徳を慎み」さえすれば、「積小以高大という様になるの勢」があるのだから、そんなに心配する必要はないというのは、極めて常識的で、また抽象的な助言であるから、大して問題にする事はないにしても、例えば「君の言論文章には一癖ありて天下を毒することなきにもあらず。」と言い、或は「学者に偏見《プレジュディス》あるは古来皆一徹にて別に咎むべきにあらねど、其言、多少天下を毒するに至りては注意せざるべからざるものあり。」と言っているのには、同じく常識的であり抽象的ではあっても、子規が漱石の言論文章に、何等かの点で平らかならざるものを持っていたのではないかと、想像させるものがある。漱石の文章に就いては、子規は『木屑録』の中の、「余、石を蹁み水に臨む。時に天晴れ風死し、菜藻毿々然として藍を揺がし碧を曳く。游魚其間を行き、錦鱗頳尾、忽ち去り忽ち来る。水底には螺石布列し、捫って観るべきが如し。竿を倒まにして其深さを測れば、則ち竿没して水、手に触るるに至るも、而も達すること能わざるなり。蓋潮水澄清、日光下に透して屈曲す。故に水底の物、浮々焉として近きに在るが如くにして、其実数尋の下に在ればなり。」の前半に感心しながらも、「蓋潮水云々より数尋の下に在ればなりに至るまでは、前段を解釈したるに過ぎず。却って風味を減殺す。割愛しては如何」と言って、漱石の理窟を戒めた事がある。然し是が「多少天下を毒する」文章という批評の根拠になり得るかどうかは、問題である。

明治二十二年十二月の末から明治二十三年一月の初めにかけて、漱石は二度、当時松山に帰省していた子規に宛てて、手紙を書き、或は「兎《と》角《かく》大兄の文はなよなよとして婦人流の習気を脱せず近頃は篁村流に変化せられ旧来の面目を一変せられたる様なりといえども未だ真率の元気に乏しく従うて人をして案を拍て快と呼ばしむる箇処少きやと存候」と言い、或は「総て文章の妙は胸中の思想を飾り気なく平たく造作なく直叙スルガ妙味と被存候さればこそ瓶水を倒して頭上よりあびる如き感情も起るなく胸中に一点の思想なく只文字のみを弄する輩は勿論いうに足らず思想あるも徒らに章句の末に拘泥して天真爛慢の見るべきなければ人を感動せしむること覚束なからんかと存候」と言い、君のようにそう「朝から晩まで書き続けに」書いていては、アイディアを養う余地がないに違いない。アイディアは経験と教養とによって涵養されるが、然し一人の人間が経験する事の出来るものは、極めて限られた、狭い範囲に過ぎない。従って一番大事な事は、人が読書によって教養を積むという事である。君はもっと読書をしなければいけないという意味の事を、堂堂と論理的に論じた事がある。是は恐らく子規に、相当徹《こた》えたに違いない。然しそれとても子規が漱石の言論文章を目して「一癖あり」と言い、「多少天下を毒するに至」るかも知れないと考える、正当な理由になり得ようとも思われない。——然し考えて見ると、漱石のこの助言は、まったく適切な助言で、理窟から言えば、子規の方に一言の返す言葉もないほど、正正堂堂たるものであったには違いないが、然し子規の方にも子規一流の意見はあって、仮令ちゃんとした理窟は言い返せなかったにしても、必しも漱石が正しく、自分は間違っていると考える事が出来ず、従って子規は、漱石の言うように、今までの習慣を已めて、読書に専念しようという気に、どうしてもなれなかったのかも知れないとも思われる。もしそうだとすれば子規が、自分の我を守る立場から、漱石に「偏見《プレジュディス》」がありとし、漱石の言論文章に「一癖」ありとする事も、決して不可能の事ではなかった。同じ立場から子規が漱石の、とかく理窟の出て来る文章を「一癖」ありとする事も、また可能である。従って想像を逞うすれば、是は、漱石に対する子規の日ごろの鬱憤が、此所でこういう形をとって現われたものであると見做《みな》す事が出来なくもないのである。

勿論こういうのは、すべて私の想像に過ぎない。ほんとの所は私には——私のみならず、恐らく誰にも分からないだろう。ただ此所ではっきり言える事は、『筆まかせ』の中の『正岡易占』と『正岡子規』の中の一節とが、密接な関係を持っているという事のみである。然も『正岡易占』の中には、漱石が教育者になって衆望を集めるような事が書いてはあるが、然し「冷かし」にも何も「女の事」というのは、全然書いてないのだから、是が「畳一畳位の長さ」の手紙とそっくり同じ内容を持っているものではないという事も、亦確言する事が出来るのである。

残念なのは、その「女の事」というのが、どういう事だったか、まったく知るを得ない事であった。『三四郎』の中で広田先生は、「憲法発布は明治二十二年だったね。其時森文部大臣が殺された。……僕は高等学校の生徒であった。大臣の葬式に参列するのだと云って、大勢鉄砲を担いで出た。墓地へ行くのだと思ったら、そうではない。体操の教師が竹橋内へ引張って行って、路傍へ整列さした。我々は其処へ立ったなり、大臣の柩を送る事になった。名は送るのだけれども、実は見物したのも同然だった。其日は寒い日でね、今でも覚えている。動かずに立っていると、靴の下で足が痛む。隣の男が僕の鼻を見ては赤い赤いと云った。やがて行列が来た。何でも長いものだった。寒い眼の前を静かな馬車や俥が何台となく通る。其中に今話した小さな娘がいた。今、其時の模様を思い出そうとしても、ぼうとして迚も明瞭に浮んで来ない。ただこの女丈は覚えている。夫《それ》も年を経つに従って段々薄らいで来た、今では思い出す事も滅多にない。今日夢を見る前迄は、丸で忘れていた、けれども其当時は頭の中へ焼き付けられた様に熱い印象を持っていた。――妙なものだ」と言っているが、もし是が漱石自身の、それとなき初恋の告白であったとすると、この手紙の中に「冷かし」て書かれた「女の事」というのは、どうもこの話と密接な関聯がありそうな気がするからである。この手紙の翌年、明治二十四年七月十八日、漱石が「銀杏返しにたけながをかけた」女に「邂逅」した事を、子規に報告するに際して、漱石は「いつか君に話した」可愛らしい女の子に会ったと書いている。子規は易を立てる以前にその話を聴いていて、易の面の判断を漱石に書いてやる際にそれを思い出し、序にその事に触れて漱石を「冷かし」たものではなかったか。——然し肝腎のその手紙というのが現在は残っていないのだから、今更それをどう確めようもない。

二　英作文

『十六世紀に於ける日本と英国』という題で書かれた、漱石と子規との英作文の一部が、明治二十三年七月九日発行の英文雑誌『みゅーぜあむ』第三号に掲載されているという事は、既に鶴本丑之助君によって報告され、衆知の事実となっている。お蔭で『漱石全集』は是を漱石の初期の文章の中に採録し、内容を一層豊富にする事が出来た。この報告は恐らくまた『子規全集』の編纂者の注意をも惹いたに違いない。そのうちきっと『子規全集』も、是を自分の中に取り入れる事だろうと思う。明治二十三年七月といえば、前にも言ったように、漱石と子規とが第一高等学校を卒業する時である。名前の下に「第一高等学校生徒」と書いてあるのは、この文章が卒業前のある時期に書かれたものである事を、表明するものに違いない。

漱石は自分の文章の中で、適当な参考書も何もない上に、材料を蒐集したり、蒐集したものを整理したりする余裕がない。のみならずこういう仕事は、そういう材料を消化した上で解釈する頭脳を必要とするのだから、自分のようなものが、僅かな時間のうちに、碌な事の書ける筈がないと、初めに自分の仕事の内容の貧弱な事を、弁解している。是は恐らく相当時間の余裕を与えた宿題のようなものでなく、時間の初めに題を出して、一二時間の内に答案を書いてしまえというような種類のものではないまでも、調べたり考えたりする余裕のあまりない宿題の、答案だったろうと思う。漱石は文章の中で“*in a fortnight or two*”といっている。高等学校で英語と歴史とを教授し、日本の歴史に興味を持っていたマードックは、日本の青年にこういう大きな題目を課して、半月や一月のうちに立派な答案が集るとも予期しなかったに違いないが、それでも其所から何らか、直覚の閃めきによる、サジェスチョンを得たいと思ったものかも知れない。然も是が、時間の余裕をあまり与えない答案であればあるほど、答案を書く人の実力が一層顕着に現れる筈でもあるのだから、英文専門の人から見れば、この答案には相当興味の深いものがあるのかも知れないのである。

然し私に興味があるのは、答案そのものよりも、その答案を掲載した『みゅーぜあむ』から一号とんで、明治二十三年九月十五日発行の『みゅーぜあむ』第五号に、マードックが書いている、それらの答案の批評及び訂正であった。是は、鶴本丑之介君の報告には洩れていたが、然し此所には、批評と訂正とを通して、漱石と子規とに対する、マードックの態度の相違が出ている。その態度の相違が可也《かなり》はっきりしているのが、私には特に興味が深いのである。

子規の文章に対するマードックの態度は、普通の西洋人が、普通の日本の学生に対する態度と、あまり変りがなかった。マードックは、或は綴りの間違いを直し、単数を複数に改め、冠詞をつけさせたり省かせたりし、副詞を置き換え、表現を改め、是ではなんの事だか分らないと言い、勿論その注意は丁寧親切を極めているが、然し要するにそれは、赤ん坊の手をとって、歩く事を稽古させる者の丁寧親切である。例えば子規は、“*Before we start for the description of the English and Japanese Civilization,* ……”と書き出しているが、マードックは是をつらまえて、“*for the description*”は“*to describe*”とするが可い。正しい用法は“*start for Kyoto &c.*”というような場合であると言っている。また例えば子規は“……*England was ruled by a King or queen, while Japan was occupied by several nobles.*”と書いているのを、マードックは、“*was occupied by*”は“*was in the hands of*”の方がよろしいと言っている。それに続いて子規は、従って当時の日本は、寧ろヨーロッパ一洲と比較すべきで、英国は日本の一藩にあたるべきであると説き、“*But it is out of question*”と結んでいるが、マードックは、この*But*以下の文章の意味がどうしても解せない、是は恐らく筆者は、“*but this is apart from* (*or besides*) *the question*”と言おうとしているものではないかと言っている。また例えば子規は、秀吉とエリザベスとの相似を論じ、エリザベスはスペインの無敵艦隊を粉砕したが、秀吉も亦支那・朝鮮の人人を震慴させたという所で、“……*while the other made the Chinese and Coreans tremble at the report of his attack with the apish face*” と書いている。マードックは、是では *attack* が猿の顔をしているとしかとれない。是は“*other*”のすぐあとに“*with his apish face*”と持って行くべきであると言っている。最後に子規は、概して言えば、日本の文明は、同時代のヨーロッパの文明に比べて、水準が遥かに低い。然し“*It is still to be observed that as to the progress of civilization they have no difference at all!*”であると書いた。是に対してマードックは、この文章は、スフィンクスの言葉の如く、まだデルフィの託宣の如く、曖昧模糊たるものである、と言っている。

漱石の文章に対するマードックの態度は、是とは余程違う。子規を遇するマードックの態度が、赤ん坊に対する態度であるならば、漱石に対するマードックのそれは、勿論自分より年の若い者に対する態度ではあっても、ともかく一人前の人間に対する態度である。同じく丁寧親切を極めても、同じくユーモアを漂わせても、それが常に相手に対するある敬意を失っていない。——例えば漱石は、冒頭に、こういう仕事に手を着ける場合には、必ず事実の穿鑿《せんさく》から始められなければならない。是は手近に適当な参考書がありさえすれば、なんでもない事であるには違いないが、“*But when we are unfortunately in lack of any book suited to our purpose, task awfully difficult, especially for a man of little patience.*” と書いた。マードックは、この“*awfully*”がいけないという。是は“*slangy*”ではないまでも“*too colloquial*”だから、荘重な文体に用いるのは適切ではない。是は“*extremely*”とか“*exceedingly*”とかそういう言葉を用いるべきであるという。——漱石はこうしてこの目的に協う適当な参考書がない事、従って自分で方方に散ばっている断片の中からインフォーメーションを集め、秩序のついていない稿本の中から必要な材料を整頓して来なければならない事、然もそういう準備が相当出来上がったとしても、なおその上にそれらの事実を消化し解釈する手続が残っているのだから、仕事は半ばしか成就したとは言えない事、然もこの、事実を消化し解釈する仕事は、立破な頭脳を持っている人でなければ到底出来る仕事でない事（*This can scarcely be done, however, by one without the endowment of a fair perception*）、然もこういう *qualities* は一人の批評家にとって絶対に必要なもので、インフォーメーションが十分に蒐集されていなければ、その批評は推論の誤謬を来たして混乱に陥るし、判断が正確でなければ、一切の知識はがらくたの山を築くに等しいものになってしまう事、従ってこの二つの武器を自在に有効に操る事の出来る人間でない限り、立破な批評家たるの名誉を担う事は出来ないという事を説く。それに対してマードックは、“*This can scarcely*”以下の文章を、そっくり削除する事を助言する。是は平凡陳腐な説である上に、主題の展開にあまり関係のない事である、従って文体を弱くする。競漕用のボートには客を載せる事は許されない、文章も余計なものを詰め込んで引き伸ばすべきではない。従って是を削除し、第三節を、"*All this implies patience and good sense,* ――*the essential qualities of a critic. But although & c.* "という風に始め玉えと言っている。その"*But although*"以下の文章を、漱石は、"*But although one may find himself endowed with both patience and good sense, he may still fail in doing his task only through lack of time.* "と書いた。マードックはその"*one*""*he*"の使い方を咎めて、ベインは"*one*"は"*one*"で受けるべきで"he"で受けるべきではないと言っている。"*one*""*one*""*one*'s task"の如きである。勿論ベインは法皇のように、神聖不可犯ではない。然しベインの言葉に多少の注意を払う事もいい事であると言っている。――次いで漱石は、自分のインフォーメーションの貧弱と自分の判断力の欠乏と自分に許された時日の短少と、外に沢山しなければならない事がある中で、途切れ途切れに書かれたこの論文が、誤謬と欠点に充ちているに違いない事は、自分もよく承知している。"*Considering them also, you will not, I hope, be too strict in your criticism of an essay, which, poor and sick as it is, has been wrought out with the utmost diligence as far as time and means world allow.* "と書いた。マードックは是に対し"*sick*"という言葉は近代の英語では通常ある程度の"*affection of the stomach*"に関連して用いられる。もっとも聖書に用いられている英語には、ある人が"*sick unto death*"であるというような表現が出て来る、是は勿論 mal-de-mer などとは全然関係のないものである。従って此所で特に"*sick*"が不都合だという訳もないのではあるが、然し例えば是を

“*lame*”などというような文字に置き代える方が、可かろうと思うと言っている。

――漱石の『博士問題とマードック先生と余』や『マードック先生の日本歴史』などを読んだ事のある人は、マードックという人がどういう人であり、そのマードックに対して漱石がどういう心持を懐いていたかを、よく知っている筈である。漱石は「他の同級生よりも比較的熱心な英語の研究者であったから、分らないながらも出来得る限りの耳と頭を整理して先生の前へ出……時には先生の家迄も出掛け」、マードックが朝飯に卵のフライを食っていた所さえ見たと言っているが、漱石が当時マードックに懐いていたように、マードックも亦、漱石の英語の力を認めていたのみならず、漱石をパーソナルに愛するような心持になっていたのではないかと思われる。それでなければ、一つの文章の批評に、こうまで漱石の感じ方や考え方の中に立ち入って、漱石の人間に影響を及ぼしそうな、親切な批評は、しようと思っても出来る筈がないからである。

漱石が博士を辞退したという噂をきいて、是は君がモラル・バックボーンを持っている証拠だと言って、お祝いの手紙を寄越したというのも、マードックの漱石に対する曽ての愛情が、この機会に蘇って、マードックをして手紙を出さずにいられないようにしたものに違いない。

（一二・九・九／『改造』昭和一二年一〇月号）

漱石と読書

明治三十九年七月三日、漱石が『猫』の大尾を書き出す直前、高濱虚子に与えた手紙の中に、「……実は論文的のあたまを回復せんため此頃は小説をよみ始めました。スルと奇体なものにて十分に三十秒位ずつ何だか漫然と感興が湧いて参り候。只漫然と湧くのだからどうせまとまらない。然《しか》し十分に三十秒位だから沢山なものに候。此漫然たるものを一々引きのばして長いものに出来かす時日と根気があれば日本一の大文豪に候。此うちにて物になるのは百に一つ位に候。草花の種でも千万粒のうち一つ位が生育するものに候。然しとにかく妙な気分になり候。小生は之を称して人工的インスピレーションとなづけ候。小生如きものは天来のインスピレーションは棚の御牡丹と同じ事で当にならないから人巧的にインスピレーションを製造するのであります。近頃は器械で卵をかえすインキュベトーと云うものがあります。文明の今日だから人為的インスピレーションのあるのも尤でしょう。そこで此七月には何でも四篇ばかりかく積りです。前に云う漫然たる恵比寿ぎれの様なものは雲の如くあるが偖《さて》まとまったものは一つもない。どれを纏めようか、又どう纏めようか其辺は未だ自分でも考えて居ないのであります。……」という一説がある。

同じ年の十月の『新潮』に載った、漱石の談話筆記には、「……気が乗らなければ書けぬという事は、事実に相違ない。……然し気が乗るのを待っていなければ書けぬというのは、嘘であろうと思う。換言すれば、自分が気が乗らなければ、自ら気が乗るように仕向けるということが必要ではあるまいかと思う。いわば人工的インスピレーションとでもいうものを作り出すように力めなければなるまいと思う。……然し人工的インスピレーションの出来《でか》し方はどうしたらよいかという事は、問題である。……唯自分はどうしてインスピレーションを作るかという事だけは語られる。自分はインスピレーションなどという程の大袈裟なものでもないが、兎に角気乗りのするように工夫する。つまり自分のように人から日を限られて頼まれたり、是非書いて貰いたいなどと云われたりする時は、どうしても小説を作るように気を向ける必要がある。そうしないと、今論文などを読んで居るとすると、もう其論文が書いて見たくなって、創作などは出来なくなる。そこで自分が小説を作ろうと思う時は、何でも有り合せの小説を五枚なり十枚なり読んで見る。十枚で気が乗らなければ十五枚読む。そしてこんどは其中に書いてあることに関聯して種々の暗示を得る。こういうことがあるが、自分ならば是をこうして見たいとか、是を敷衍して見たいとか、さまざまの思想が湧いて来る。それから暫くすると書いて見たくなる。それをだんだん重ねて行くと、だんだん興が乗ってくる。其興に浮かされて堪えられなくなった時、筆を執るとよいのであろうが、自分などはそれを待っていた事はなく、好い加減な所で筆を執り出す。」と書いてある。

自分が小説を書き出す前に、自分の創作的な気分を刺激する為に、手当り次第に小説を読んで見るという、この習慣を、漱石はずっと後まで持ち続けた。それは漱石が、ガルスヲーシーの翻訳を贈られたのに対して、大正三年三月二十日、即ち『心』を書き出す前に、大谷《おおたに》繞石《ぎょうせき》に宛て、「私はまた小説を書かなければなりません書く前には気分をそちらへ持って行く必要があります夫《それ》には誰の小説でも読んでいるうちに自分も自然創作的気分に侵されてくるようになるのです、私はガルスヲーシーを読む時そういうプラクチカルな考を懐いていました、そうして読んで了《しま》ったら幾分か自分の目的が達せられたように思います偶然ながらあなたの御蔭です御礼を申上ます」と書いているのに徴しても、明らかである。ただこういう際に漱石は、その小説を読んでいるには相違ないが、もともと目的が、その小説を読む事の上にあるのでなく、自分の気分を創作的なものにし、その気分の中で、自分の書こうとする事を纏めるという点にあるのだから、その小説に何が書いてあるのか、結局分からなくなってしまう場合が、可也《かなり》多かったのだそうである。

——是は漱石の読書の特殊な場合である。漱石の読書一般からは、可也遠ざかった話ではないかと、言う人があるかも知れない。然し此所には、漱石の読書一般に於ける重要な相が、少くとも二つは、はっきり示されているように、私には思われる。その一つは漱石が、論文を読んでいると論文が書きたくなり、小説を読んでいると小説が書きたくなると、言っている事である。その二つは漱石が、小説を読んでいながら、自分なら此所をこう書くとか、自分なら此所をもっと敷衍するとか、読んでいるものに添うて、絶えず著者と「対話」しているという事である。もし不断から漱石の読書にこういう傾向がなかったとしたら、いくら漱石が創作的気分になりたがったからと言って、そう急に注文通りに、事が運ばなかったに違いない。一般の場合と特殊な場合との相違は、読書によって醸し出される自分の気分を、押さえるか放つかという事だけである。この事は例えば、『漱石全集』別冊の中の、漱石が蔵書の余白に書き入れた、諸種の評語を読んで見れば、恐らく誰にでもすぐ首肯される事だろうと思う。

勿論多くの人は、自分の読んだ本に、いろんな書き入れをする。従って本に書き入れがしてある事が、必しもその人がその著者と「対話」したという事を、意味しない。人は、読んでいる本の世界の中に、私を棄てて、誠実に、深く斬り込んで行くのでなければ、その本の著者と真に「対話」する事は出来ない。その為めには人は先ず、相手の言う事を、深切に聴きとる必要がある。然し、教授の講義を筆記する場合に、多くの学生がそうであるように、単に受動的に、深切に、相手の言う事を聴きとるだけでも、著者との真の「対話」は成り立たない。それには人が、一方では、著者と対等の、男ずくの立場に立ち、自分の独立と自由とを取り失う事がなく、他方では、自分の私を棄てて、相手の世界に沈潜し、相手の世界を理解する必要がある。一口に言えば、相手の世界に同化しながら、相手の世界から脱け出て、自分自身に独自な活動を営むのである。漱石はそれをやっている。

それをやっている証拠は、漱石が、論文を読めば論文が書きたくなり、小説を読めば小説が書きたくなると、言っている事である。勿論是は漱石が、それほどセンシブルな頭を持っていたという事を証明するものでもあるが、然し一方から言えば、漱石が、それほど集中して相手の世界に打ち込み、沈潜し、理解し、相手の頭の動くが如くに自分の頭を動かしたればこそ、漱石にこういう――その都度論文を書いたり小説を書いたりしたい欲求が、動き出て来るのである。自分を対象の世界に同化させる限り、その対象が取り去られても、なお自分の世界は、その対象と同性質の活動を、惰性として継続する。同時に、自分を対象の世界に同化させはしたが、決して自分をその奴隷にはしなかったという反省が、その惰性に乗って自分自身を表現する事を、少しも恥辱と感ぜしめない。――この意味で漱石の読書は、一つの「創造」活動であったと言って可《よ》いのである。自分の内に持っているものを、外に押し出す為めの刺激として、一種の早め薬として、読書が作用するのである。

勿論漱石は、自分自身を教養する為めの読書という事も、決して等閑に附していなかった。それどころではない。人の教養は、その人の経験と読書とから得られる。然も一人の人の経験は、竟《つい》に人生の限られた一部分以上に出でる事は出来ないのだから、それを補充するものは、読書を措いて外にないという事を、既に漱石は、高等学校の時分から考え、それを子規の所へ書いてやってさえもいるのである。従って漱石は、その晩年こそ、詩を作ったり句を作ったり、画をかいたり書をかいたりして、それほど読書には親しまず、親しんでも多く東洋的なものを採り上げようとする傾向があったようであるが、然しそれまでの内は、自分が創作活動に従事する以外の、殆んど一切の時間を挙げて、思索し読書する事を怠らなかった。

　読書は、自分が是までに経験した事もないような、特殊な経験を経験させてくれる。自分が漠然としてしか感じていなかったものを、明瞭に道破して、それを確と認識させてくれる。自分では思いも及ばなかった人生の視点を提示して、人生を視る自分の眼に、新しい展望を用意してくれる。——然しこうして獲られる筈の教養も、それが、内にあるものを外に押し出して、それを大きく育て上げるのでない限り、決して体験にも教養にもなる事がなく、結局は、呑み込んだものをそのまま吐き出す鵜のようなものか、知ったか振りを振り廻す骨董屋のようなものを、作り上げるに過ぎない。従って此所でも必要なのは、「創造」活動としての読書である。自分自身の自由と独立とを取り失う事がなく、相手の世界と同化し、相手と男ずくに「対話」しつつ、相手から、自分の持っているものを引き出して育て上げるに十分な、刺激を受とる事である。——そうして漱石が、自己を教養する目的で採って来た読書の態度も亦、この「創造」活動であったのに外ならなかった。

（一一・五・一一／『學鐙』昭和一一年五月号）

漱石と画

明治四十五年五月二十七日、漱石は戸川秋骨《とがわしゅうこつ》に宛てて、「今日午前に至り不図《ふと》自画自賛試みたく相成生れて始めて画をかき候」と書いている。

是より先、漱石は秋骨から、発句をかいてくれと頼まれていた。それも普通の発句ではなく、画讃の発句であった。のみならずその画讃の発句は、漱石の方で予め画の趣向を考え、それが下にかいてあるものと想像してかかなければならない、画讃の発句であった。画は、漱石の方でそう言いさえすれば、誰か外の専門の人に頼んで、あとでその通り書いてもらうというのである。――漱石がどうしてそんなむずかしい注文を引き受けたのかは、私には分からない。然《しか》し漱石はその為め、「是は一所不住の沙門にて候という前書の後へ、雪の夜や佐野にて食いし粟の飯という句を書き、其下へ自在に鍋の釣るしてある傍に行脚僧の笠を描」くという趣向を工夫し、下に画がかいてある積りになって、上の方にその讃を書きにかかった。然し是は、もともと無理な注文である。漱石がいろいろ苦心して書いてみたにも拘わらず、其所に到底自分の気に入るものが出来上がらなかったのは、寧ろ当然の事であった。それで漱石は、「実をいうとどうしても画と賛は同人が同時に書かなくてはならぬものかと存じられ候。然らずは画の上へ賛をするが順当に候。賛をかいて其下へ絵をかかせる事は古今に其例あるや否や存ぜざれど少くとも小生の場合は画家を雪隠詰にすると同様の意地の悪い仕業に相成候」と言って、到頭《とうとう》秋骨にその事を断ってやった。

それがどういう風の吹き廻しか——或は、画と賛とは同一人が同時にかくべきものだという考えが、漱石の頭を強く刺激したものかも知れない——その翌日の午前になって、漱石は「不図自画自賛」が試みたくなり、「生れて始めて画をか」く気になったのである。

その画は勿論、どう贔屓目に見ても、決して良い画という事は出来なかった。公平に言えば、ただ筆をのたくらせただけのもので、もしそれに「絵は最明寺殿が後向になってあるいている所と御承知被下度候。斜に出ているものは杖にて決して刀には無之。山妻は侍が帯剣の姿と間違候間念のため説明を加え置候。」という説明がついていなかったら、何をかいたものか、恐らく誰でも、見当をつけるのに苦しむような画であった。ただ其所には、拙を覆おうとする巧みが、少しも見えない。それは、拙くてもなんでも、天真爛漫である。もしこの画に何等かの取柄があるとすれば、それは正に其所にある。漱石もそれに気がついていたのだろう、「是はほんの記念として差上るもの故」決して表装をして床の間などへかけるような事はしないでくれ、「装飾品としては其うち書画ともに上達の見込あれば」うまくなった時に、改めて立破なものを御覧に入れると、書き添えた。

然し厳密にいうと、実は是は漱石が「生れて始めて」かいた画ではなかった。勿論絹や画箋紙の上に、墨で、筆をつかってかく画は、是が「生れて始めて」の画であった事は、確実である。然し、画一般という事を問題にすれば、その前に漱石は、明治三十六・七年の比に、相当熱心に、ワットマンの上に水彩画をかいている。是は恐らく橋口貢、その弟の橋口五葉、寺田寅彦などの刺激によるものに相違ないが、漱石は当時そういう人人と、頻に自作水彩画の絵葉書を交換した。それは今日でもちゃんと保存されている。また当時漱石が、その中に水彩画をかいた、ポケット用のスケッチ・ブックも保存されている。

漱石は、例えば子規のように、厳密な「写生」の画をかかなかった。後年の漱石は、必ずしもそうだとは言い切れないが、然し当時の漱石は、その絵葉書に於いても、又そのスケッチ・ブックに於いても、物の形を精到に捉まえて、それを色彩で表現しようとするよりも、寧ろ自分の頭の中にあるヴィジョンに、先ず姿を与えたい、その為には形なぞどうだって構わないと、考えていたものらしく見える。——柳の樹の下に白い家鴨が三四羽遊んでいる。然しそれは柳だか家鴨だか、よく分からない。それにも拘わらず、緑の色が竪に縞目にすうすうと引かれている下に、いくつかの白点がある色彩の世界は、何かしら是をかいた人が、この世界に這入って、さぞ愉快な心持がしたに違いないと想像させる、特別な感じを持っている。海岸の、海の向うに島の見える、松の樹のある丘の上に、大きな丸い石が据えてある。その石の上に、丁度雪達摩の首のように、もう一つ小さな石が載っけてある。大きな石の胴中には、何か梵字のようなのが一字、黒く彫り込んである。是に漱石は『わが墓』と題した。そうかと思うと、書架を四五段かいて、それに列《なら》べた本の背中を、紅だの黄だの茶だの藍だので、無雑作に表現し、それに“You and I / Nobody by”と題した画もある。

然しこういう水彩画は、漱石が『猫』をかき『倫敦塔』をかき、段段創作に熱中するに従って、次第に漱石の頭の中から、その姿を消して行った。明治三十八年も三月以後になると、漱石が自作水彩画の絵葉書を人に送る事も、殆んど絶えてしまったのではないかと思われる。漱石は、創作の方が面白く、また創作の方が急がしく、到底水彩画なぞかいている余裕を、持つ事が出来なくなるのである。漱石が、絹の上に「最明寺殿」をかいたのは、それから七年以上もたってからの事であった。漱石は、自分が過去に水彩画をかいた事があるなどという事は、或は忘れてしまっていたのかも知れない。

然しこの「最明寺殿」がきっかけになって、漱石は、その後時時、再び画をかき出した。勿論是は、漱石が本来画をかく事が好きであったからには相違ないが、然し一つには漱石が、明治四十三年の八月に修善寺で胃潰瘍に倒れ、明治四十四年の八月に大阪で再びその為に倒れ、その後は少し烈しい活動をすると、すぐ胃に故障が起るようになった為である。それでも漱石は、明治四十五年（大正元年）には、まだそれほど画に熱中しなかった。十一月十八日の津田青楓宛の手紙の中で、漱石は「今日縁側で水仙と小さな菊を丁寧にかきました。私は出来栄の如何より画いた事が愉快です。書いてしまえば今度は出来栄によって楽みが増減します。私は今度の画は破らずに置きました。此つぎ見て下さい」と言っているが、然しそれも十一月三十日から『行人』が書き出されたので、中止されなければならなかった。漱石が、本気に、夢中になって画をかき出したのは、その翌年、大正二年からの事である。

漱石は『行人』を書いて年を越した。然もその『行人』がまだ完結しないうち、大正二年の三月末に、漱石は三度び胃潰瘍で倒れた。それでも漱石は、劇しい痛が通過したあと、『行人』の事を気にして、四月二日、「まだ原稿を書くと頭がふらふらし。立つと足がふらふらし。胸も時々痛」むにも拘わらず、「是があとずっとつづくとよう御座いますがあとが危険」だと気遣いながら、『行人』の続きを一回分書いた。然し事実は漱石が心配した通り、そのあとすぐ再びもっとひどい潰瘍がやって来て、漱石は五月末まで床につき、従って『行人』は、一時中断されなければならない事になった。その病後、「床はとり放し起きたり寝たりの有様」で、徐ろに健康の回復するのを待っている間に、漱石は、再び画を採り上げるのである。そうして今度は漱石は、「もう画を切り上げよう切り上げようと思いながらま〔だ〕書いてい」（六月十一日）ると言わなければならないほど、「画に凝って他事を閉却」してしまうのである。その熱度は、翌年、大正三年一杯は続いた。大正四年、大正五年には、その熱は多少低下したとも言えるが、然し同じように熱心にかき続けられた。

大正二年十二月十一日、寺田寅彦宛の手紙の中で漱石は、「小生画をかくのと遊ぶのと運動するのとでいそがしく候画も明日はやめようやめようと思いながら其明日がくると急に描きたくなり候まあ酒呑がバーの前を通るようなものと存候其癖うまいのはかけず飛んだ酔興に候」と言っている。大正三年四月十日、津田青楓宛の手紙の中でも、「私もあなたと同じように何かやりかけて油がのる時分に止める都合になるのが残念です、画もいやになる迄かいて夫《それ》から又文学なり批評なりに移って行きたいと思います小説ももう書き始めなければなりません、夫で画はやめました、」と言っている。漱石の『心』は、大正三年四月二十日から八月十一日に亙って新聞に連載された。然もその連載中の七月二十八日、森圓月宛の手紙の中で漱石は、「早く小説を書いてしまって外の事がしたいと思います」と言っている。この「外の事」が画をかく事である事は、言うまでもない。大正四年七月十四日、大谷繞石宛の手紙の中にも、「小説も職業になると出来る丈早く書いてあとの時間を外の事に費やしたくなります」と書いてある。

漱石は、大正二年の七月末、油絵具を買って来て、撫子をかいたり、紫陽花をかいたり、暫らくの間は、油画をかいた。然し漱石には、自分が病臥した為に中断された、『行人』の続きを書く義務が残っていた。是は九月十六日から十一月十五日に亙って新聞に載せられた。それを機会に漱石は、油画をかく事はやめてしまったらしい。油画は、いろんな点で、漱石の性に合わなかったようである。漱石の油画の期間は、非常に短かかった。その前も、その後も、漱石が最も興味を持ってかいたものは、南画である。

漱石は、大正二年十一月三十日門間春雄に宛てて、「あなたの覚えている画はまだありますがあれは上げられません。下手なひどい画ですから。長塚がはははと笑った意味はまずいものをよく臆面もなく懸けて置くという意味からです。私はただあの趣丈が好なのです。それで記念のためまだ仕舞ってあります。画が御望みならひまな時に何かかいて上げますが私のは画というよりも寧ろ子供のいたずら見たようなものです。その小供の無慾さと天真が出れば甚だうれしいのですがただ小ぎたない所丈が小供で厭味は大人らしいから困ります。書でも画でもかきなれないと一通りのものは出来ず。又書きなれると玄人くさくなって厭なものです。従ってどうして好いか解りません。」と言った。同じ十二月八日には、津田青楓に宛てて、「私は生涯に一枚でいいから人が見て難有い心持のする絵を描いて見たい山水でも動物でも花鳥でも構わない只崇高で難有い気持のする奴をかいて死にたいと思います」と書いた。今日の日本人にそういう画のかける器《うつわもの》があるとすれば、それは恐らく水彩画や油画ではなくて、南画である。そう考えて漱石が、南画に打ち込んだのかどうかは、無論分からないが、然し画は「下手なひどい画で」もなんでも、ただその「趣」だけを愛しようとするならば、さしあたり人は、南画のようなものを採り上げる外に、別に仕様がないではないかと思われる。そうしてその南画をかく事が、漱石にとって、段段一つのネセシティになって来るのである。

漱石は修善寺の大患以後、次第にその眼を人間の内奥に向けて、其所に潜んでいるさまざまの私を剔《えぐ》り出して来ようとする、傾向を帯びて来た。然し人間の中の私は、追求すれば追求するほど、深い所にしかと根を下ろしていて、一人の人間の一生では、到底掘り悉《つく》す事が出来そうにも思われない。そういう他人の私、自分の私――一口に言えば、人間の業の深さの認識が、次第に漱石の心を重くして、漱石の人生を生き苦しくした。勿論生き苦しいからと言って、それは、そのままに棄てて置ける事ではなかった。又それをそのままに、棄てて置く、漱石でもなかった。それだから漱石は、爾後、その人間の業の深さを剔出する事によって、人がその業を認識し、認識する事によってその業から浄められる事に精進するような、小説計りを書いて行った。漱石の爾後の小説は、人間の業に悩む者の道連れとなった。然しその仕事は、仕事そのものの性質上、多くの場合、漱石を苦悩と悲哀の重い密雲中に閉さざるを得なかった。その重い密雲の中から、漱石を引き出してくれるものが、漱石の画だったのである。少くとも漱石は、自分の画を、そういうものとして、自分にとって、一つのネセシティとしたのである。

画には、理窟がなかった。その上漱石の画には、玄人の厭味が出て来る隙間がないほど、稚拙で、無分別で、天真で、然もそれだけに、その間から漱石の魂だけが出て来て物を言うという所があった。それだから漱石は、自分の画に信頼して、不愉快な自分を任せ切る事が出来た。漱石は、大正三年十一月二十五日、学習院の講演『私の個人主義』の中で、「私は愉快だから描いたのではない、不愉快だから描いたのだと云って私の心の状態を其男に説明して遣りました。世の中には愉快で凝《じっ》としていられない結果を画にしたり、書にしたり、又は文にしたりする人がある通り、不愉快だから、どうかして好い心持になりたいと思って、筆を執って画なり文章なりを作る人もあります。そうして不思議にも此二つの心的状態が結果に現われた所を見ると能く一致している場合が起るのです。」と言っているが、漱石の画の美しさは、——漱石の画が、玄人から見れば、恐らく「下手なひどい画で」あるにも拘わらず、その「下手なひどい」ものの中から、どの玄人にも見る事の出来ない、高い気品が立ち昇っているのは、漱石が、そういう止むに止まれない心持から、捨て身になって、画の中に打ち込んで行った所から、自然に醸し出されたものであるに相違ない。漱石にとって、画をかく事は、かく事その事が楽しいのである。従って画をかいていれば、不愉快な自分の世界に、明るい光明がさして来るのである。それほど純粋に画をかく事を楽しみ得るという事が、漱石の画の世界の美しさを純粋なものにするのである。

（一一・二・——／昭和十年版『漱石全集』月報第五号　岩波書店、昭和一一年三月刊）

漱石と烟草

漱石は烟草が好きだった。いくつから喫い始めたものかは、つい聴き洩したが、ともかく、朝眼を覚ますと、先ず床の中で吸い、食後食後は無論の事、原稿を書く時でも、本を読む時でも、ものを考える時でも、人と話をする時でも、漱石はよく烟草を口に銜《くわ》えていた。不断喫うのは大抵朝日だったが、日に三十本近くは喫ったのではないかと思う。修善寺の大病のあと、宿屋の二階に寝ていて、烟草を喫わせろ、喫ってはいけないで、漱石がひどく肝癪を起した事さえあった。

大正三年三月『大阪朝日』に載った談話筆記の中で、漱石は、「莨《たばこ》は吸って居る。一時止した事もあったが、莨を吸わぬ事が別に自慢にもならぬと思ったから、又吸い出した。余り吸って舌が荒れたり胃が悪くなったりすれば一寸止すが、癒れば又吸う。常に家に居て吸って居るのは朝日である。値段は幾らだか知らぬが、安いのであろうが、妻がこれ許り買って置くから、これを飲んでいる。外に出て買う時に限って敷島を吸うのは、十銭銀貨一つ投り出せば、釣銭が要らずに便利だからである。朝日よりも美味いか如何か、私には解らぬ。」と言っているが、然《しか》し漱石がほんとに好きなのは、葉巻だった。然し是は高いし、漱石は自分の分というもの心得ていたから、人からでももらうのでない限り、決して自分で買って喫うような事はなかった。エジプト、トルコ、ロシヤの紙巻も、同様である。然し漱石の所には、葉巻だのエジプトやトルコの紙巻だの、よくもらったのがあった。中村是公《なかむらよしこと》がくれたのだと言って、細巻の、長目の、然も烟草よりも吸口の方が三倍も長いような、ロシヤの紙巻があった事を、私は今でも覚えている。

小説では漱石は不思議に、体裁振った、また体裁振ろうとする人間に、金口のエジプト烟草を喫わせているようである。『猫』の中の多々羅三平は、「烟草でもですね、朝日や、敷島をふかして居ては幅が利かんです」と言いながら、「吸口に金箔のついた埃及《エジプト》烟草を出してすぱすぱ吸い」、「そんな贅沢をする金があるのかい」「金はなかばってんが、今にどうかなるたい。此烟草を吸ってると、大変信用が違います」「寒月君が珠を磨くよりも楽な信用でいい、手数がからない。軽便信用だね」と、迷亭から調戯《からか》われているが、『虞美人草』の小野さんが喫っているのでも、『明暗』の津田が喫っているのでも、みんな金口のエジプト烟草である。『野分』の中の、中野春台の園遊会に出て来る二人の紳士は、多分金持の実業家で、あながち体裁の為にエジプト烟草を喫んでいるのではなかったのかも知れないが、然し「葉巻はやめたのかい」「うん、頭にわるいそうだから——然しあれを喫みつけると、何だね、紙巻は到底喫めないね。どんな奴でも駄目だ」「そりゃ値段丈だから——一本三十銭と三銭とは、比較にならないからな」「君は何を喫むのだい」「是を一つやって見玉え」……「成程エジプシャンか。これは百本五六円するだろう」「安い割にはうまく喫めるよ」「そうか——僕も紙巻でも始め様か。是なら日に二十本宛にしても二十円位であがるからね」という二人の会話を聴いて、高柳周作が、この男は俺の一ヶ月分の収入を烟にするつもりだと見えると考える所に、漱石の皮肉がある。

是に反して、漱石が小説の中で葉巻を喫わせている人間には、漱石は別に何の皮肉な批評をも加えていない。『猫』の中の迷亭は、金唐皮の烟草入から雲井を煙管に詰め込んで喫うかと思えば、苦沙弥先生のうちの朝日をも喫い、そうかと思えば又、洋食屋の二階では、ボイにトチメンボーを注文したあとで、済した顔をして、葉巻をぷかぷか吹かしたりする。是は端睨すべからざる迷亭の事だから、別問題とするとしても、『それから』の代助の兄の誠吾が、葉巻を吹かしているのでも、そうするのが当り前の人が、そうしているのに過ぎないもののようである。『彼岸過迄』の松本も、「香《か》の高い葉巻を銜えて」あるいているが、その為め我我は彼を、体裁振っているとも、見栄坊とも感じる事はない。『行人』の一郎は、一本八銭の「あまり好い香《におい》のしない葉巻」を喫っている。『明暗』の吉川は、反対に、いい香のする葉巻を喫っている。——葉巻と金持の実業家とは、漱石の小説では、截《き》り放せない関係に立っているようであるが、然し必ずしもそうでない事は、迷亭、松本、一郎の場合などが、是を証明する。もっとも三人とも、大して金には困らない連中である。総じて葉巻は、漱石によって、心持の豊かな者の象徴として、用いられているらしく見える。一郎が一本八銭の「あまり好い香《におい》のしない葉巻」を喫っているのは、一郎の、物質的には豊かなのと反対に、精神的には餓え渇いている矛盾が、此所にも現われているのだと、見るべきであるのかも知れない。

日本の刻みを漱石は、必ずと言って可《よ》い位、老人に喫わせている。是は明治時代の一つの特徴である。『虞美人草』の藤尾の御母さんでも、宗近さんの御父さんでも、『行人』の御父さんでも、すべて烟管で刻みを喫っている。そうして祥瑞の烟草盆をいじくり廻したりなぞしている。その外刻みを喫っている者に、『草枕』の髪結床の親方がいる。この親方が「胡坐をかいて、長烟管で、おもちゃの日英同盟国旗の上へ、しきりに烟草を吹きつけて、さも退屈気に」している姿は、田舎の温泉場の、春の日永の好点景だと言って可いだろう。『坑夫』の中の安さんが坑の中で、「一寸待ちねえ。一服やるから」と言って、「旨そうに腹の底迄吸った煙を、鼻から吹き出し」、「短い羅宇の中途を、煙草入の筒でぽんと払《はた》」くと、「小さい火球が雁首から勢いよく飛び出し」て、「草鞋の爪先へ落てじゅうと消え」る、そのあと「殻になった煙管をぷっと吹く」と、「羅宇の中に籠った煙が、一度に雁首から出」るというのも、そんな所で烟草を喫んでいいものかどうかは分からないが、いかにも坑夫らしい所作である。是は刻みではないが、同じ『坑夫』の中のポン引が、「君煙草を呑むかい」と言って差し出した朝日の「袋の角が裂けて」、「薄穢なく垢づい」

ているのみならず、「ぴしゃりと押し潰されて、中にある煙草がかたまって、一本になっている様に思われ」たというのも、何がなしポン引の烟草らしい感じが出ているようである。

漱石は、自分が烟草を喫むだけあって、漱石の小説に出て来る男で、烟草を喫まない者はないと言って可い位、殆んどすべての男が烟草を喫んでいる。それだけに烟草に関する漱石の注意と観察とは、相当丁寧で、その特殊な場合や、特殊な表情など、漱石によっていろいろに描き出されているようである。例えば漱石は、別荘町の闇の中に、ぽつんと光る烟草の火を描いてもいれば、春の山中で、燐寸を擦って手応はあったが、火が見えない。然し烟草を其所へあてがって吸ってみると、鼻から烟が出る、それで初めて火がついたのだなと悟るというような所も描いている。そうかと思うと、洋食屋の二階の窓から烟草の吸殻を棄てる途端に、客が下の入口を出て行ったので、吸殻が暫く客の帽子の上で烟っているというような、際どい所も描いている。『猫』の中では、苦沙弥先生が毛布を敷いて縁側に寝転び、「右手の指の股に巻烟草を挟」みながら、火が段段に「吸口の方へ逼って、一寸許り燃え尽した灰の棒がぱたりと毛布の上に落」ちるのも構わず、「一生懸命烟草から立ち上る烟の行末を見詰めて居る」所が描き出される。その「烟りは春風に浮きつ沈みつ、流れる輪を幾重にも描いて、紫深き細君の洗髪の根本へ吹き寄せ」られ、その洗髪の上を這うて、段段上の方へ上って行く。それを追うて眺める苦沙弥先生は、最後に自分の細君の脳巓《のうてん》に、大きな禿がある事を、発見する。——

然し一番興味があるのは、『三四郎』の中の、広田先生の烟草の烟に関する、与次郎の観察ではないかと思う。与次郎によると、広田先生は「鼻から哲学の烟を吐く」、そうしてその烟は「悠然として太く逞しい棒が二本穴を抜けて来る」のだというが、然しこの烟の出方にもいろんな種類があって、それで先生の気分を窺う事が出来るのだそうである。「濃く真直に迸る時は、哲学の絶高頂に達した際で、緩く崩れる時は、心気平穏、ことによると冷かされる恐れがある。烟が、鼻の下に低徊して、髭に未練がある様に見える時は、冥想に入る。もしくは詩的感興がある。尤も恐るべきは孔の先の渦である。渦が出ると、大変に叱られる」。是に対して三四郎は、「与次郎の云う事だから」「無論当には」ならないが、「然し此際だから気を付けて烟りの形状を眺めて」見ると、「与次郎の云った様な判然たる烟は些《ちっ》とも出て来ない。其代り出るものは、大抵な資格をみんな具えている」と言っているが、然し三四郎の異論はともかく、この与次郎の分類には、何か動かせないものを押えている所があるように思われる。漱石は恐らく自分で朝日かなんかを喫いながら、自分の鼻から出る烟の形状が、自分の気分によっていろいろに違う事に気がつき、与次郎のようにそうはっきり分類は出来ないまでも、何かそういう分類を試みてみたい要求に、屢駆られた事があった為に、自分を二つに分けて、広田先生の烟草の烟を、与次郎をして無理にこう分類せしめたものに違いないのである。体験という言葉を使うのはおかしいが、此所には必ず漱石の体験がある。――少くとも私には、この一節を読むと、案内も請わずにつかつかと書斎に闖入して見ると、いつでも大きな瀬戸物の火鉢に頬杖をついて、じっと考え込みながら、頻に鼻の孔から烟草の烟を吐いていた漱石の姿が、そうしていろんな烟の形状が、まざまざと眼の前に浮き上がって来るのである。

（一三・七・九）

偽物

ついこのあいだ用があってM市へ出かける汽車の中で、偶然N君に出会したら、M市のO君が漱石先生の未発表の原稿を秘蔵しているから、是非見て来るが可《よ》い、自分はまだ見てはいないが、O君の話によると、是を手に入れるについて、だいぶ面白い話があったらしい、それも一緒に聴いて来たまえと言って、名刺に、私を君に紹介する丁寧な言葉を書いてくれた。

都合の好い事に、私がM市に着いた晩私を訪ねて来てくれた人が、丁度そのO君の中学時代の友達だという事が分かったので、すぐ私はその人に電話でO君の都合を聞き合せてもらい、もし差支がなかったら、明日の午前中にでもその漱石先生の原稿というのを見せてくれないかと、申し込んだ。――N君の話によると、その原稿には禅に関することが書いてあって、これまでの『漱石全集』を捜して見ても、それは何所にも見当らないものなのだそうである。岩波書店の内部で、主として今度の決定版『漱石全集』編輯の任に当っているP君は、私からその話を聞いて、小躍りして悦んだ。どうかそれをうまく借り出して来て下さい、なんなら後で私が追っかけて行く事にしても可いとまでも、言ったくらいである。

然《しか》るに電話の返事は、頗《すこぶ》る奇怪なものであった。その原稿は自分の所にあるにはある。然し今手許にはない。今度の決定版の『漱石全集』に入れる事にして、N君の手を通して岩波書店に届けてあるというのである。——それが私には、どうしても腑に落ちなかった。決定版『漱石全集』に追加される新資料は、悉く一度私の手許に送り届けられる事になっている。それがまだ私の所へ届いていないのだとしても、苟も岩波書店に届いた『漱石全集』の新資料が、岩波書店の内部でそれを専門にやっているP君の眼に、触れないでいる筈がない。よしまたそれがまだ岩波書店に届けられていなかったとしても、それを岩波書店に届けるようにと依託されたというN君は、実に私に紹介の名刺を書いてくれたN君その人にほかならないのである。——それで私は押し返して、私自身が決定版『漱石全集』の編輯の衝に当っている者である事、然もその私は今朝がた岩波書店のP君に会ってその原稿の話をして来た事、殊にN君とはゆうべから一つ汽車に乗って紹介の名刺までもらい、今朝別れたばかりである事、そういう事をもう一度丹念に、向うに通じてもらう事にした。

すると今度は、N君といったのは間違で、実はQ町の友人を介して岩波書店に届けてもらう事になっているのだが、岩波にまだ着いていないとすると、そのQ町の友人の所に停滞しているものと見えるという返事だった。Q町といえばM市から、ほんの眼と鼻との距離である。それでその人は、話の工合では自分でそのQ町に出かけてくれる気で、Q町のなんという人にそれを渡したのかと、さらに訊いてくれたのだそうである。すると向うから、それは今ちょっと申しあげかねるという返事があったのだそうである。――それだけ聞いて私はこの交渉を打ち切る決心をした。O君が漱石先生の原稿を手に入れたという事は、すでにM市の新聞にも出たのだそうであるが、然しそれを私に見せてくれようとしない以上、O君は、漱石先生の原稿と称するものを手に入れたのは事実であったとしても、自分でも後日それについて、何か疑惑を持ち始めたものに相違ないからである。その上漱石先生が禅について立ち入った事を、自分で何か書くという事は、たとえば先生の『鶏頭』の序を読んで見ても、或は『門』の終り方を読んで見ても、到底考えられない事であった。是は或は漱石先生が自分の若い時分に宗演会下に参禅した事がある、その時の談話の筆記でも、誰かから売りつけられたものではないかとも、想像されたからである。

もっともそれは、私がそう解釈するというだけの事で、事実は決してそうではないのかも知れない。ただその前に私が経験した事で、こういう事実があった。その事実が私に、自然にそういう想像を逞しゅうせしめるのである。――

ある日ある古本屋の主人が私の所へ電話をかけて来て、漱石先生の原稿が手に入った。『漱石全集』を調べて見たが、それは何所にも見当らない。その意味で是は貴重な資料に違いないから、一度見てくれないかと言うのである。どんな原稿用紙に書いてあるのかと訊いたら、萌黄色で刷った、例の「漱石山房」という文字の這入っている原稿用紙だと答えた。何が書いてあるのかと訊くと、帝国劇場で頼朝の芝居を見て書いた批評が一つと、もう一つほかに随筆のようなものがあるという。その上新聞社で使ったものと見えて、赤インキで区切りが附けてあったり、人の名前が書いてあったりするという。どうも少し変だとは思ったが、ともかく見る事にしようというと、主人は早速その原稿を持ってやって来た。

見るとそれは、正に新聞社で使った原稿に違いなかった。また正にそれは「漱石山房」の原稿用紙に書いてあるのに違いなかった。しかしその原稿用紙に書いた字は、夏目漱石の字ではなくて、実は森田草平の字だったのである。

是は事情を知らない人には、ちょっと不思議に思われる事かも知れない。然し事実は不思議でもなんでもなかった。昔森田草平と私とで、漱石先生の下働きとなって、朝日文芸欄をやっていた事がある。元より我我は朝日新聞の社員ではないのだから、社へ出勤する筈がなかった。従って我我は、原則として漱石先生の書斎で、文芸欄の編輯事務をとった。もっとも我我は毎日山房に出勤したわけではなかった。我我は二、三日置きぐらいに出かけて行っては、そこで、集って来た原稿を取捨したり、自分の書いた原稿の検閲をしてもらったり、どうかするとそこで埋草の原稿を書いたりした。そうして「愚禿」だの「愚徳」だの「愚右」だの、変な匿名を使っては、紙面の変化を計った。然も漱石先生の書斎で原稿を書くとすれば、自然我我の使う原稿用紙は「漱石山房」の原稿用紙にならざるを得なかった。森田の帝劇の芝居の批評とほか一篇の原稿とは、そういう機会に書かれた、いわば埋草の原稿に過ぎないのである。

いくら「漱石山房」の原稿用紙に書かれ、いくら新聞社の文選・植字・校正を潜って来た証跡のある原稿でも、必ずしも漱石先生の原稿であるとは限らない。重要な事は、その上に書かれた字を見る事である。そういって私は、森田の古い時分の手紙を出して来て、その本屋の主人に見せて、どうだといった。主人は有難うございましたと、篤く礼を言って帰って行った。

ただ驚いた事は、この原稿が一枚一枚ちゃんと裏打された上に、二冊の本に製本されていた事である。もっと驚いた事は、原稿の見出しの下に書いてある「草平」という署名が、四回分だったか三回分だったかは忘れたが、ともかく一回毎にちゃんと、恰《あたか》も自然に破損しでもしたかのように、三角に引きちぎられていた事である。もっとも一箇所ちぎり方が拙くて、「草平」の草の字の草冠の一部分の残っているのもあったが、しかし是はこの筆者が森田である事を知っている者こそ、草の字の草冠であると判断する事は出来ても、なんにも知らない人には、恐らくなんの事だか訳がわからず、従って是でこの原稿が漱石のものでないなどと鑑定する事は、到底不可能だったに違いない。つまり是は、ある程度人を誤魔化す事の出来る、用意が施されているのである。この原稿は、どういう理由からか東京朝日新聞の屑籠を出たあとで、「草平」の署名がひきちぎられ、裏打され、製本され、署名はないが、然しそれが「漱石山房」の原稿用紙であるという事を証拠に、恐らく私の眼に触れるまでは、ずっと漱石先生の未発表の原稿として、天下に通用していたものに違いない。——もっとも私の所に相談に来た本屋の主人は、それをそのまま売手に返した筈である。もしその売手がそれを漱石先生の原稿として誰かに売りつけたとすれば、その誰かは今でもそれを、正真正銘の漱石の原稿として、大に珍重しているのかも知れないと思う。

　是と似たような話でもっと罪が深いのは、漱石先生の画の光筆版に彩色を施して、それを漱石先生の画として売っている奴がいるという事である。是は欺される奴の方が悪いのかも知れない。然し欺す奴の方がもっと悪い事は、言うまでもない。

　是はもう二三年あるいはもっと前になるかも知れない。先生の画を手に入れたから写真を送る。本ものかどうか鑑定してくれと、ある日私は山形県の念珠ヶ関《ねずがせき》の人から、写真を一枚受け取った。写真を見ると、その画は本ものも本もの、日本にたった一つしかない筈の、然もそれは夏目家に大事に仕舞ってある筈の、漱石先生の画である。私はぎょっとして、もし是がほんとに念珠ヶ関にあるのなら、夏目家の画はいつのまにか盗まれたものに違いないと考えた。それですぐ私は夏目の奥さんの所へ手紙を出して、おうちにあの画がちゃんとあるかどうか、確かめて下さいと言ってやるとともに、念珠ヶ関の方へは、写真だけ見た所では本ものに相違ないとは思うが、実物の真偽のほどは実物を見せてもらわないと、なんとも申しあげかねる。然しあれは夏目家に一つしかない筈のもので、それがどうして貴方の手に這入ったものか、私には不思議でならない。どうしてそれが手に入ったのか、精《くわ》しい道筋を知らせてくれないかと、頼んでやった。奥さんからは間もなく、あの画はちゃんとうちにあるから安心してくれという返事が来た。念珠ヶ関からは、あの画は近所の温泉に来た画かきが、金に困ったと言って、津田青楓の画と一緒に持って来て、是非買ってくれと頼むから買ったのだと、言って来た。

それでやっと私は安心した。私にはこの画の出所の見当がついた。いつだったか忘れたが、津田青楓が、どこかの画商から、漱石先生の画の光筆版一幅と自分の画一幅と、という風にして、自分の作品頒布会を催した事がある。漱石先生の画は、恐らくこの光筆版に違いないのである。それだからその写真は、私をしてぎょっとせしめたほど、ほんとの画そのままだったに違いないのである。

念珠ヶ関の人は、それを光筆版と知って買ったのか、それとも知らずに買ったのか、私には分らない。しかしその人の手紙には、別にはっきりそうと書いてはなかったが、どうもその画には彩色がしてあるらしい。また彩色がしてあればこそその人は、本ものとしてそれを買う気になったものだろうと思う。その上津田の作品頒布会の広告には、津田が先生の画の光筆版の上に彩色を施して頒布するという事が、書いてあったような気もする。

もっともこれはうろ覚えだから、確かな所は分からない。然し津田がもし彩色したのだとすれば、津田は初めから光筆版として売りに出したのだから、いくら彩色しても本ものと間違う虞れはないと考えたものに違いない。のみならず彩色のあった方が、先生の画が更に具体的になるのだから、所蔵者は反って喜ぶだろう位にも考えていたのかも知れない。然しこの仕事が、――光筆版の上に専門家が彩色するという仕事が――、いかに危険な仕事であったかという事は、この念珠ヶ関の例で見ても分かる。この仕事は、仕事をする当人は無邪気でしても、悪用すれば、相当悪用の出来る仕事であるからである。もっともこの彩色が、津田の手で施されたのではなく、誰か外の人の手で、後になって施されたのだとすれば、この人は勿論偽物を制作する精神で、この仕事に取りかかったものである事は、言うまでもない。光筆版に旨く彩色を施せば、田舎の金持くらい誤魔化すのは、訳なく出来る事だからである。

表面上これと多少似寄ったところはあっても、事実上まるで趣の違う偽物は、かく当人は偽物を作る積りでもなんでもなく、正に自分のものをかく気でかいたにも拘わらず、たまたまその人の雅号が夏目漱石と同じの、漱石であったために、画商もしくは売手から悪用されて、夏目漱石のものとして動かされている場合である。

漱石先生の歿後間もない時分、私は大阪の生薬屋の番頭さんと称する人から、水墨山水の小さな対幅を、漱石先生のものかどうか鑑定してくれと頼まれた。見ると「漱石」には違いないが、しかし夏目漱石ではなくて、別の、徳川時代の漱石の画であった。徳川時代には漱石とか嗽石とかいう俳人もいたそうであるし、画をかく漱石というのも二人とか三人とかいたというような話を誰かから聞いた事がある。私は一一それを調べた訳ではないから、この画がそのうちのどの漱石に当るものかは分からなかったが、然し表装の工合といい、紙の質といい、全体の古びといい、第一画風そのものが徳川中期以後の画風に属するのだから、是が徳川の漱石である事には少しも疑いがなかった。それで私はその旨返事をしてやった。すると折り返してその人は、自分は昔から漱石先生を崇拝している者で、今度先生が亡くなったについて、何か先生の記念になるものがほしいと思っている矢先、この幅を持って来て見せてくれた者があるので、是は有難いと思って、自分の身分としては相当高い金を出して買いとり、神棚に祀って毎朝拝んでいたものである。然るにあなたから偽物だといわれて、ほんとにがっかりしてしまったという意味の、気の毒な返事を寄越した。それを聴いて私は、寔《まこと》に同情に堪えなかった。然し偽物と鑑定して落胆されたからといって、自分の持っている漱石先生の真蹟を譲ってやる訳にも行かない。私は黙って気の毒がっているより仕方がなかった。

それと同じような例が、去年の夏にもあった。これはある若い日本画家で、漱石の画を手に入れたから見てくれというので、わざわざ私の所へ持ち込んで来たが、これも漱石には違いなかったけれども、其所には夏目漱石ではなくて「山陰漱石」と書かれてあったのである。然も画の上部には、この画のかかれた由来が手短に記され、終りに明治十七年何月と、この画のかかれた年月まで分かるようになっていた。——明治十七年というと、漱石が十八の年です。この画だの字だのを見ると、私にはどうしても四十か五十の、相当な年配の人しか想像する事が出来ない。あなたがたから考えて、この書が十七や十八の子供にかける画だと思いますかと、私が言ったら、その画家は頭をかいて、実は私もその年月日には注意したんですがね。なにしろ夏目漱石のような偉い人になると、十七、八でもこんな画をかいたのかなと、むしろ感心していたのですと、答えた。これは漱石の名前が無暗に喧伝されているくせに、漱石の実質が一向知られていないせいには違いないが、それにしても新進の日本画家がこうなのでは、少少心細いようである。

先生は明治三十六七年あたりから水彩画をかき出したが、それは二三年でやめてしまい、再び絵筆をとりあげたのは、明治四十五年、即ち先生四十六の年の事である。そうして先生は五十の年に死んでいるから、先生はまるまる五年間しか画をかいていない。その間には小説もかき、旅行もし、来客にも接し、詩もつくり、俳句もつくりという風だから、漱石の画に、それほど大きなものの沢山ある訳がない。その上先生の画は、専門家から見たら、まずい画だと思われるに違いないのである。然し「書でも画でもかきなれないと一通りのものは出来ず、また書きなれると玄人くさくなって厭なもの」だと言って、自分が玄人くさくなることを極端に嫌った先生は、そうしてそれよりも「生涯に一枚でいいから人が見て有難い心持のする絵を描いて見たい山水でも動物でも花鳥でも構わない、ただ崇高で有難い気持のする奴をかいて死にたい」と、高い感じのする画をかく事を念願としていた先生は、専門家から見たらまずくてもなんでも、みんな気品のある画をかいているのである。――今日の日本画家には、気品の高い低いという事は、大して問題にならないのかも知れない。然し少くとも漱石先生が問題にしたのは、何よりも前に、この気品の問題だったのだから、漱石先生の書画を問題にする場合、一番に眼をつける必要のある点は、其所にあるのだと私は思う。

このごろは漱石の印譜が流布しているせいか何か、漱石の印まで贋せた漱石の偽物が出来ているが、そういうのは大抵その書体だの画風だのを見れば、すぐ偽物だという事が分かる。いくら上手に出来上っていても、その全体から暖いものと、高いものとが、じねんと滲み出て来るか来ないかによって、真偽を鑑定するのが、一番確実で一番手っとり早い方法である。

注釈

明治三十八年九月十六日中川芳太郎宛の漱石の手紙に、こういうのがある。——

「一寸申上ます。昨夜来客があって帰ろうとすると帽子がない。玄関にあった小生のゴム製の雨具がないよって泥棒だろうと云う鑑定であった。

「所が夜更に及んで月を見ながら椽の下をのぞいて見たら君から来た三重公の手紙を入れた状袋がある。而して中身がない。して見ると是も泥棒君の所為だと思う。三重吉君が三間余の手紙を天下の珍品と心得て持って行ったとすれば此泥棒は中々話せる泥棒に相違ない。然《しか》し君の所へ来た手紙を僕がぬすまれて平気で居る訳にも参りかねるによって一寸手紙を以て御詫を致す訳だがね。どうか御勘弁にあずかりたい。向後気をつけると申したいが僕の家は是より気のつけ様がない。気をつけるなら泥棒氏の方で気を付けるより仕方がない。尤もあんなうつくしい手紙を見たら泥棒も発心して善心に立ち帰るだろうと思うから其内手紙も自然どこかから戻るかも知れない。戻ったら正に返上仕るから左様御承知を願い度い。先は古今未曽有の泥棒事件の顚末を御報に及ぶ事しかり。是で見ると今迄も色々なものが紛失して居るのかも知れんが少しも気がつかない。随分物騒な事だ。此つぎは僕の書斎を焚き払うかも知れない。泥棒が講義の草稿を持って行ったら僕は辞職する訳だが泥棒君も中々仁恵のある男だ　以上」

この手紙は、いろんな意味で面白いと思う。第一に是は、いかに漱石が三重吉の手紙に動かされていたかを、表現する。漱石は「あんなうつくしい手紙を見たら泥棒も発心して善心に立ち帰るだろう」とまでも言っている。第二に是は、凡《およ》そ漱石の頭が、一つの刺激に会って、どういう風に動いて行く事を常としていたかを、表現する。「向後気をつけると申したいが僕の家は是より気のつけ様がない。気をつけるなら泥棒氏の方で気を付けるより仕方がない。」というのだの、「是で見ると今迄も色々なものが紛失して居るのかも知れんが少しも気がつかない。随分物騒な事だ。」というのだが、それである。第三に是は、自分の遭遇した不愉快な事に、どういう風にして漱石が風を入れる事を常としていたかを、表現する。その場合漱石は、「泥棒が講義の草稿を持って行ったら僕は辞職する訳だが泥棒君も中々仁恵のある男だ」という風に、現在よりももっと悪い場合を想像する事によって、現在の不愉快に寛ろぎをつけようとするのである。――

然し、私が今此所で「注釈」しようとしているのは、実はそういう点にあるのではなかった。それはもっと物的の、三重吉の「三間余の手紙」の行衛に就いてである。

元来漱石のうちには、千駄木、西片町、早稲田南町とかけて、どういうものか、よく泥棒が這入った。この前にも、例えば明治三十八年四月十三日森巻吉宛の手紙の中に、「僕も君の様に泥棒に這入られた綿入がなくて袷で少々寒いです。」とあるように、漱石は泥棒に這入られて、いろんなものを持って行かれている。もっとも是は、明治三十八年七月発行の『ホトトギス』で発表された、『猫』第五の重な材料として用いられた。その意味でこの泥棒は、相当漱石の創作欲を刺激したものだと、言って可《よ》いのである。但この泥棒が、果して山の芋の箱まで持って行ったものかどうかは、訊いてみた事がないから、私には分からない。次いで、この後にも、例えば明治四十一年十二月十九日鈴木三重吉宛の手紙の中に、「先達泥棒這入る。両三日前赤ん坊生る。是にて今年も無事なるべきか。」とあるように、漱石はまたしても泥棒に入られている。是が不思議に帯ばかりを狙う泥棒で、漱石の所から大小合計十本の帯を盗んで行ったという事は、明治四十二年一月十五日から十六日へかけて『東京朝日新聞』に連載された、漱石の『泥棒』（『永日小品』）の中で報告されている。この泥棒も亦、漱石の創作欲を刺激した泥棒である。

然しこういうのは、言わば「記録」に残っている泥棒で、その外私の記憶に存しているのでも、例えば漱石のニッケルの袂時計一つだけ盗まれたというのだの、玄関に脱いであった森田草平の靴と一緒に漱石の二重廻しが盗まれたというのだの、いくつも例があるのだから、そういうのを寄せ集めて見たら、漱石のうちへ這入った泥棒の頻度は、相当の高さに達している筈だと思う。それにしても、三重吉の「三間余の手紙」が盗まれたなどというのは、漱石の書いている通り、まったく「古今未曽有の泥棒事件」だったに違いないのである。

然し事実は幻滅的であった。泥棒はその「三間余の手紙」を「天下の珍品と心得て持って行った」のでもなんでもなかった。泥棒は一般に、仕事にとりかかる前とか後とかに、気を落ちつける目的か何か、まじないとして大便をする習慣を持っているというが、この泥棒も亦その目的の為に、手近にあった手紙を、そういう、漱石が大事にしている手紙とは知らずに、持ち出したのに過ぎなかった。下女だか植木屋だかが、後になって、裏の方で、その事実を発見したのだそうである。

ずっと後になって、私と三重吉とは、その話を夫人の口から聴いた。それを聴いて三重吉が、実に厭な顔をしたのを、私は今でもありありと想い起こす事が出来る。自分の心を打ち込んで書いた手紙が、そんな残酷な運命に曝されたという事を知ったのだから、不愉快な思いをするのに無理はないと、私もその時泌泌《しみじみ》と三重吉の心持に同情した。勿論二人とも、夫人に対して不快の念を懐いたのではないのである。そういう事実そのものが不愉快だったのである。然し漱石は、後にも先きにもその事実を、自分の口からは、三重吉にも外の人にも誰にも、ひと事も言わなかった。況んや物に書いたりなぞ、なおの事しなかった。（もっとも『門』では、宗助の住んでいる家の路次に、崖上の坂井さんのうちに這入った泥棒が、纔《わずか》に窃《ぬす》み出した「黒塗の蒔絵の手文庫」を放り出し、その中に這入っていた手紙の「比較的長い一通がわざわざ二尺許り広げられて、其先が紙屑の如く丸めてあった」所が描き出されている。然し是は、およそ三重吉の聯想とは縁のない、別物として取り扱われているのである)。漱石は恐らくそういう事を、三重吉に言うに忍びなかったのだろう。のみならず漱石は、この泥棒の仕打で、自分の持っていた美しい「夢」が、無残にも踏みにじられたような気さえしたに違いないのである。

（一一・一二・三／昭和十年版『漱石全集』月報第一四号　岩波書店、昭和一一年一二月刊）

「漱石発狂」の報告者

漱石がロンドンに留学中発狂したという噂が立ち、それが文部省に聞こえ、文部省からドイツ留学中の藤代禎輔《ふじしろていすけ》のところへ、夏目精神に異状あり保護して帰朝せらるべしという命令が飛んだということは、既に私の『夏目漱石』の中にも書いてあって、多くの人に知られていることだろうと思う。しかしそういうことを文部省に知らせたのは誰だという問題にはいろんな解答があって、あるいは土井晩翠《どいばんすい》であるとも言い、あるいは岡倉由三郎《おかくらよしさぶろう》であるとも言い、どっちがどうだとも、当時の私には確定しかねた。ただ野間眞綱《のままさつな》によると、それを知らせたのは岡倉由三郎で、野間はそれを漱石自身の口から聴いたのだということだったので、私はその通りのことを『夏目漱石』の中に書いておくより仕方がなかった。しかるに当時岡倉由三郎が藤代禎輔に宛てた手紙が今日まで残っていて、それが福原麟太《ふくはらりんた》郎《ろう》君から私のところへ贈られたものを見ると、必しもそうきめてしまっていいものかどうか、私にははっきり判断がつかなくなった。それについてここで少し書いてみようと思う。

まずその手紙にはこうある。——

「拝啓。その後は心ならぬ御無音に打過候処益々御多祥にていよいよ御帰朝の期と相なり候由承り御羨ましく候。いずれ不日《ふじつ》当市へ御出の事と楽みおり候が、ここに一つ急に貴意を得たき事相生じ候まま一寸とりあえず一書を呈し候。実は、昨日正午頃文部省より当公使館を経て野生へ電信到着いたし中に、日本文、ローマ字にて（四時三十三分東京発）

日本公使館にて岡倉由三郎。

夏目精神に異常あり。藤代へ保護帰朝すべき旨伝達すべし　文部省

とあり、これによりて観候えば、過般夏目氏の精神に異状ある旨当市に在る人々　土井文学士其他より伝聞いたし候事有之その事と相見え申候。友人茨木清二郎（文学士）も其後見舞われ候え共別に変りたるふしを談話中に見いださず只しきりに『世間が己の敵にてあるが如き感ありこれに対して二三の解答を思いあたれり』など問わずがたりを夏目氏より同氏にしかけたりし辺などやや常に違える所と思われしのみと茨木氏は野生に語られ申候。且茨木氏は夏目の散歩にいでて不在なりしを幸に宿の女主人に就き色々聞き諮《ただ》したるに、主人の言に夏目氏は過般一日急に常ならぬ態度（沈黙其他）を会食のおりに示し其翌日より二日間は部屋にのみありて終日食事にも来らず訝かしきまま懇意の医師をそれとなく招き主人の友人として夏目氏に紹介し診察を行わしめしに精神やや異なれる由を言い、後同医師はそれとなく夏目氏を散歩に誘いいだし種々談話に気をまぎらする様せしに、夏目氏

の様子追々よろしく本日にては見らるる通りまでに至れりと語り候由。土井氏の一週間程看護に夏目氏方に居られしと云うは其間（茨木氏訪問前まで）の事と思われ申候。野生は早速見舞たく存じおり候いしかどもおりしも学校参観と転住のさわぎに取まぎれおり候事とて今日まで未だ之をはたさず。其中に他より夏目氏も近々帰朝せらるる筈にてその前スコットランドへ旅行の旨伝聞、精神のくるいの事ははたしてどこまでが事実なりやを疑わしめおり次第に候。野生の転居は去る（前の）火曜に済み候まま転居のしらせをする際、野生より夏目氏に向い野生も近あまりさむさのつのらぬ前一度北の旅行いたしたくなど書き添え置候に夏目氏よりスコットランドのDanarach, Pitlochryと云う宿所？の名にて文通あり末に、

『目下病気をかこつけに致し過去の事抔《など》一切忘れ気楽にのんきに致居候小生は十一月七日の船にて帰国の筈故、宿の主人は二三週間とまれと親切に申し呉候えども左様にも参ら《ママ》兼候当もなきにべんべんのらくらして居るは甚だ愚の至なれば先よい加減に切りあげて帰るべくと存候いずれ帰倫の上は一寸御目にかかり可申と存候云々』

とあり。しかれば夏目氏は来月七日発にて（印度洋より）帰朝の事に決しおるものと存候。

偖《さて》、文部省の打電の所置については、目下在京の三上氏とも御相談申上候（一字不明）貴君には如何にも御迷惑に候えども、何分命令の事とて之に重きをおき候より外無之候間、

御地の御しらべを御切りあげ被下、近き内当地へ御渡り被下ては如何。（幸にして夏目氏の其後の様子常に復しおり候わんには上なき事ながら）、少くとも本月中位に御出願われまじくや。野生は実は北の方へ旅行の予備ととのい来る二十八日には必ず出発一週以内にて帰り候様既にそれぞれ準備をおえおり候え共御考次第にては之を見あわせ候より外無之かと存候。或は此野生の旅行を利用し、夏目氏とスコットランドにてあい、一緒に帰倫候も一案と存ぜられ候が夏目がいつまで同地のいずこにおられ候かは、本日夏目氏の留守をたずね宿の主人より其後の様子、スコットランドに滞在の様などききあわせたる上にて決したくと存候。ただし野生の旅行は、許可なき私のしのびたび故、おもてむきには出来可《ママ》中候え共、来春早々大陸へ渡り候都合故、相なるべくば万障を排してこの際行い度と存おり候。夏目氏の留守宅の様子は知れ次第、次便に申上べく候。偖又文部省が同氏の病気の事を聞きこの度の挙にいで候までの手続は一向知れがとう候え共或は姉崎（土井氏と同居氏より大学の井上（哲）氏を経それより文部へ知れ候にては無之かなどとも存ぜられ候。先は右の様子、前後ぶそろに候え共、とりまとめ急に申上候御返事直にたまわり度奉願候　草草頓首

岡倉由三郎

藤代学兄御前

野生の所は 36, Walterton Rd, London, W.

夏目氏のロンドンのは 31, The Chase, Clapham Common.

この手紙は只今 80, Gower Street の三上氏の御宿にて認め申候。同氏よりは別に手紙を差上られず候え共よろしく野生より申上くれよと御事に候。かしこ」

――これには日附がない。且つ中味だけで封筒がないから消印も見られない。しかし中に「十一月七日」のことを「来月七日」と書いてある。これが十月に書かれたものであることはたしかである。のみならず「去る火曜」に転居したと書いて、その「去る」の横に「前の」と注がつけてあるところから想像すると、この手紙が書かれたのは、火曜以後幾日か立っている曜日だったはずで、「去る」と一度は書いたものの、それだけではその週の火曜と間違うおそれがあるので、転居した火曜は先週の火曜であることをはっきりさせる為に、横に「前の」と書き加えたものに相違ない。とするとこの手紙は、十月十日前後に書かれたものではなかったかと思われる。かりにこれを十月十日とすると、その週の火曜は十月七日、その前の週の火曜は九月三十日にあたる。

日本でも西洋でも下宿を変ったりするのは、月半ばもしくは月末というのが普通である。その上岡倉が九月三十日に転宿して一両日たって漱石のロンドンの下宿に手紙をかき、それがスコットランドのピトロクリに転送されて、漱石の返事が岡倉のところへ十月十日の幾日か前に届き、それに出発にはまだ間もあることだから、二三週間とまって行けと、宿の主人が勧めてくれると書いてあったとしても、決して勘定が合わないということはない。

それで私は一往この岡倉の手紙が十月十日前後に書かれたものと想定しておこうと思う。

この手紙で見ると、岡倉は「漱石発狂」の噂は、当時土井晩翠と同じ下宿にいた姉崎正治から大学の井上哲次郎に報告され、井上から文部省の耳に入ったものではないかと想像している。土井晩翠はしばらく漱石と同じ下宿にいたこともあり、この手紙によると「一週間程看護」の為に漱石の下宿に行っていさえもしたというのだから、漱石が神経衰弱に罹っていたことを、土井が承知していたことは争わるべくもない。土井がそれを大袈裟に漱石が発狂したと感じたということは可能である。その土井が同宿の姉崎に尾鰭をつけて報告したということも、考えられないことではない。しかも姉崎は井上哲次郎の姪か何かの婿だった。別に悪意はなくてもニュウスの一つとして姉崎がこのことを井上に知らせることもありうることであるし、おしゃべり好きの井上がそれを文部省に行って話すということも、また十分ありうることである。岡倉の想像は決して当っていないとは言えない。

ただおかしいのは、文部省の電報がなぜ岡倉宛に来たかということである。もしその報告の出所が姉崎だったとすれば、電報は当然姉崎に来そうな気がする。土井は英文学専攻だが、しかし土井はたしか私費で留学したはずだから、文部省からそんな電報は来ないだろう。同じ専門の留学生で文部省から来た者は岡倉一人だというので、電報は岡倉に来たのだとすべきであるか。しかし茨木清次郎も英文学の出身で、文部省から留学させられていたはずである。のみならず藤代は独文学でドイツに留学していたから、専攻も留学地も違うが、しかし漱石とは同じ船で留学の旅に上ぼっている。留学期限も恐らく同じで、帰りの船も恐らく同じだということは、文部省にわかっていたはずである。それだからこそ文部省も藤代に宛てて、漱石を保護して帰朝しろと言ってよこしているのである。文部省はその藤代になぜ直接打電しないで、岡倉に取次ぎをさせたのか。

のみならず岡倉は、自分自身こそ直接に漱石に会ってはいなかったが、しかし友人の茨木清次郎から漱石の様子を聴いて、漱石が多少普通と変ったところを示してはいるが、発狂というような大袈裟な病状ではないということを承知でいたはずである。岡倉のところへピトロクリから来た漱石の手紙を読んで見ても、これが精神に異状のある人間の書いた手紙だろうとは、岡倉のみならず誰にも想像できなかったに違いない。にもかかわらず岡倉は「何分命令の事とて之に重きをおき候より外無之」と言って、藤代に一日も早くロンドンへ来て漱石を日本へ連れて帰れと勧めるのみならず、のちに藤代がロンドンへ来た時（十一月五日ごろ）にも、漱石の訪ねて来る前に藤代に会い、「是非一所に連れて帰れ、荷物の始末は跡でどうにでも付ける。ああいう電報のあった以上若しもの事があったら君は申訳はあるまい」などと熱心に藤代に勧告しているのである。岡倉が戦戦兢兢と上司の命令に服従することを惟れ努める人間だったのならとにかく、漱石を発狂者として連れて帰ることを一所懸命に勧める岡倉の心理も、私にはよくわからない。

藤代が漱石に会って話をし、一緒にナショナル・ギャラレイを見物した上、その晩は漱石の下宿に泊り、翌日ケンシントン・ミュージアムだのブリチッシ・ミュージアムだのを見物し、ブリチッシ・ミュージアムのグリルで焼肉の皿でエールを飲み「もう船までは送って行かないよ」という漱石の言葉を最後に、漱石を置いて一人で立って行ったのは、きわめてリーゾナブルな計らいだったと言っていい。漱石が十一月七日の船で出発するはずだったのを、スコットランドの旅をして予定よりも長逗留をしたので荷物を送ることができず、已むを得ず船室の予約をキャンセルしたのを、郵船会社の事務員はさも不平らしく藤代に訴えたというが、これなぞも漱石発狂の噂に輪をかけた一つの材料になったのかも知れない。しかし藤代は漱石の下宿へ行って見て、「留学生としてよくもこんなに買集めたと思う程書籍が多い」のに驚き、これを放りっぱなしにして他人に後始末を任かせるなどということは、自分でもとうていできそうもない。漱石が出発を延ばすというのも尤もだと感じたというから、漱石のキャンセルはちゃんと筋の通ったキャンセルだったわけである。

勿論こんなことを色色と言うのは、文部省に報告した者が岡倉であると、私が内内疑っているということを意味するのではない。ただ野間眞綱の言うことを聴いて、報告者は岡倉であると信じていたのが、岡倉の手紙が出て来て段段分からなくなって来たというまでである。当事者のほとんど全部は死んでしまっているので、会って真相を根掘り葉掘り究明するわけにもゆかない。ただ藤代の書いたものを読んで見ても、無論藤代は露骨にそんなことは何も書いていないが、知らせた者は岡倉だと直覚していたのではないかと想像させるふしがなくもないのである。

（二七・三・三）

漱石文庫

漱石が亡くなって間もない時のことだった。大塚保治《おおつかやすじ》さんが漱石の書斎の書棚を一わたり見廻してから、やっぱり夏目君は読む本を集める方針だったんですね、と私に言った。私にはその意味がはっきりしなかったので、即座の返事にまごついたが、しかしすぐ漱石は道楽に骨董的に本を集めるというのではなく、自分が読みたいと思う本だけを集める方針だったという意味なのだなと気がついたので、ええそうですと、少し間を置いて私は答えた。

まったく漱石には、これは珍本だから買うの、稀覯本だから所蔵するのという、骨董趣味はなかった。勿論漱石のところには珍本もあり稀覯本もあるにはあった。しかしてそれは珍らしいから買ったのではなく、読みたいから買ったものだった。その意味で漱石の蔵書の性格ははっきりしていた。漱石の蔵書は多くの学者の蔵書に比べて、あるいは少ないと言えるかも知れないが、しかしそれはすべて漱石の読んだ本、もしくはこれから読もうと思っていた本である。

漱石の蔵書で特に目に立つことは、その蔵書にいろんな書き入れがあるということである。漱石はロンドン留学中に文学論の著述を思い立ち、衣食の費用をきりつめられるだけきりつめて本を買い込み、下宿に立て籠もって一切の時間を挙げてその研究に没頭したのだから、留学中の書き入れは特別な書き入れであるということもできる。しかし漱石の本には、漱石が小説を書き出してからのちのものにも随分書き入れがあり、例えばモーパッサンの小説だのイプセンの戯曲だのベルグソンの哲学だのの、部分部分に対する批評もあれば全体に対する批評もあって、それを一一検討してみると、漱石の本の読み方もわかるし、漱石の感じ方、考え方もわかって、非常に面白い。「コンナ事ガアルカ馬鹿ヲ云エ」というのがあるかと思えば、「何故貴様ノ国ノ事ヲカカナイ」というのがあり、そうかと思えばまた「美シキ奇想ナリ、キーツノレミヤニ似タリ、幽遠ノ趣アリテ然《シカ》モ主意明晰ナリ平凡ナル者ハ美ナラザル事アリ、故に奇ヲ求ム、奇ヲ求メテ已マザレバ怪ニ陥ル、怪ニ陥レバ美ヲ失ス、詩人ハ此呼吸ヲ知ル、鏡花ハ此呼吸ヲ知ラズ。詩人ノ想ハ詩想デアル、鏡花ノ如キハ狂想デアル」というのもある。

こういう書き入れは一往整理して『漱石全集』の別冊に収められている。これを材料として深く研究しさえすれば、漱石の芸術の内部機構がいろいろ精細にわかって来るはずである。私も一度これに手をつけてみたいと思っているが、何分にもいろんなことに手を出しているので、未だにその志を果さない。誰か若い篤志家でそういうことをしてみようと考える人はいないものかと思う。

それに東北の人達に都合のいいことは、漱石の蔵書が現在仙台に、東北大学に全部保存されていることである。蔵書ばかりではない。漱石の日記、ノート、学生時代の試験の答案、漱石自身が謄写版版に刷った試験問題までもある。

漱石の蔵書がほんの僅かの篤志家だけに利用されるのでは勿体ない。なるべく多くの漱石研究家の役に立てるには、どうするのが一番いいかというのが、曽て我我の問題だった。そのためには漱石の書斎、書斎の調度、本棚、蔵書などを遺族の住居から截《き》り放し、漱石博物館とでもいうようなものを作るのが一番いいということになったが、しかし時勢が時勢だったので、それに必要な費用の調達しようがなく、とうとうそれは断念して、蔵書だけでもどっかに寄附するということに方針を変更しなければならなかった。寄附するとすれば、本郷の大学は漱石とも深い縁故があるし、第一東京なら恐らく利用率が一番高い。それで東京大学にその話をして見たが、しかし本郷の図書館では、どの本もばらばらにほごしてそれぞれの部門に列《なら》べる方針なのだそうで、漱石の蔵書でも例えば漱石文庫なら漱石文庫として一纏めに別置するわけには行かないというのである。せっかく纏まったものをばらばらにするのでは、意味がない。自然東京大学へ寄附することは断念しなければならなくなった。

いろいろ考えた末、丁度私が仙台の大学の図書館長をしていた関係上、漱石の蔵書を思い切って仙台へ寄贈してもらうことにした。仙台の大学ではヴント文庫だのシュマルソウ文庫だの、その他いろいろの文庫がそれぞれ一纏めにして別置してある。のみならず狩野亨吉の蔵書やケーベルの蔵書のほとんど全部も、大学の図書館に来ている。狩野亨吉は漱石の親友であり、ケーベルは漱石の敬愛していた先生である。漱石の蔵書を仙台に置くことは、利用の面から言ってあまり適切であるとは言えないが、しかし狩野文庫とケーベル文庫とがある中に、漱石文庫があることは、きわめて自然なことであるということができる。漱石文庫にもし霊があるとすれば、その霊はむしろ仙台に来ることを喜ぶに違いない。それで私は部屋の都合を無理につけて、ケーベル文庫と漱石文庫とを一室に別置し、その部屋にケーベルの写真と漱石の写真とを掲げることにした。これは今日でもそのままにしてあることと思う。

漱石の蔵書と漱石の日記その他は、昭和十八年の暮に、岩波茂雄の尽力で仙台に送られて来た。翌翌年、昭和二十年の三月十日に、漱石の早稲田南町の家は戦災をうけて全部灰燼に帰してしまった。もう少しぐずぐずしていたら、漱石の蔵書も日記も何もかも一緒にすっかり焼けてしまっていたはずである。仙台に引き取ったお蔭でそれが全部助かったのは、何より有難いことだった。

ただ私は終戦後東京に移って来た。東京に来て漱石文庫から離れてみると、やっぱり淋しい。のみならず私の手で整理しなければならないものも、まだ少し残っている。仙台に後ろ髪をひかれる思いである。

（二六・一〇・二〇）

漱石半身像

最近、ある彫刻家からブロンズで漱石の胸像を作ることになったにつき、原型ができあがったから見に来てくれないかと頼まれた。

この彫刻家は生前の漱石の顔を見たことがなかった。それで漱石の写真を数種集め、それを手がかりに漱石像をまとめあげることにした。しかし写真だけで彫刻を造ることは、平面だけのものを立体化することである。わからない点が多く、骨が折れ、いまだに肚の中に落つかないものがあって困るということだった。

私は原型を前に置いて、思いつくままをああだのこうだのと言った。——漱石は軀幹《からだ》に比例して顔が大きかった。この顔は小さすぎる。のみならず漱石の頭はもっと大きく、且つ奥行があった。額ももっと広かった。鼻ももっと大きく高かった。眼はもっとぎろりとしていた。眉毛はこんなにくるりと三日月形になっていず、太くて途中で切れている感じである。漱石の唇には特徴があって、愛嬌というか色気というか、何か人を牽《ひ》きつけるものがあった。この耳は漱石の耳とは違う。

勝手なことを無遠慮に列《なら》べ立てる私の言葉を、彫刻家はおとなしく聴いていてくれたのみならず、ある時は指先で土をとってのけ、ある時は指先で土を追加しながら、こうですか、この程度でよろしいのですかなどと、片端から原型に応急の粗い訂正を加えていった。それをみているうちに私は、自分のいっていることが段段あやふやになって来ることを感じ出した。応急の心覚えのための訂正だから、そうであるのは当然のことといっていいが、しかし訂正しても漱石の顔は、ちっとも前よりはよくはならないのである。一体どういう風にいい現せば私は、この原型に即して、私の中に持っている漱石像を相手にそのまま伝えることができるか。その見当がつかなくなってしまった。

　無論私の中にははっきりした漱石像があるはずである。しかし私は彫刻家でも画家でもなかったから、漱石の額が広かったとか鼻が大きく高かったとかは覚えていても、例えばその額がおよそどのくらいの面積でどのようなカーヴを描いていたものやら、またその鼻の鼻梁がどのように張っていて線が鼻翼にどう流れていったものやら、具体的には何一つということはできないのである。しかも彫刻家の方からいえば、そういう助言が一番必要な助言だったのだろう。そう思って私は私の漱石像を、できるだけ彫刻的もしくは絵画的に定着しようと試みたが、しかし私の中の漱石像は絶えず動揺して、そういう意味でついに一点に凝集することがなかった。

　彫刻家は大変参考になったといって感謝してくれた。しかし私は助言者としてはまるで無力だったことを感じて、そのアトリエを去らないわけにはゆかなかった。結局私の漱石像は感じの上だけにしか立っていないのである。

（二七・六・――）

漱石のうちの猫

『吾輩は猫である』で有名になった漱石のうちの猫は、漱石が千駄木から西片町へ、西片町から早稲田南町へと、越して行く先先に連れて行かれた猫である。西片町へ越して行く時には、鈴木三重吉が長目の煤竹の紙屑籠に入れて徒歩で運んだが、途中で猫があばれ出し小便をし、三重吉の絹の着物をすっかり汚してしまったので、三重吉からひどく怨まれた。恐らくそれで懲り懲りしたのだろう、すぐそのあと早稲田南町へ越して行く時には、三重吉は以前のように、猫はおれが運んで行くとは言わなかった。その代理を誰が勤めたかは、おぼえていない。あるいは荷車の上に積まれるか、それとも誰かに抱かれて人力に乗って行ったのかも知れない。それは明治四十年（一九〇七）九月二十九日のことだった。

猫はその翌年、明治四十一年九月十三日、丁度漱石が『三四郎』を執筆しているうちに、裏の物置のへっついの上で死んでいた。漱石夫人はその屍骸を北側の裏庭に埋めさせ、白木の角材を買って来させて、漱石に何か書いてやってくれと頼んだ。漱石はそれに「猫の墓」と書き、裏に「此の下に稲妻起る宵あらん」と書いた。これについては漱石の『永日小品』の中の『猫の墓』に詳しいことが出ている。
「此の下に稲妻起る宵あらん」という句の意味の、はっきりしたところは私にはわからない。しかし『猫の墓』の中に、猫が段段に衰えてゆくところを描いた、「猫は吐気がなくなりさえすれば、依然として、大人しく寝ている。此の頃では、じっと身を竦《すく》める様にして、自分の身を支える縁側丈が便《たより》であるという風に、如何にも切り詰めた蹲踞《うずく》まり方をする。眼附も少し変って来た。始めは近い視線に、遠くのものが映る如く、悄然たるうちに、どこか落付が有ったが、それが次第に怪しく動いて来た。けれども眼の色は段段沈んで行く。日が落ちて微かな稲妻があらわれる様な気がした。けれども放って置いた。」という一節がある。この「稲妻」と句の「稲妻」とを突き合せてみると、漱石がこの句で表現しようとしたものは、およそ把えられそうな気がする。これは恐らく意味の句であるよりも感じの句である。

漱石夫人はこの猫を愛した。というよりも、いわばこの猫を信仰した。漱石が『吾輩は猫である』を書き出して有名になったのは、この猫のお蔭であるとまでは考えなかったとしても、ともかくこの猫が夏目家に幸運をもたらしたものだという風に考えて、少くとも猫の死後は、猫の霊を大事にした。月月の猫の命日には、鮭の切身が一片、鰹節をふりかけた飯が一皿、必ず墓前に供えられた。もっともこれは後には箪笥の上に供えられることになったが、しかし信仰はずっと後まで変らなかった。

無論漱石が猫にそのような信仰を捧げるはずもない。のみかその猫に特別な愛情を注ぐというような様子もなかった。勿論『吾輩は猫である』には、方方に猫の動作に関するさまざま描写が出て来る。これは『吾輩は猫である』に一種の現実性を与える必要上、やむを得ず注意し観察しなければならなかったのだとも言えなくはないが、しかし漱石に猫に対する興味がなければ、とうていあれだけのものの書けるはずはない。その意味では漱石は、猫を愛していたと言っても、少しも差支ないのである。殊に『猫の墓』に出て来る猫の描写に至っては、無論積極的な愛情とは言えないまでも、広い意味での漱石の愛が脈脈として動いていることは、明らかである。

しかし愛情という点から言えば、漱石は犬の方をもっと積極的に愛した。それは『硝子戸の中』のヘクトー（漱石の飼犬の名）の記述を見れば、すぐわかる。第一、ヘクトーが死んだ時には、漱石は自分で言い出して、猫の時と同じ白木の角材を買って来させ、自分でそれに「秋風の聞えぬ土に埋めてやりぬ」という句を書き、それをヘクトーを埋めた土の上に、墓標として立てさせているのである。勿論明治四十一年（一九〇八）の漱石と大正三年（一九一四）の漱石との間には六年の隔りがある。それだけ前の漱石と後の漱石との物の考え方・感じ方に著しい相違が出て来ていることは言うまでもないが、しかしその相違を勘定に入れるとしても、また公平を愛する漱石のものの処理の仕方を勘定に入れるとしても、漱石のヘクトーに対する態度もしくは愛は、相当濃厚で、相手をほとんど人間として扱っているようなところが、猫の場合とは随分違うようである。「秋風の聞えぬ土に埋めてやりぬ」の句でも、「此の下に稲妻起る宵あらん」の、美しいけれどもどっかによそよそしいものがあるのに比べて、はるかに暖かに、相手をいたわる心持が滲み出ている。

漱石は人に決して求めることはしなかったが、しかし非常な淋しがりやだった。それだけに相手が純粋に人なつっこい態度で漱石に働らきかけて来ると、漱石もまた純粋な人なつっこさをもってそれに対した。ヘクトーの場合は、まさにそれである。ヘクトーがディステンパーに罹って入院した時、漱石が見舞に行ってやると、ヘクトーは「さも嬉しそうに尾を振って、懐かしい眼を」漱石に向けたので、漱石はしゃがんで自分の顔をそばに持って行き、右の手でその頭を撫でてやった。するとヘクトーは漱石の額を「所嫌わず舐めようとして已まなかった」のだそうである。のみならずヘクトーは漱石の「見ている前で、始めて医者の勧める小量の牛乳を呑んだ」などということを、漱石はいかにも嬉しそうに書いている。

猫の心持に立ち入って見なければ、猫が漱石に対してどんな気持を抱いていたかは分からない。しかし少くとも外見上猫は、そんなに人なつっこく振舞うことはできないように生れついている。かりに人なつっこく振舞うことがあるとしても、猫にはなにか底意がある気がして、人はその懐かしさを純粋なものとして受とることができない。うっかりしていると、横合から水でもぶっかけられそうな、ちょっと物騒な感じである。もっともその点から言えば、漱石が、『吾輩は猫である』という題名であゝいうものを書く方がむしろ自然で、かりにこれが『吾輩は犬である』という題名だったとしたら、漱石はとうていあゝいうものを書く気にはならなかったに違いない。そう考えると猫は、漱石夫人の信じているように、あるいは漱石の守護神だったと言っていいのかも知れないのである。

（二八・五・一〇）

修善寺日記

是は、明治四十三年八月、即ち今から二十六年前、漱石先生が修善寺で吐血した時、その病床に侍した、私の日記である。

当時私は、夏の休みに、北九州の田舎に帰省していた。其所で修善寺からの電報を受けとったのは、たしか八月二十日だったと思う。生憎私は、目前に自分の結婚式を控えていたので、すぐ立って行く訳に行かなかった。そうこうしているうちに、坂元雪鳥の、容態報知の手紙とともに、修善寺から第二の、先生危篤の電報が来た。私の郷里は、一里近く離れた所に郵便局があって、電報は其所までは直接に電報として来るが、あとは郵便として、外の郵便物とともに翌日配達されるというような、辺鄙な所だったので、私がその電報を見たのは、八月二十五日の午前の事である。もう一刻も躊躇していられない。私は一切の後事を母に託して、取るものも取り敢えず、修善寺へ向け出発した。――その後の事は、すべてこの日記の中に書いてある通りである。

自分の日記を――特に自分の若い時分の日記を――自分で公けにするなどという事は、

いろんな意味で、気のひける事である。然《しか》し例えば寺田寅彦の日記によって、今まで全然知られなかった夏目漱石の或時期の起居動作が、初めて世間に紹介されると似たような意味で、大患後一箇月以上も病床を護らなければならなかった夏目漱石の、当時の日常が、この日記によって多少でも明らかになるならば、世の漱石に興味を寄せている人人に、何等かの点で参考になる事がなくもないだろうという事を考え、私は敢て是を公表する気になった。ある点で是は、漱石の『思い出す事など』や『修善寺日記』などの、注釈となる事が出来るかも知れないという気も、多少私にはなくもないのである。

　勿論その為には、この日記は正直に写し出されなければならない。然しこの日記は、随分感傷的で、冗長である。それは自分の幼稚を暴露するに過ぎないのだから、まず我慢するとしても、当時は相当神経が尖がっていた結果、ともするとさしたる理由もないのに、いろいろ他人の悪口を書き記したりなぞしている為に、あまり正直に書き出していると、そういう人たちが迷惑しないとも限らないという、心配がある。然し、そういう事を一一飛び越して行っていると、折角の漱石先生の日常生活の報告が、魂を抜かれる虞がなくもないのである。私は浄写に際して、その点に相当注意した積りではあるが、已むを得ず罪を他人に得る場合も、恐らく屢あるに違いないと思う。然しもしそういう事があったとしても、それは、既に二た昔半以上の昔、神経の昂ぶった一人の子供の感じた事として、平に御宥恕を仰ぎたい。念の為つけ加えれば、是は先生の四十四、私の二十七の年の事である。

（二一・一一・一二）

八月三十日（火）

先生に会った日から書く。

電報が来て、坂元の手紙を見て、いざ立とうと決心して、汽車に乗って、沼津に着いて、明け方休んで、二十七日の午前九時半ごろ此所に着くまで、どう考えても、先生の病みほうけている顔つきを想像する事が出来ず、先生はそんなひどい病気じゃない、ひどい病気であるとしても、死ぬほどのひどい病気じゃないと、思い続けてやって来た。来て奥さんから、吐血の事や、眼がすわった事や、瘠せ衰えた事などを聴いても、やっぱり先生の病みほうけている顔つきは、眼の前に浮んで来なかった。そうして七月末に胃腸病院で別れた時の、あの赤味を帯びた、つやつやした顔ばかりが、眼の前にちらついた。先生に会って来た人は、みんな、思ったより顔色が可《よ》いという。元気もあるという。このまま先生に死に別れても、自分には、あの胃腸病院の時の顔だけが、記憶に残っているに違いない。

先生に早く会いたいと思う。然しもし会って見て、先生の顔が変っていたら、瘠《や》せて痩《やつ》れて蒼ざめていたら、自分の顔色は変るかも知れない。そうしたら先生の病後の昂ぶった神経に反応して、反って悪い結果を惹き起すかも知れない。暫く会わないでいる事にしようかとも思う。――

然し今日は会おうと決心する。朝から気持が落つかない。何かを待ちもうける心持で、いらいらしている。原稿を書きかけたが、やめてしまった。午後まで到頭《とうとう》、会いに行けない。

額田〔豊〕君と〔高須賀〕淳平と行徳〔二郎〕とは、二時の汽車で帰って行った。三重吉は『小鳥の巣』が書けないと言って、こぼしている。三重吉もまだ先生には会っていない。二十六日に来たが、外にいろいろ見舞の客があるものだから、遠慮してまだ会わずにいるのである。

森成〔麟造〕君が三番の部屋にやって来て、額田君と奥さんと三人で話をしている時、是から会って来ましょうと奥さんに相談したら、奥さんが、「ええ、でも寝てるかも知れませんよ」と言った。寝てる所を起すのも気の毒である。それでももしや起きていられやしないかと思って、そっと二番の部屋のそばへ行き、一番に寝ている先生の様子を窺って見る。先生の床は庭に近く敷いてあり、先生は床の間の方を脚にして、庭を向いて、右の頬を上にして、寝ていられた。頬の色は蒼く、骨が高く出ている。平生隆い鼻が、余計高くなって見える。揉み上げから顎へかけて、ぼんやり黒く濃淡がつき、剃刀をあてない髭がもじゃもじゃと伸びている。それが枕で擦れると見えて、みんな元気がなく、黒く短く、頬ぺたにこびりついている。鼻と頬骨との間に深い溝が出来ていて、その辺に生えた髯が、一段と色が濃く見える。いつもの勢いのいい口髭が、別に乱れてもいないのに、なんとなく力がないように見える。すべて荒涼とした光景である。恐ろしく、懐かしく、気の毒なような、悲しいような、なんとも言えない心持になって、そのまま引き下がる。――是じゃとても会えない。

二十三番の部屋に帰って見ると、淳平と三重吉とが頻に女の話をしていた。自分は一人ではみんなが帰ったあとで、〔安倍〕能成が先生の部屋へ這入って行った。

自分は一人では到底行けそうもない。然し外の人と一緒に行くのは、厭である。ただ能成といるのなら、安心だ。今のうち会って置く事にしようと決心して、のこのこ済した顔をして病室に這入って行く。

先生はぼんやりした眼で、天井を見ていられる。その天井から針金で小さな氷嚢が吊してあり、その氷嚢は先生の鳩尾の上に置いてある。先生は左の手でそれを、軽く持ち上げるようにしていられる。自分が這入って行くや否や、先生の眼は動いて、自分の眼と向き合った。その眼はいかにも力なげである。然も何所か上ずったような感じを持っている。先生の胸の上にガーゼが沢山置いてある。その下から肋骨が露わに見える。動悸がどくっどくっと、力強く打っている。先生は右手を顔の前に出して、頻に指を眺めていられる。手頸の所の尺骨が、著しく円く高く飛び出している。指の骨が透いて見えそうな気がする。痛痛しくて見ていられない。

何を話して可いか分からない。口を利けば自分の心の平衡がすぐ破れそうな気がするので、黙っていつまでも坐っている。能成も黙っている。先生も黙っている。先生は朝から大分人に会っているのだから、きっと疲れているに違いないと思う。

能成が席を立つ。看護婦が席を立つ。部屋の中に先生と二人っきりになったら、先生の顔が、急にこっちを向いた。そうして先生は、自分の顔を見て、頭を一寸動かした。はっと思うと同時に、顔に血が上ぼり、眼から熱い涙が出た。

先生は「何新聞を見た」と訊かれた。――電報で呼び寄せたなどという事を、先生に知らせてはいけない、新聞を見てやって来たのだという事にするのだと、言い含められていたので、『大阪朝日』を人が送ってくれて知ったからと、答えながら、こんな人にこんな嘘をつかなければならない事情の下に置かれた自分を、随分みじめに思う。

それから先生は、「田舎は面白かったか」と訊かれた。どう返事をすれば可いかに迷う。話したい事は、山ほどある。然しどれから話し出せば可いか。どれを話しても、今の先生の心持を掻き乱しそうな気がする。然し暢気な、浮世離れのした、田舎の話などは一向、頭の中に浮んで来ない。仕方がないから、妻帯に決した経路を話す。話をしている内に、どうもこうして寝ている先生が気の毒で堪らなくなって来た。不図《ふと》気がつくと、先生の眼には涙がたまっている。是はしまったと思って、急に口を噤んだら、先生は徐ろに氷嚢を胃の上からとって、それを額から眼にかけて、置かれた。其処へ能成が、坂元が用があるそうだと呼びに来てくれたから、すぐ立って、引き下がる。

坂元の部屋には、三重吉が来ていた。もう一度潰瘍があるかも知れないと、額田君が言って行ったのだそうだ。森成君に、潰瘍の説明を聴く。

夜八時ごろもう一度先生の部屋に行って見たが、先生はすやすやと眠っていた。電燈に手拭が巻いてあるから、部屋の中が一面うすぼんやりしている。その中に先生の顔がうすぼんやりと見える。牢破りの景清のような感じがする。先生が可哀想でたまらない。死んだら大変だの、とても見ていられないのと言ったって、病人が可哀想だという気にならなくっちゃ、ほんとに病人の看護というものは、出来るものじゃないと思う。

是公《よしこと》さんがお見舞に金を三百円よこしてくれたのだそうだ。

八月三十一日（水）

ゆうべ先生の部屋の電燈を巻いた、汚ない手拭が気になった。森田に頼んで絹の袋を買って送ってもらおうかと思った。然し絹の袋を使うにしても、赤や青では困る。何か好い工夫はないか知らんと思いつつ、今日病室へ行って見ると、手拭は取り去られ、代って黒い絹の袋がかぶせてあったので、安心する。森成君が東京から買って来たものと見える。先生の顔は、昨日初めて見た時ほど、劇しい印象を与えなかった。色も昨日よりは、少しはよくなっているのかも知れない。然し、こけた頬や瘠せ細った手脚を見ていると、先生が可哀想で堪らなくなって来るが、どうして上げる訳にも行かない。

　黙って能成と二人で坐っていると、坂元が上の山に行って見ないかと言って誘いに来た。上の山に上がって、女郎花だの桔梗だのを折って来る。栗の毬が二つばかり喰っついている枝が見つかったから、それも一緒に折って来る。坂元が根を焼いて、それを先生の眼の届く、地袋の隅の花瓶に挿した。

　奥さんは朝から鶏肉を爛徳利に入れて、それを鉄瓶に挿し込み、湯煎にかけている。こうしてスープを拵らえるのだそうである。先生も今日からスープが許されたのだと思うと、甚だ心強い。

　三重吉が来て、先生に会いたいから、一緒に行ってくれと言う。一緒に行く。先生が三重吉に、何所に泊っているのかと訊かれるのだが、三重吉は興奮しているものだから、返事が出来ない。先生は宿屋の事を訊いているのだと注意してやったら、新井にいますと答えた。三重吉はいらいらしているから、何を言い出すか分からない。自分もそれに釣り込まれないようにしないといかんと思って、なるべく三重吉の顔を見ないようにして、黙って坐っている。

　先生が指を出して、花活の方をさされる。栗でも見たいのかと思って、花活の傍に行き、向きを換えようとすると、先生は頭を振る。向けようが違ったのかと思って、更に花活を反対の方に向けようとすると、先生は更に劇しく頭を振った。病人に神経を使わせるのは気の毒である。どうしてその一挙手一投足で病人の意志を読みとる事が出来ないのかと、自分の遅鈍を情なく思いながら、先生の傍へ行くと、先生は、あの花は何だという。然し花はみんな分りきった花計りである。先生が訊きたいのがどれであるか、見当がつかないので、いい加減に、あの黄色いのはと言いかけると、先生は又頭を振って、はじの方のだと言う。端のは萩であるが分からない筈はない。然し花がまだ少ししかついていないのだから、或は分からないのかとも思い、あれは萩ですと答えたが、それではあんまり平凡すぎる、或は萩の上に出ている、黐《とりもち》に紅い粟粒がくっついたような花の事なのではないかと気がついたので、あれは萩ですが、あの萩の横に出ている、小さい赤い花は何というのか、名前は知りませんと、附け加えた。すると三重吉が、あれは水引草ですと言ってくれたので、ほっとする。暫くたってから引き下がる。

午飯後能成と一緒に三重吉の宿に遊びに行き、夕飯まで喰って帰って来る。先生のそばにいなかった事を、心苦しく思う。先生はさぞ淋しかったろうと思う。奥さんはどういうものか、始終先生のそばに附いていない。せめて自分でも始終そばについていなければ、先生が可哀想だと思う。

夜先生の部屋へ行ったら、真っ暗で、何所に何があるか分からなかった。是は電燈にかぶせた、黒い絹の袋のせいである。暫くじっとしているうちに、段段先生の床だの先生の身体だの先生の顔だのが見えて来る。胸の上に置いた繃帯が横にずれて、落ちそうになっている。氷嚢の位置も、少しずれている。氷嚢と繃帯との間に肌の一部分が露出されている、其所に冷たい風が当らない用心に、手拭が掛けてある。その手拭も半分落ちかかっている。そうして先生の胸が、半分ほど露わになっている。

先生は、手を上げて見たり下げて見たり、眼の前に持って来て爪の色を眺めて見たり、両手を組んで胸の上に置いて見たり、左の手をあけて見たり握って見たりする。所在がないからとも見える。自分で体力の回復を楽しんでいるのだともとれる。ただ瘠せ細った指を見ているのが痛痛しい。

夜藁蒲団が出来て来た。

見ず知らずの、あかの他人を娶る事が、つくづく厭になって来た。

九月一日（木）

能成が朝六時に立って名古屋へ行った。あとが淋しい。

先生の所へ行ったら、先生は元気がよかった。朝の内は、元気がいいらしい。此所へ来て初めて、稍長い話をする。先生が薬を飲んでから、お茶で口を漱ぐ。お茶がいかにも旨そうに見える。お茶は旨いなあと、先生が言う。

昨日山からとって来た栗を見て先生が、もう栗があんなになる頃かなあ、栗の実が落ちるかしらんと、言う。それから、もう柿の実が赤くなっているだろうかとも、訊かれた。先生はあの赤い柿の色が大好きである。郷里の、お盆にはもう真赤になる、木練柿《こねりがき》の話をする。霜が降るまで渋くて、霜が降ると甘くもなるし赤くもなる柿があるじゃないか、と言われるから、あれは郷里では霜木練と言っている旨を答える。

スープを飲んだら大変元気がついたのだそうだ。肉を粉にしたのがある、あれを湯に溶いて飲むと旨い、という話が出る。――どうもこうして寝ていると、食い物の事ばかり考える。親兄弟の事なんぞまるで考えない。だって君、寝ていてプラグマティズムもないじゃないか。――三重吉の顔色がよくなったなあ。黄疸のような眼の色が治おったじゃないか。――三重吉は新井にいて小説を書いているのか。まだあんな事を書いているのか。――

さぞ暑いだろうと思って、団扇で風を送る。〔鈴木〕禎次さんが見えたから、代って自分の部屋へ帰る。

午後に先生の所に行って見ると、禎次さんが縁に近く大の字になって、ぐうぐう昼寝をしている。暢気でいいのかも知れないが、なんだ病人の気も知らないでという気もする。先生は夜安眠が出来ないので、夜が一番厭なのだそうである。

黙って坐って、午前中のように、黙って団扇の風を送っていると、先生がこっちを見て手を振られた。もういいというのだと思って、やめる。人にあおいでもらったりするような、お大名扱いが嫌いらしい。

先生のそばにいないと、いらいらする。然し先生のそばにいると、あんまり長くいては悪いだろうと思う。仕方がないから、立って、新井の三重吉の所へ行く。然し三重吉の所にいても落つかない。三重吉を誘い出して、梅林という所へ行く。

山へ六町ほど上ぼるという話だったが、その六町が大変だった。然し上ぼって見ると、大変景色が好い。富士山も少しは見える。然し何だか先生の事が気になるので、景色を十分眺める気にならず、そこそこにして、また駆け下りる。三重吉が、どうも君はイリタブルになっていていけないと、言った。

途《みち》に白萩の咲いているうちがあったから、頼んで二枝もらい、それを持って宿に帰り、鳥打をかぶったまま、先生の部屋へ飛び込むようにして、這入って行く。先生は静かに寝ている。安心して萩の根を焼いて、花瓶の枯れたのと挿し換える。

夜先生と二時間近く話をする。三重吉はまだ帰らないのかと訊かれるから、なんでも『国民新聞』から金が来る事になっているのだそうで、それが来たら帰ると言っていましたと答える。煙草をくれと言われるから、一本とってあげる。朝も一本あげた。味がありますかと訊いたら、味はないんだと答えられた。所在がないから、何かして見たいのだろうと思う。

——手術をして、胃の悪い所を切りとって、切り口を縫い合せて、一週間許り寝ていさえすれば、それですっかり癒おっているというような事が出来たら、さぞ好いだろう。胃の切り口は九時間すると癒着する。二十四時間すると、もうその胃が働き出すんだそうだからなあ。胃癌の初期を手術した結果で、そういう事が分かったものらしい。――お茶ももうあまり旨くなくなった。平野水がスーッと突き抜けるように咽喉を通って行くのが気持がよかったが、もう冷たすぎるようになった。――自分はこの言葉を聴いて、ぞっとするほど秋を感じた。

奥さん・坂元などと体重を計る。奥さん十二貫五百、坂元十一貫五百、自分は十二貫七百。奥さんは先生が病気になってから、半分ほどに瘠せたのだそうだ。

野間〔眞綱〕さんが来る。満鉄の山崎氏帰る。

九月二日（金）

今日からスープが五十グラムずつ三度になる。先生の顔色が段段よくなって行く。先生はこのごろになって余程疲れが出て来たらしく、それを意識するようになられたらしい。大病から治おった病人は、自分の大衰を初めのうちは意識しない。肉体が段段回復するにつれて、次第にその事を意識するものだと聞いている。先生は今丁度その時期にあるのだろう。今日は三度ばかり先生のそばへ行ったけれども、三度とも殆んど口を利かれなかった。

今日は二百十日というのに、風も吹かず、反って四五日振りの暑さである。寝ていちゃ余計暑いだろうと思って、あおいでいたら、眼先がちらちらするから已めてくれと、言われた。そういう事が気になるのも、先生がよくなりつつある証拠だと思うと、たのもしい気がする。

夜に入って内丸〔最一郎〕君が見舞に来る。

森田から手紙が来る。〔阿部〕次郎から手紙が来る。次郎は先生危篤の由をきいて驚いた、大急で国を立つと、書いてよこした。こっちはもう大変工合がいいというので安心しているというのに、向うでは大変気を揉んでいる。気の毒だが、今どうしようもない。

九月三日（土）

先生のそばの看護婦の日記をあけて見る。近ごろは体温が平調で、変化が劇しくない。医者に言ったら、経過は大変良好だと言っていた。

朝飯を食っていると、野間さんが先生の部屋から帰って来て、どうも内丸君が先生をつらまえてむずかしい話ばかりするものだから、ハラハラすると言った。早く引き下がってくれればいいのにと思うと言った。内丸君は好い人だが、惜しい事に、他人の神経をちっとも尊重しない人である。困った事になったものだと思う。

内丸君が下がってから、内丸君の部屋へ行ったら、いきなり内丸君は、先生はなおりますよと言った。ハアと返事をすると、だって頭が非常にクリアだからと言う。冗談じゃない。大病人を相手にむずかしい話をして、返事を要求して、その返事が確かだからといって、先生の頭はクリアだ、頭がクリアだから、きっとなおるなんて言うのは、大病人を撲ぐりつけて置いて、あの病人の肉体にゃ抵抗力があるから、決して死ぬ気遣いはないと言って喜ぶのと、同様である。喜んでくれるのは有難いが、実に余計な事をしたものだと思う。腹が立ったから、先生はいくら病気が重くっても、頭はクリアなんですよと、言って置いた。

先生は顔の色も爪の色も、段段よくなって来る。是なら十分生き得ると思う。ただ生き得た後の先生がどうなるか。本は読めても、筆を執る事が出来ないというような事になりはしないか。もしそうなったら先生はどうするか。どうしてそういう生活を堪え通す事が出来るか。

内丸君が十時の汽車で帰ると言う。今度は先生の所へ一緒にくっついて行って、なるべく返事を自分の方で引き受けるようにする。

昼飯後野間さんと花を探しに行く。女郎花や萩は、もう単調である。コスモスかダーリアのようなものでもないだろうかと、野間さんと三重吉の所へ寄って見る。然し三重吉の言う所によると、三重吉は今朝そこいらを探して見たが、見つからなかったのだそうである。然しまあ探して見ようというので、見晴しの方へ行って見る。

途中に小さな家があって、若い女が機を織っている。その裏の畑に、赤や白の鳳仙花や花魁草の咲いているのが、目にとまったので、あの花を少し譲って下さいというと、女は機から下りて、勝手へ行き、薄刃庖丁を持って来てくれた。裏の方へ廻って見ると、鳳仙花や花魁草の外に、葵の花を大きくした、真っ赤な花が咲いている。それも一緒にもらう事にして、金を五銭つけて庖丁を返したら、その女は、私は留守番なんだから、そんなものは頂けませんと、わざわざ機を下りて返しに来た。

それを先生の部屋に活けて、この赤い花は刺激が強すぎやしませんかと訊いたら、いいえと言われた。花の名を訊かれたから、紅蜀葵《もみじあおい》というのだそうですと、三重吉から教わった通りを教えた。何所にあったと言われるから、さっきの一什始終《いちぶしじゅう》を話したら、女が機を下りて金を返しに来た所になって、急に微笑された。

三重吉が来て、『ホトトギス』が発売禁止になったという話をする。なんで発売禁止になったのだと、先生が訊かれる。なんで発売禁止になったものか、自分は知らない。三重吉が、能成の論文に忠君愛国がなんとか書いてある、大方あれだろうという。能成の論文がそんな理由になる筈がない。あれで発売禁止の理由になるものなら、今の人間をみんな発売禁止にしなくっちゃならないだろう。それで自分は、僕はそうは思わないと言って置いた。

森田が『煤烟』を送ってよこした。自分が拵らえた本のような気がする。ただ表紙のクロースがいけない。包紙もいけない。

磯村が手紙をよこした。

夜、坂元と一緒に三重吉をたずねたら、三重吉が明日立つというので、新井の主人が三重吉に御馳走している所だった。新井の主人が酔って気焔をあげる。

寝しなに先生の所に行って、新井の主人の事を話す。あれだけの考を持っていて、こんな所で宿屋の主人なんぞしているのは、さぞ詰らないだろうと言うと、そんなに考があるのかと訊かれる。訊かれると同時に、自分が新井の主人に、誇張して感服していた事に気がつく。然し今更自分の前に言った事を取り消す訳にも行かないので、暫く躊躇したあとで、ええ、建築だの画だのに就いて、相当の知識を持っているようですと、答える。然し何だか先生を欺したような気がして、気が咎め、床に這入ってからも、いろいろ新井の主人の何所に自分は感心したのかと、考えて見た。結局新井の主人に感心したのは、自分の誇張だったようである。

九月四日（日）

ゆうべ寝しなに坂元と酒を飲んだ。今朝起きて見たら、妙に頭がぼんやりしている。先生の所へ行ったが、ぼんやりした頭で先生のそばに坐っているのが心苦しくなって、早早に引き下がる。

先生の顔色が段段よくなる。光沢も出て来た。もう大丈夫と思う。先生は奥さんに二三日前、病気が治おったら、二三年遊んでいたいなあと、言われたそうである。奥さんが、ええええ精出して医者の言う事を聴いて早くなおって、二年でも三年でもお遊びなさいと返事をされたら、医者の言う事はこんなによく聴いてるじゃないか、是がお前、郵便脚夫かなんかなら、もうとうに死んでるよと、言われたそうである。奥さんは是を先生のアネクドーテンの一つとして話して居られたが、自分は是を聴いて、何か先生が気の毒な気がしてならない。

　午後昼寝をする。四時頃起きてお湯に這入って上がって来ると、番頭が、森田さんはいらっしゃいませんかと、訊きに来た。なぜだと訊き返すと、お客様ですという。阿部が来たのだなと思ったから、すぐ坂元の部屋へ行って見ると、果して次郎が来ている。一緒にお湯に這入って、いろんな話をする。

　阿部は郷里から上野へ着き、東京を素通りして、此所まで乗りつけた。今日は疲れているから、先生には明日の朝早く会おうという。それがよかろうと答える。奥さんが、今お会いになってもいいと言って来られた。奥さんが先生に、阿部さんがいらしったと言ったら、阿部は酒がすきだから、酒を飲ませてやるが可いと、先生が言われたそうだ。然し阿部は、ともかく明日お目にかかる事にすると言う。

九月五日（月）

朝阿部と先生の部屋に行く。途中の事、水の事など先生が聞いて居られた。

先生の部屋を出てから、一緒に梅林に上ぼる。上のあずまやに婆さんが四人と娘一人とがかけていて、我我が行ったら、まあこっちへおかけなさいと、席を譲ってくれた。此所から見る伊豆の山は、感じが柔らかで、ファミリアリティを懐かせる。婆さん達が、梨と芋煎餅とをくれた。

あずまやから少し奥に這入ると、二三軒家が並んでいて、花畑などを拵らえている。そうして其所には、ダーリアが四五輪綺麗に咲いている。分けてもらおうと思って、其所の人に交渉したが、ダーリアはどうしても分けてくれない。その代り外のものをいろいろくれた。大抵は名前を知らない花計りである。然し中にはなかなか綺麗な花もあった。朝鮮菊も一本くれたが、是はカサカサして不愉快な花だから、途中で捨てた。その代り途《みち》みち露草の花を摘んで帰る。是はコップに水を張って、茎を短くして、その中に投げ込んだ。片方は花瓶に挿した。露草の方は先生の気に入らない様子だったが、花瓶の花は、綺麗でいいと言って、先生は喜ばれた。病人でなくても日の暮れ方は淋しい。殊に秋である。奥さんに、日の暮れ方は、先生のそばについていておあげなさいと言う。

先生の手が勢よく動くようになった。口の利き方にも、声にも、力が籠って来たようである。

九月六日（火）

今日は大便をさせるのだと森成君が言う。食塩水で浣腸するのだと言う。十時からやるのだと言う。なぜ今そんな事をするのかと訊いたら、今やって置かないと、腸に排泄物がたまるにつれて、胃を圧迫するようになる。胃が圧迫されると、胸が苦しくなって、病人が困る。二十四日以来未だに排便がないのだから、今が丁度時期だ、今やって置かないと、遅れると言う。然し、先生は起きてするのでないと、大便は出ないというのだから、その為には先生を動かさなければならないのだと言う。――先生の身体を今動かして可いのかと思う。医者だって責任があるのだから、無闇な事をする気遣いはないが、どうも非常に不安である。森成君は、序に先生に寝間着を着換えさせて、藁蒲団の上に寝かし換えるのだと言う。それも結構であるが、万事がうまく行くかどうか、気がかりで堪らない。

病室から、もうやりますと言って来る。奥さんが、どうかそばについてあげて下さいと、言われる。わたしはとてもそばで見ていられないからと、言われる。看護婦が二人で、先生の腹をだき腕をだく。坂元が後ろから先生をだく。大和堂が世話をしながら、うろうろあるく。看護婦が厚い藁蒲団を、よちよち運んで来る。その恰好がおかしいと言って、先生が微笑する。

先生をそっと抱き起す。そっととそっとと森成君が言う。やっと抱き起して、お丸の上に先生のお尻を乗せる。自分は先生の手と脚とをしっかりつかまえている。先生の脛は蚊のように細くなって、色が真っ蒼である。毛が際立って黒く見える。太腿のあたりも、すっかり肉がなくなっている。

自分の頭は、何かに一所懸命になっているのだが、その一所懸命になっている対象そのものはなんだか分からない、というような、一種不可思議な心持になっていた。ただ頭の中がしいんとしているのである。その中を、水のようなものが時時音を立てて、お丸の中に這入って行くのが聞こえる。

先生は、膝頭に臂をついて、手で額を押さえて、じっとしている。油汗でも出ていやしないかと、額を見る。色が変っていやしないかと、顔を見る。唇の色を見る。然し先生は、静に、「こうしていれば苦しい事はありません、もう少しこうしているのがよければ、こうしています」と言われる。先生はあくまでも平静である。それを聴いて、ほっとする。

森成君が、もうよろしゅう御座いましょうと言う。そうしていて下さい、今寝間着を取り換えますからと言う。そう言って置いて、素早く、吐血の痕の残っている寝間着をぬがせる。背の高い方の看護婦が森成君に、アルコホルで拭きましょうかと訊く。森成君が、よかろうと言う。どうするのかと思ったら、脱脂綿にアルコホルを浸して、先生の背中一面を拭くのである。流石は看護婦だなと、感心する。然しアルコホルで拭くとき、先生の背中から、煙が立つような気がした。先生はさぞ寒いだろうと思った。

それが済んでから、先生を藁蒲団の上に寝かせる。蒲団の厚さは二尺に近い。その上に真っ白なシーツがかけてある。その上に先生が、セルの寝間着を着て横になっている。

初めて先生に会ったときには、敷蒲団が見すぼらしく、シーツが見すぼらしく、殊に三枚重ねた敷蒲団の、一番上の敷蒲団が、青い糸の交った縞目の蒲団で、それが汚れたシーツのまくれから顔を出しているので、寧ろ不愉快にさえ思われた。その上先生の寝間着が、汚れた上によれよれになっていたので、なんだか暗い淋しい感じがしたが、今度こうすっかり万事が改まって見ると、先生が急に一足飛びに健康を回復しつつあるような、明るい心強い心持になる。大和堂が脈をとる。森成君が丁寧に診察する。先生は、いい心持だと言う。皆皆ほっと安心する。便は僅かしか出なかったけれども、是だけ出れば、あと一週間はなんにも出なくても、少しも差支ないのだそうである。

次郎は結果が好いので安心して、午すぎ立って行った。

九月七日（水）

坂元が、是から帰ると言って来たので、眠いのを我慢して、六時に起きる。

先生は至極工合がいい。今日は発売禁止になった『ホトトギス』の『女』の話をする。

文芸欄はどうしているかと訊かれる。毎日ちゃんと続けてやっていますと答える。誰が書いているかと訊かれる。能成、〔太田〕善男、森田などが書いていると答える。面白いかと訊かれる。能成のや森田のは面白かったと答える。

先生のそばで、黙ったまま、長い間読書した。黙っていてもそばにいたい。またいた方が賑やかでよかろうと思う。先生は退屈だと見えて『文芸倶楽部』の講談『鼠小僧』を読んでいられた。何かプリミティヴな昔に復《かえ》ったような気がする。

九月八日（木）

奥さんと散歩する。修禅寺でおみくじをひいたら、凶とあって、病人は治らないとか、夫婦親子はちりぢりになって離散するとか、縁喜の悪い事が書いてある。奥さんが鬱ぎ込む。自分もいい心持ではない。然し自分までが悲観しちゃいけないと思って、大に奥さんの迷信をからかってやった。そうしてそのおみくじを引きちぎって、虎渓橋の上から桂川に流した。

野上が来る。

九月八日（木）

今日は『朝日新聞』が来ない。朝飯をやめて、牛乳を飲む事にする。

朝先生の所に行ったら、何か来ていないかと言われる。『ホトトギス』は来ていないかと言われる。『ホトトギス』を持って行く。

暫く雑談する。

昨日アイスクリームを作って上げたら、食塩の分量が少し多すぎて、塩からくて気の毒だった。クリームがあればフィラデルフィアを作るんだが、ないから、クリームぬきのネアポリタンにしたのである。今日は朝から雨が降って、うすら寒い。アイスクリームを召し上がりますかと看護婦に訊かせたら、今日は寒むくてたべられやしないと言われる。それにあんな塩っ辛いのはいやだと言われる。今度拵える時はもっと旨いのを拵えてあげますと言って置く。

夕方行ったら、煙草をくれと言われる。もう今日は四五本喫んだと言われる。退屈だから喫むのだと言われる。気の毒に思う。国の苅田の話をする。魚捕りの話をする。『ホトトギス』の『女』を読んだよと言われるから、どうでしたと訊くと、面白くなかったと答えられた。でも文章なぞ相当旨いじゃありませんかと言うと、そうかなあ。要するに小説が厭になったのだねと言われる。

——小説が厭になったし、人事の葛藤が厭になった。女も厭になった。ただたべものの事と住み心地のいい家と自然の景色と、それだけにしか興味がなくなってしまった。

それじゃ子供の昔に復ったようなものですねと言ったら、まあそんなものだろうと答えられた。

――こんな死にかかった病人を死なせまいとするのは、実際手のかかるものだね。赤ん坊を育てるよりもよっぽど手がかかる。そうして手をかけて、その結果がどうなるかと言えば、なんにもならない、余計な事をしている気がする。はたの者はこうしなけりゃ気が済まないだろうし、病人自身だってそうしてもらわなけりゃ困るには違いないが、余所から考えて見ると、実に余計な事のような気がする。

ちっとも余計な事じゃありません。そうしなければならない事だと思います。それに赤ん坊を育てるほどの時日も労力もかかりゃしませんと言う。

――赤ん坊は長い間手がかかるが、その代り是から盛んになろうというのだから、手のかけ甲斐がある。おれはもう白髪の生えたお爺さんじゃないか。それを、生物淘汰の原則に逆らって生かそうというんだから、大変なんだよ。フェヒネルという人は、大変な勉強をして、神経衰弱になって、三年ほどなんにもしなかった。そのなんにもしない病気の間に、一種の宗教観・世界観をつくり、地球には意識があるという根柢から出発した悟によって、不安も煩悶もなく生きて行く事が出来たのだそうだ。おれはこんな病気になって死にかかったが、おれは煩悶だの不安だのという事はなんにも考えない。

ドストイェフスキは持病の癲癇の為に幾度もひっくり返って、普通の人には経験の出来ない不思議な経験をしていたというじゃありませんか。あの人の世界観なり人生観なりは、そういう経験を俟って特殊なものになっているのでしょうと言う。

――僕は別に考え方も変らない。ただ自分がこういう病気をしてつくづく感じた事は、自分が非常に平凡な人間であるという事ぐらいなものだ。それからこうして寝ていると、自分の心持の刻刻に少しずつ変って行くのがよく分かる。それに興味を持って、毎日それをじっと眺めている。それを書いて置いたらと思うのだが、片っぱしから忘れてしまうし、筆をとる事も出来ないから、そのままになっている。ドストイェフスキは癲癇の発作が来る前には、非常に愉快な、普通の人生では到底経験の出来ない、恍惚とした心持が来ると言っている。それとは比較にならないかも知れないが、自分がこういう風にして寝ていると、やっぱり、とても平日じゃ遭えない、なんとも言えない快感を覚える事がある。もっともフィジカル・ペインのないモメント・モメントばかりだがね。

こんな話を殆んど一時間余りした。

『門』を正月に出すのなら、もう校正にかからなければいけないのだろうが、一箇所訂正する所があるので、まだ春陽堂に渡さずにいる。大燈国師と夢窓国師とがあべこべになっているのだ。あれを君、なおして置いてくれ玉えと言われる。

森田は手紙をよこすかと訊かれる。森田は非常に急がしいと言ってよこしました。尻が痛いと言ってよこしました。『煤烟』の見本が出来たと言って、送ってよこしました。と答える。早くお尻の療治をしなけりゃいけないだろうと言われる。

夜氷嚢を取り換える時、先生は時時眼があくのだそうである。又そうでなくても、時時眼があく。すると白い着物を着て枕元に坐っている看護婦の姿が、暗い電灯の下でうすぼんやり見える。それが静に立ったり坐ったりするのが、何か幽霊のような気がするのだそうである。

九月九日（金）

午前中に『朝日』を見せろ『国民』を見せろと、先生が奥さんに言って居られた。退屈だからでもあろうが、文芸欄の事が気になるのだろう。三重吉の小説の事も気になるのだろうと思う。

今日は三時間先生のそばに坐っていて、とぎれとぎれに雑談をする。

先生は身体の疲れたのがはっきり分るそうである。同時に健康が回復しつつあるという事もはっきり分るのだそうである。ただこんなにしていちゃ身体がもてやしない。なんか十分営養でもとらなくっちゃあと言われる。

明日天気がよかったら髯を剃って上げますと言ったら、先生は髯なんぞ剃ったってなんにもならないと答えられた。でも綺麗になって晴晴しますよと言うと、先生は、だってこんな蒼い顔をしてたんじゃ、ちっとも剃り栄えがしないじゃないかと答えられる。顔の蒼いのは日向にでも出るようにならなけりゃなおりゃしません。寝てるんだもの蒼いのは当り前ですと言うと、そうじゃない、貧血だから、血がないから蒼いんだよと応えられた。なんでもないような言葉の裏にデスペレートな響きがある。自分はこんな会話を続けるのが辛くなって、暫く黙った。

このまま生やそうか知らん、と先生が言う。それじゃ顋の所を残して頬ぺたの所を剃りましょうと答えると、竹越三叉みたいにかと、先生が笑った。ええ、其所の顋の所を三角にするんですと答える。

フィジカル・ペインはもうないそうだ。フィジカルな不安ももうないそうだ。

――菅《すが》〔虎雄《とらお》〕は医者になっていたら、今みたいにピイピイしていやしないだろうに。ハウスクネヒトの勧めで独逸文学なんかやったもんだから、あんなものになってしまった。気の毒なものだ。

大塚〔保治〕さんの口の利き方には、一種特別な表情がある。なんだかコイシュハイトをもって人を牽《ひ》きつけると言ったような、可愛い所がありますねと言ったら、あれは社交になれないからだよと言われた。

――大倉〔孫兵衛〕にそう言って、瀧和亭の画譜を送らせてくれ玉え。金は帰ってからでも、或は『猫』の印税から差引くでもしろと言ってやってくれ玉え。

先生が森成君に、長與〔稱吉〕さんは華族になって喜んでられるでしょうと言う。先生には長與さんの亡くなった事を知らせてないから、それでこんな事を言うのである。病人の神経を刺激する事を虞れて、言わずに置いてあるのではあるが、こういう言葉を聞くと、なんだか非常に悪い事をしている気がする。森成君が、長與さんが二十五万円かけて家を建てた話をすると、先生が、なおったら一つ見せてもらおうと言う。自分は又ドキンとした。

先生が万年筆と黒い手帳をとってくれと言われる。自分の心持の変化を書き留めて置く積りなんだろうが、仰向きになって書くのだから、手がだるそうで、見ていられない。先生が口で言って下されば、私が書いてもよろしゅうございますと、言おうかと思ったが、差し控えて、そばで見ている。先生は、二三字書いては休み、書いてはやすみしている。

九月十日（土）

朝まだ寝ている所へ、看護婦が起しに来る。旦那様がお起きなさいとおっしゃいますという。先生は今日は四時過ぎから起きて、まだ誰も起きないのかなあと、いつまでも言っていられたのだそうである。起き上がって、お湯に這入って、すぐ行って見る。

病床日誌に、今朝空腹時に膨満の感があったと書いてある。森成君に訊いて見ると、今まで長い間冷やしていたのを、一昨日の夜十時から朝までと、昨日の夜十時から今朝までと、二回氷嚢をあてないで見た為と、胃液が沢山出だした為で、何心配な事はありませんという事だった。然しそれでも尚気になるから、あとで自分の部屋に帰って、もう一度森成君に訊き直して見ると、森成君は、実は幽門の閉塞が段段大きくなる傾向があるから、心配なのだという。その結果どうなるのかと問えば、癌になるのだという。癌になったら、まず半年以上三年以内の命だという。先生の胃病は元からたちがよくなかったのだから、どうも心配だという。急に眼の前が暗くなる。然し今騒いだって仕方がないから、奥さんには素知らぬ顔をしている。

朝飯後奥さんと一緒に花をとりに行く。梅林の先きまで行こうと思ったが、奥さんが苦しくってあるけないと言うから、撫子と露草だけを摘んで、引き返す。途でだんどくに似て、もっとパッとした色の花を、縫物師匠のうちでもらう。前に一度もらったうちで、又白萩をもらう。それを花瓶に挿して上げたら、先生は喜ばれた。木槿がお好きなら、木槿は沢山あるが、どうですかというと、木槿はあんまり好かないねという返事である。自分も木槿はあまり好かないから、もらって来なかった。

新聞が来ているかと訊かれる。長與さんの事があるから、新聞はなるべく見せないようにしている。然し来ていないとも言えないから、『朝日』の文芸欄の出ている面だけ持って行く。是が見たいんじゃない、新聞が見たいんだと言われる。それで本紙を持って行く。長與さんの亡くなった事のすぐ分る記事が、出ていなければ可いがと思う。奥さんが『国民』はやめたと、先生に言われたのだそうである。それだから『朝日』を持って行くだけで済んだ。森成君に頼んで、新聞を見ちゃいけませんと言ってもらう。

昼飯を食って寝転んでいたら、看護婦が呼びに来た。行って見ると先生が、アイスクリームを拵らえるかいと言う。ええ、拵らえますと返事をしたら、あんまり食べたくもないけれども、君等が食べるなら、少し食べようと言われる。それですぐ拵らえにかかる。出来上がってみたら、少し甘味が足りなかった。それでもよく出来た。先生如何でしたと言ったら、甘味が足りないじゃないかと言われた。

先生にもう一度髯を剃る事を勧める。先生は少し笑って、今剃ったって仕方がないと言う。「然し気持が悪かありませんか。」「気持は少し悪いけれども、こんな蒼い顔してたのじゃ仕方がない。」

「国民はやめたのかい」と訊かれる。顔から火が出るような気がして、うつむいて雑誌をあけながら、不得已《やむをえず》「ええ」と言う。「三重吉がおこるぜ」と言われる。「下宿でとらしてあるから、かためて読みます」と言う。「かためて読んじゃ大変だなあ」と言われる。――自分は嘘をついた事がないとは言わない。先生の前で嘘をついた事はないとも断言出来ない。然し先生から自分は正直だと信用されている。それを知っていながら、見す見す嘘を重ねて行くのは、堪らない。少くとも白白しい嘘を吐かなければならない境遇に陥っている事が、堪らない。明日からほんとに『国民』をやめる事にする。

森成君の所へ電報が来て、明日の長與さんのお葬いに参列しろという、病院からの命令である。森成君は帰らなけりゃ義理が悪い。こっちも帰さなけりゃ義理が悪い。それでも自分の口から御帰んなさいと言った時には、非常に心細い気がした。しばらくの間途方に暮れてぼんやりする。森成君の留守中に何事もなければ可いがという心で一杯である。森成君は先生に、病院の用で一寸帰って来るのだと言った。

　夜雨がふる。先生の部屋へ行く。部屋の中がうす暗いので、外の雨が事の外佗しい。「ああ大分時間の損をしたなあ」と先生が言う。「六月から病院へ這入って、今年の末までかかるとすると、大変な時間の損になる」と言う。なんだか部屋の空気が湿っぽくて、消え入りそうな気になったから、気を変えるつもりで、「でも三年も牢に入れられる事を考えりゃ、よっぽど可いじゃありませんか」と言って見た。すると先生は、「治安妨害でかい」と言って、気が変った。「牢に入れられたって、本も読めない事はないだろう」と先生が言う。「本も自由には読まされないそうじゃありませんか。それにフィジカルなペインが堪らないでしょう」と答える。

　中〔勘助〕から御見舞が来ましたと言って、野上が胡蝶がたの箱を持って来る。いい箱だなあ、何が這入っているんだろうと、先生が言う。おもちゃでしょうと、野上が答える。手紙が附いていたというから、それを取りに行って、途中で読みながら、先生の部屋へ帰って来る。妹と二人で拵らえた折紙細工だと、手紙の中に書いてある。先生に読んできかせる。箱の中に目録が入れてあったので、蛙だの、蟬だの、鶴だの、燕だのと、一一読み上げては、それを先生の枕元に並べる。先生は、妹って誰だと聞かれた。中は小田原に来ているのだそうである。燕を一羽自分の掌に載せて、じっと眺める。お嬢さん達から先生の所へ見舞状が来た。エイ子さんのが一番情愛があってよかった。筆子さんのは、文学的だけれども、よほど客観的である。エイ子さんの手紙に「ワタシノコトナドオモワズニ」という句があった。

九月十一日（日）

朝看護婦が起しに来る。起きて湯に這入って牛乳を飲んでから、先生の所に行く。東〔新〕が風俗史を送ってくれたから、その旨先生に言う。持って来いと言われるから、持って行く。先生の本を持っているのが、重そうで、疲れそうである。それでも三冊とびとびに、画を見て行かれた。

奥さんに、子供から来た手紙を持って来て見せろと言われる。奥さんが持って来て見せられる。「是から俺の名宛で来た手紙は、みんな持って来て見せるのだよ」と言われる。然し手紙を見せては、反って刺激していけなくはないかと思う。奥さんは、手紙を御覧になっちゃいけませんと言われる。

先生が新聞を見せろと言う。然し今日見せると、明日も見せなくてはならない。明日は長與さんのお葬いの記事が出るにきまっている。それで、見せないと言ったら、癇癪を起こされた。なんでも持って来いと言われるから、引き下って、黙っている。

看護婦が来て、疳癪が起きてしようがないから、行って取って来いと言われたという。野上が持って行く。野上はさんざ叱られたそうだ。――先生は意地っ張りである。自分の意志を何所までも通さなければ、気の済まない人である。然しそれも時と場合で、人の言う事も聴いてくれなくては困る。今日午後か夜かに、言うだけの事を言って見ようと思う。あんな疳癪を起しちゃ、病気に障りそうで、不安でたまらない。もっとも疳癪が起こせるほど力がついたのだから、大に頼もしい訳でもある。

午後野上と上の山に上がって、女郎花だの吾亦紅だのをとって来る。

先生の所に行って坐っていたら、君等はなぜそんなに畏まって坐ってるんだ。大病人じゃあるまいし、何か話でもしたらよかろうと言われる。黙って畏まっていたって、誰も感謝しやしない。窮窟な思いをしてつまらないじゃないかと言われる。いや、窮窟な事なんかちっともない、あんまり話をしても、先生が何か考えておいでになるのに、うるさいだろうという気がするし、黙っていても、こっちの考える事を考えているのだから、別に窮窟に畏まっている訳じゃないと、答える。「君等は一体変通という事を知らないんだ。病人なら病気の工合、衰弱の程度、その日の加減を見た上で、応分の所置をして行きゃいいんだ。畏まっているかと思うと、ホイスキーに酔っぱらって見たり、新聞を見ちゃいけないと考えて、わざわざとめて見たり、まるで物が分からない。」

「妻はどうしてる」と訊かれる。奥さんはゆうべ眠られなかったそうで、今昼寝をしておいでですと答える。「嘘だよ、あいつは眠いからそんな事を言うんだよ。どうしてあんなに眠るのかなあ、まるで修善寺に眠に来たようなものだ。あんな妻は厭になった」。――今朝の疳癪がまだ納まらないらしい。

森成君がいないと心細い。夜は一寸の間枕元に坐っている。先生にそんなに年をとった気がし出しましたかと訊く。「うん、大変年をとったような気がするね。これからは老年の計をするのだ。老年の事業をするのだ」。

九月十二日（月）

今日は起こされない内に起きようと思っていたら、とんでもない時刻に眼がさめて困った。なんでも三時頃だったと思う。時計を見たけれども、眠いので忘れてしまった。もう一度寝る。今度眼が覚めたのは六時半である。

八時頃からからりとした秋晴の天気になる。いい気持だなあと、先生が言う。髯が邪魔になると、先生が言う。それだからこの間から剃りましょうって言ってるじゃありませんかという。剃ってもいいねと言われる。それじゃすぐやりましょうと、立ち上がる。なんだ、君が剃るのかいと訊かれるから、ええ、安全剃刀があるんだから、訳なく剃れますと答える。君にこんな長い髯が剃れるもんか、やっぱり玄人でなくっちゃと、先生が言う。それで女中に、髪結床の親方を呼んでもらう事にする。

温泉宿で大病人が病後を養っている。その病人の健康がよほど回復して、ある秋晴の午前に、髪結床の親方を呼んで、髯を剃らせる――如何にも爽やかな、朗らかな感じである。髯を剃ったら、先生の顔が急に綺麗に、病人らしくなくなった。それで自分も縁側に椅子を持ち出して、顔をあたってもらった。縁側には午前の日がさしこんで、足の先きがほかほかする。いかにも秋の温泉宿に来ている気がする。初めて秋の温泉宿にとまっているという心持になった。

今日また新聞を持って来いと言われやしないかと、内心びくびくしている。その話が出たら、仕方がないから、怒鳴りつけられてもなんでも、持って行かない事にしようと思ってはいるが、内心はびくびくものである。然し先生は、今日は新聞の事は、一口も言わない。恐らく先生は、また昨日のような不愉快な思いをするのが厭だから、それで言い出さないのであろう。或は我我が先生に新聞を見せまいとする意味が、漠然と通じた為かも知れない。昨日でも、新聞が見たいのではなくて、新聞を見せまいとする我我のやり方が、気に喰わなかったのに違いないのである。

今日は先生から起されないうちに起きようと思ったら、とんでもなく早く眼が覚めて困ったと話したら、今日も起してやろうと思ったが、可哀想だからよしたと、先生が言った。それから暫く立って、「君、アンドレイエフを此所へ持って来たんだぜ」と言われるから、「ええ、今度胃腸病院に御帰りになったら、又稽古を始めましょう」と答えた。森成が来るのは何時頃だろうとも訊かれた。一番で向うを立てば、此処に二時頃着くのだそうだから、二時頃から八時頃までの間だろうと答える。

　夕方看護婦が、一寸来てくれと呼びに来る。なんだろうと思って行って見ると、落語を読んでくれと言われる。円遊を初めに読む。どうもうまく読めない。一番読んでしまったら、先生が、君はまずいねと言う。ええと答える。田舎者だからまずいんだろうと言う。そうかも知れない。いくらうまく読もうとしても、どうもうまく行かない。小さんを読み、円蔵を読み、三つ続けさまに読んだが、読んでみて、自分にもちっとも面白くなかった。落語は、落語家の口から聴くべきものである。読んで聴かせたりすべきものではないと思う。素材《シュトッフ》と表現《アウスドルック》とが是程明瞭に区別され得るものもないと思う。

　森成君が七時すぎに帰って来る。早く帰って来てくれと、電報までかけたのである。昨日看護婦が、先生の足にむくみが来たと言った。いつからだと訊いたら、二三日前からだと言った。あんまり注射をしたからその反応かも知れない、それともたちのわるいむくみかも知れないという。子供の時、長患いの病人の足にむくみが来ると、その病人はもう助からないと、祖母から聴いたような気がする。是は或は聴き違いだったのかも知れないが、ともかく心配である。森成君が早く帰ってくれれば可いと思う。其所へ森成君が帰って来たので、ほっとする。

　森成君が東京から牛肉を買って来たので、飯はもう済ましていたが、みんなしてそれを食った。自分はホイスキーを飲んだ。むくみは心配な事はないかと訊くと、心配な事はないという。不思議な事に、そう言われても、やっぱり何か気がかりである。寝しなに森成君と一緒にお湯に這入って、もう一度むくみの事を訊く。すると森成君は、どうもたちがよくないようだと言う。困った事になったものだ。どうかなんでもない事であってくれれば可いがと思う。

森成君が、私は四五日うちに帰りたいと言い出した。今帰られちゃ大変である。奥さんだって、帰さないにきまっている。野上は明日帰ると言っている。自分も二三日うちに帰る積りである。東が入れ代りに来てくれるかも知れぬが、そうみんな帰ってしまっちゃ、あとが大変だという気がする。むくみは心配な事でもなんでもないとしても、食べ物の事など、森成君がいないと、きっと困るに違いない。そう言って森成君に、もう少しいてくれるように頼む。実際こんなに長く引き留められていては、森成君も迷惑に違いない。病院の方も間が欠けるだろう。それを考えると、引き留められた義理じゃないが、然し森成君に今帰られたら、いろいろ困るし、いろいろ心配で堪らない。――森成君は、実は私は、もう帰ろうと思ったればこそ、今度は何も持って来なかったと言う。奥さんにこの話は、暫くしないでいてくれと頼む。

九月十三日（火）

石井柏亭から『新日本画譜』の上巻を送って来る。大倉はその中に振替貯金の紙を入れてよこした。人を馬鹿にしている。

野上と二人で黙って先生の所に坐っていたら、君等はお早うを言わないねと叱られた。そう言われて言うのもおかしいから、黙って坐っていた。大倉の事を話したら、先生は怒った。

森成君とゆうべの続きを話し、結局誰か大家にもう一度診察してもらい、その大家の意見に従うという事にしてもらった。もうついている必要がないと言ったら、帰ってもらう事にしたのである。もし自分が立つまでに、渋川玄耳も来ず、大家も来なかったら、自分が玄耳に会って、右の事情を話し、誰か大家を寄越してもらい、病院の方にも森成君滞留の延期の相談をしてもらうという事にする。それまでは奥さんには黙っていてもらう事にする。

先生にソーダ・ビスケットを上げる。うまいから嬉しいと言って、先生がそれをかじる。――おれはソーダ・ビスケットというものは、アイスクリームの側についているウェーファースみたいなものだろうと思っていたから、別に喰いたいとも思わなかった。是は病人の喰うものじゃない。うまい。と先生が言う。

――君が帰ったら、独・英・仏の会話篇か、仏・英の会話篇かを送ってくれ。こんなにしている時は、ああいうものを勉強するのが一番いいだろうと言われる。自分はなんだか恥かしかったから、私は今度露西亜語を始めますと言った。すると先生が、仏蘭西語の方がよくはないかと言われた。

――君、お嫁さんの写真を持って来ているかと訊かれるから、いいえと答えた。「美人かい」。「いいえ。先生のうちに清というのがいるでしょう。どっかあれに似た顔をしています」。「へえ、清に似ているのか。どうしてそういうのをもらったんだい」。「いろんな事がありましてね。面倒くさくなったから、もらっちまいました。田舎者だから生意気でなくっていいだろうと思います」。「田舎者の上に生意気だったら堪らないだろう」。――萩の姉妹の話をする。どうしてそれをもらわなかったのだ、片方は断ってしまえばいいのにと言われる。

立ち上がって、『煤烟』を持って来て、先生に見せる。ひどい字だね、誰が書いたのだろうと言われる。中に画はないのかと言われる。

森田が痔の療治をしている旨、先生に伝えてくれと、今日手紙をよこした。先生にそれを言う。おれは森田の事なんぞちっとも心配してやしない。森田の事よりおれの事を心配していると、先生が言う。こっちからこういう事を言い出すと、先生は直ぐ是である。是が女などには分からない。

昨日からフレンドを買って、煙草につめて上げる。

野上が四時の汽車で帰る。東が来ると言って来た。野上に漢詩集、宇治拾遺、画譜など送ってくれるように、先生が頼む。

野上が帰ったら、あとが急に淋しくなった。

九月十四日（水）

午後に石鹸浣腸をする。先生を起して寝床から下ろして便器に腰をかけさせる。寝間着の裾を持ち上げるようにしていると、初めに石鹸のにおいがして、あとで臭い便のにおいがして来た。先生はだるそうに苦しそうに、手を額に当ててじっとしている。どうかなりはしないかと、先生の額を見つめている。今にも其所が蒼くなり、膏汗で一杯になりそうに思う。それでも何事もなくて済んだ。森成君は、大便がどっさり出たと言って、喜んでいる。先生は、腹がへったようで、せいせいしたと言っている。

脚の上にかけてある蒲団が重そうである。殊に此所のうちの蒲団はごわごわしているから、一層重そうに見える。早く毛布がつけばいいと思う。

先生は、もう葛湯にもスープにも飽きたのだそうである。元来日本の料理がいいとか上手だとか言っても、結局は旨いものを旨く喰わせるだけの事に過ぎない。旨く綺麗にという方面ばかりに発達して、大病後の病人などに喰わせられるものが非常に少ないのは、不都合である。日本の料理はもっとそういう方面に発達する必要があるというと、先生が、西洋には胃潰瘍の病人に食べさせる食べ物だけでも、二三十通りはあるんだそうだと言った。

東が来る。八時頃だったと思う。毛布を早速先生の上にかける。どうして膝掛が来ないんだと先生が言う。膝掛は奥さんが注文してやらなかったのである。

お種さんが自分の着物をわざわざ新橋まで持って来て、東に託してくれたそうである。

九月十五日（木）

今日帰ろうと思っていたが、あんまり雨がひどく降るから、やめにする。明日は金曜だから日が悪い。

先生の髯がまた伸びた。丁度床屋が来ていたから、呼んで剃ってもらった。先生が綺麗に若くなったような気がする。頭のふけを落して、髪までちゃんと分けさせたのである。お仙が這入って来て、先生は若くなりなすったと言った。

昨日の膝掛の事で、先生に、二十日ごろ又野上が来ますから、持って来てもらいましょうと言ったら、先生が「来なくってもいいと言ってくれ」と言われる。「お大名や金持じゃあるまいし、そんなに人がつめかけている必要はないじゃないか。おれは平民だからなあ」と言われる。

隣の宿屋で、蒲鉾だかはんぺんだかを叩いている音がする。大川では蒲鉾を拵えてると、先生が言う。蒲鉾じゃないでしょう、はんぺんでしょうと言ったら、蒲鉾だってはんぺんだって、どっちだって構やしないと、先生が言う。気の毒な事をしたと、後悔する。昼には玉子豆腐を上げる事にする。先生は大変に喜んで、看護婦に、森成さんに御礼を言ってくれと、言われたそうだ。

九月十六日（金）

明日立つ事にしたので、今日はなるべく先生の所へ行かないようにする。東が行っても、自分は行かない。

それでも夜になってから行って、暫く話をした。和亭の画譜が来たけれども、彩色画が這入っていないので、先生は当てが外れたようだった。極彩色のものかと思っていたのにと、先生が言った。もっとも山なら山のかき方をいろいろに違えてかいてある、其所に面白味があるとも、先生が言った。落款がなかなか面白い、帰ったら印譜でも買って送りましょうからと言ったら、ああ『蘇氏印略』というのがあるね、あれを買って送っておくれよと、先生が言った。なんでも十円くらいのものだろうという事である。

九月十七日（土）

朝五時に起きる。お湯から上がって先生の所へ行ったら、先生は丁度顔を洗い了《おわ》って、歯を磨いて居られる所だった。お早うと言ったら、お早うと、元気よく答えられた。五時半である。いつももっと早く起きて上げればよかったと思う。今日は帰るので早く起きたのである。そうとは知らずに先生は喜んでいられる。それで、今日は帰るとも言い出しかねて、暫く坐ったまま、引き下がる。

車が来たから、先生の所へ行って、是から帰ります、どうぞ御大事になさいと言って、先生の顔を見上げる。もう大丈夫だと安心してはいるものの、いざ立つとなると、何か心配で、思い切って立てない気がする。然しともかく立つ。車ががらがらと玄関を離れて行くのが、ひどく厭だった。

（『文学』昭和一一年一二月号）

2023
11
中公文庫 新刊案内

フィッツジェラルド10

『傑作選』

スコット・フィッツジェラルド
村上春樹 編訳

この一冊で
見渡す
作品世界——

若くして洞察に富むデビュー期の輝き、早すぎる晩年の作ににじむ哀切。思い入れ深い短篇作品とエッセイを村上春樹が厳選。

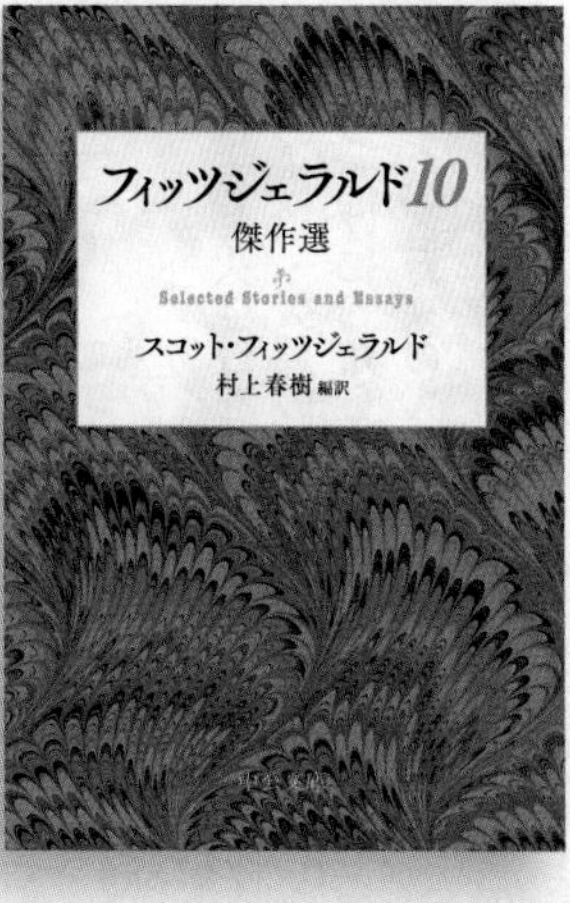

●1210円

寺田寅彦と松根東洋城

寺田寅彦　物理学者・随筆家　一八七八〜一九三五
松根東洋城　俳人　一八七八〜一九六四

『漱石・寅彦・三重吉』序

昭和十年八月、漱石歿後の二十年を記念する為に、決定版『漱石全集』を出そうという事に話がきまって、私が各巻の編輯と解説と各巻を通じる総索引とを引き受け、最後に漱石の伝記を書く事になった。是は一人の仕事として、相当の大事業であった。然《しか》し私は、少し大袈裟な言い方ではあるが、悲壮な気持で、敢て是を引き受けた。

それに就いて最も心配してくれたのは、寺田寅彦であった。寅彦は、毎日の時間割を作って、その時間が来たら、どんなに仕事に油が乗っていても、峻烈にそれをやめ、一時間もしくは二時間、必ず規則正しく、散歩するなり運動するなり、気持を換えて血行を新にする工夫をしろとまで、言ってくれた。三重吉は三重吉で、一人でそんなに仕事をするのは無理だから、せめて解説だけでも皆んなで分担して書く事にしてはどうだと、言ってくれた。それでも私は初めの二年と、あとの一年とで、多くの人の助力を得て、ともかくも編輯と解説と総索引と伝記と——引き受けた義務だけは果す事が出来た。

然しその間に、私のからだの事を一番心配してくれた寅彦が先ず死に、半歳間を置いて、三重吉も死んでしまった。寅彦の死ぬ前、全集第一回配本の『虞美人草』が出来上がり、寅彦の病床に届けられたが、然し本が重いので今すぐ解説を読むわけに行かないという挨拶があっただけで、寅彦の病勢はその後ぐんぐん悪化して行った。三重吉の方は、それでも、時時何か言ってよこしてくれた。然し是も程なく死病の床についたので、三重吉の口からも、さしたる激励の言葉を聴く事は出来なかった。こうして決定版『漱石全集』と『夏目漱石』とは、私にとって、いろんな意味で忘れ難いものとなった。

『漱石・寅彦・三重吉』は、ある意味では、そういう記念の為に編まれたものである。

当時私は全集各巻の解説を書く準備をしながら、かねて伝記『夏目漱石』を書く準備をした。集まった材料の中には、解説の中にも伝記の中にも盛り込む事の出来ない、――盛り込んで盛り込めない事はないが、然しそうすると、全体が厖大なものになってしまう――材料も可也《かなり》あった。それをそのままにして置くのも心残りだという気があって、私は、求められるままに、それを方方で発表した。その上、編輯上の必要から、是非発表して置かなければならない問題もあった。漱石に関する世間の注意を改めて喚起したり、世間の誤解を更に訂正したりする目的で、是非書いて置きたいと思うものもあった。此所に集めた漱石に関する小品には、そういうものの中から、なるべく、後に解説や伝記の中に盛り込まれなかったものだけを選み上げようとしたが、然し体裁を整える上で、一二重複するものも残っている。是は已むを得ない。

寅彦と三重吉とに関するものは、多くは寅彦と三重吉との死後——従って私が『漱石全集』の解説を書いたり、伝記『夏目漱石』を書いたりしていた時分に——書かれたものである。もっとも私は、特に寺田寅彦に就いては、纏まったものを書きたい希望を持っている。実はこの集も、それを書いたあとで、それを入れて出したいと思っていたが、然し案は既に出来上っているにも拘わらず、その打ち堅めがまだ十分に出来ていない。然もその為には私は『寺田寅彦全集』をもう一度読み返す必要がある。その余裕が私には、なかなか作れない。それで私は思い切って是だけのものを此所に収めて、集を出す事にしたのである。二十年も昔のものまで此所に引っぱり出して来たのは、それが読むに値いするという己惚からではなく、せめてそうでもして、いくらかでも寅彦を記念する材料を多くしたいという、寧ろ果敢《はか》ない冀《こいねが》いから来たものに外ならない。

附録として芥川に関する文章を入れたのは、芥川も亦同門だったからである。芥川と私とは、非常に親しいような、それでいてちっとも親しくないような、不思議な関係で終った。然し私は今でも芥川に対して、一面、渝《かわ》らない愛情と敬意とを懐いている、漱石とともに寅彦と三重吉とを祀るような気持で編まれたこの集の中に、芥川が亦祀られる事は、私にとって、当然の事である。芥川の霊も恐らくそれに不服を唱えはしないだろうと思う。

（一六・一一・二五／『漱石・寅彦・三重吉』岩波書店、昭和一七年一月刊）

「寅彦全集」

寺田寅彦は科学者として有名であった為に、その随筆も亦尊敬されていた傾向がある。然《しか》し寅彦の随筆は、寅彦が科学者としての後光を持っているいないに拘わらず、後世に残る価値を持っている。勿論寅彦が科学者であったという事は、寅彦の随筆の高さを形成する上に、重大な役目を勤めていたには違いない。然し寅彦は随筆を、科学者として書く前に、人間として書いた。寅彦の随筆の高さは、寅彦の人間としての高さである。

会って話をしていて、寅彦ほど人を刺激し、反省させ、より高いものへの情熱を燃え立たせる人間はなかった。然もそれが、御説教じみた、押しつけがましい仕方ではなく、当人はまるでそんな事は意識していないかのように、こっちに自然に滲み込んで来るのである。是は同時に寅彦の随筆の味であった。寅彦の随筆ほど、平素の寅彦を、さながらに表現しているものはない。話すが如くに書くという事の、最も理想的に実現されているのが、寅彦の随筆である。寅彦の言葉は、いつでも物の中核を射ぬいている。そのくせ寅彦の言葉は、肌理《きめ》が細かで、品がよくて、慎み深い。然し、物の中核を射ぬいているから、必ずぎろりとした所を持っている。寅彦の文章は、日本の文章道の歴史に於いて、正に注目すべき現象である。

寅彦は、その随筆によって、日本人の科学に対する理解を深める事に、努力した。その点に関する寅彦の効績は大きい。然し寅彦が、その高邁な叡智をもって、社会百般の事象を批評し、正しいものと正しくないものと、善いものと悪いものと、美しいものと醜いものとをはっきり摘出して、人人に事事に、反省の機会と筋道とを与えた効績は、更に大きい。寅彦は、多くの批評家のように、太刀を大上段に振り翳す事をせず、またそうする事を好まなかったが、然し寅彦は、今日の日本が、世界的な立場に立って、日本人に独特な新しい文化を纏め上げ得る為には、自分の中の何を克服し、また何を助長すべきであるかを、実に鋭利に、実に適切に、その随筆の中で述べているのである。文明批評としての寅彦の随筆の意義は、是まで人人からあまり問題にされていない。然し寅彦の随筆の重点は、実は此所にあるのだと、私は思っている。寅彦ほど高い意味での「愛国者」――「憂国の志士」は、あまり類がない。然も恰《あたか》もその点に、『枕草子』・『徒然草』・乃至は『方丈記』などによって確立された、日本の文芸形式としての随筆が、寅彦に来て、その最高の表現を見出した所以があるのである。

『寅彦全集』は、寅彦のその随筆を網羅するとともに、寅彦の日記・書簡・ノートのみならず、寅彦が寅彦になるまでに書いた、一切のものを輯録する。日本の持つ一つのピラミッドが、如何なる基礎の上に、如何なる材料を積み重ね、如何なる歳月を費して、今日の高さに聳えているかの秘密は、こうして我我の前に、巨細に繰り展げられる。同時にこうして我我は、初めて寺田寅彦を所有し、所有する事によってその遺産を享け、新しい日本の文化の建設に、創造的に参加する事を、可能にされるのである。

（一一・九・——／「寺田寅彦全集・文学篇内容見本」岩波書店、昭和一一年年九月
「『寅彦全集』に就いて」改題）

「破門」

寺田さんが、いつから俳諧をやり出したか、私ははっきり覚えていない。然《しか》し多分震災後――それも私が西洋から帰って来てからの事ではなかったかという気がする。私が仙台へ越して来た大正十四年の春には、寺田さんは、既に東洋城と私とを相手に、私を送る三吟の歌仙を始めている。その前に私達は――寺田さんと私とは、短句から始めて短句に終ったり、長句から始めて長句に終ったり、それもせいぜい六七句ぐらいしか続かない断れ断れのものを、幾つか作って、是を Torso と名づけ、東洋城の『渋柿』にも、水穂の『潮音』にも、載せた記憶がある。それを探し出しさえすれば、寺田さんが俳諧をやり出した年代の、凡《およ》その所は見当がつくに違いない。私達は当時、附句を五六句繋げて行くうちに、潮時を見計らっては、前句にも旨く附いていれば発句（短句でも長句でも、ともかくその一聯を起した句）にも旨く附いているというような附句を工夫し、それがうまく出来あがると、その一聯を Rondo と名づけ、Rondo Capricioso だの Rondo Maestoso だの、その一聯が表現している特別な感じに従って、それぞれに勝手な名前をつけて、悦に入っていた事もあった。俳諧の形式を、西洋音楽の形式とパラレルなものに考えようとする私達の考え方は、既にこの時分から萌していたのである。

私が仙台へ越してしまってからは、寺田さんは俳諧を、東洋城と二人きりで作って行った。私も時時東京へ出ては、その仲間に這入った。もっとも寺田さんは初めの内は、私が東京へ出て仲間に這入る時だけ、俳諧を採り上げていたのかも知れない。然し私はそうそう頻繁に東京へ出る訳ではなかった。その上三人集ると、雑談の方が多くなって、俳諧の方はなかなか進行しなかった。なんでも三十六句の歌仙が、一年たっても、まだ巻き上がらない。それがもどかしくなって、或は寺田さんは、東洋城と二人きりで、別に両吟の巻を、幾つもやり始めたのではなかったのかとも思われる。ともかく寺田さんは、段段俳諧に熱中して行った。前句の世界に応じて、底に人情を湛えた自然、もしくは表に自然のぼかしをかけた人情の世界の中を、あちらこちらとあるいて廻り、其所から適切なものを採り出して来る事が、寺田さんにとって、無上の楽みであるらしく見えた。仕舞には寺田さんには、毎週一回、金曜日、航空研究所の帰りか何かに、新宿のモナミで東洋城と落ち合い、其所で俳諧をやったあとで、銀座に出て球を撞くという時間割が、一つのネセシティになってしまったようである。もっとも球撞きの方は、それほど長くは続かなかった。私が、是から球を撞こうというインヴィテーションを、寺田さんから受けなくなってからも、もうだいぶ年月がたっている。然しモナミの俳諧は、寺田さんが病床に釘付けにされてしまうまでは、ずっと続いた筈である。

寺田さんの熱心なのに引き換えて、私は俳諧というものに対して、段段熱が冷めて行った。というよりも、もともと私には、初めからそれほど熱がなかったと言った方が、いいかも知れない。作れば無論面白く無い事はなかった。然し私には、それよりも、寺田さんを相手に、雑談をしている方が、よっぽど面白かった。その上私は東京に出ると、仙台でまずいもの計り喰わされているせいか、餓鬼のようになって、東京の旨い物屋を喰いあるいた。ある意味からいうと、当時の私の上京の主目的は、ただその事のみにあったと、言ってもいいかも知れない。知人・朋友もそれを承知して、私をいろんな所へ招待してくれた。然しその為め私は、東京に暫らくいると、飲み食いに疲れて、へとへとになる事が多かった。そういう時に寺田さんのうちの二階の客間（言う事を忘れたが、私が東京に出ると、三人の都合を打ち合せた上で、三人は一日は、朝から寺田さんの客間に集って、俳諧を続ける事にしていたのである。その日東洋城は、きまって西川か何所かの旨いロースを買って来た。我我は、寺田さんの奥さんが支度をされる御馳走とともに、そのロースを素焼にして醤油をつけて喰い、俳諧を続け、夕方になって曙町を出て、何所かに晩食を喰いに行くのを常とした）は、何かしら私に、ドメスティックな、のびのびした、足腰を伸ばして寝転びたい、休息所のような感を与えた。殊に縁側の硝子戸越しに小春の日ざしがうらうらとさして、庭を仕切る丈の高い竹垣に、幾つかの烏瓜が、あかあかとぶら下がっているのを見たり、花曇のどろんとした空を背景に、隣・近所の屋根越しに、何所かの大きな桜の樹に、きらきら光る花が燎乱して咲き盛ったりしているのを見ると、何か悲しいけれども嬉しいような気持に胸の中が一杯になって、俳諧など、到底作る気になれなかった。私は黙ってそれを眺めた。それでなければ私は雑談した。それでなければ私は昼寝をした。俳諧はそれだけ進まなかった。寺田さんは、どうも是じゃ困る、是からの会は小宮君の東京に来たてにしないといかんなどとも言った。然し私は、私の不熱心を改めなかった。――そうして私は、それがいかに寺田さんをじりじりさせていたかに、少しも気がつかなかったのである。

或時、たしか京橋の竹葉で三人一緒に飯を喰っていた時だった。そうして今度の会はいつにしようかという話が出た時だった。寺田さんは急に真顔になって、私に、もう君とは一緒に俳諧はやらないと言い出した。――君のように不熱心ではしようがない。僕はうちの者の機嫌をとって、うちで会をしている。それなのに君は一向真面目に句を作らない。雑談計りしている。それでなければ昼寝をする。君のような不誠実な人間は、もう破門する。――寺田さんはその時実際に「不誠実」という言葉と、「破門」という言葉とを使った。私は突嗟に返事が出なかったほど、寺田さんの言葉を意外に感じた。

寺田さんは一体、どんな場合にも声高に物を言わない人である。寺田さんは、或は私に対して一番無遠慮になり得たのではないかとも思われるが、然しいくら無遠慮になっても、それまでの寺田さんは、決してこういうショッキングな言葉を、私に使った事がなかった。それが私には、まず意外であった。その上私には、寺田さんが、うちの者の機嫌をとって、うちで会をしていると言ったのが、意外であった。もっとも寺田さんは、私の事を、非常に喰い物にやかましい人間のように、奥さんに紹介し、従って奥さんは私の為に食事拵えする事を、ひどく虞れて居られるという話は、寺田さん自身から聞いていたが、然しそれは寺田さんが、奥さんをそう言って嚇《おど》かしたまでで、一場の笑い話に過ぎないものだとしか、私は考えなかった。奥さんがそれを苦に病んで、自分の所で会をする事を重荷に感じられ、その為め寺田さんが、うちで会をするたんびに、奥さんの機嫌をとらなければならないのだろうなどとは、私は夢にも想像していなかったのである。最後に私は、いい気なもので、寺田さんの客間で一日を過す事が、私にとって、小僧が藪入で自分のうちへ帰ったような、特別な慰安と休息とを意味するものであるという事が、寺田さんには通じている筈だと思っていたのである。それが案外そうでなく、なんだか自分にちゃんとした義務があるのに、それをちっとも履行しようとしない、横着者のように自分が寺田さんから観察されていたのだから、私は更に意外に感じざるを得なかった。

　然し考えて見ると、柔しい心遣いに充ちていた寺田さんは、ほんとに奥さんの機嫌をとらなければならなかったのに違いない。その上寺田さんから言えば、その日は俳諧の為めにあけてある日である。仕事を沢山持っている、又その仕事の為めに一時間を割けば、一時間だけの実績を立破にあげて行く事の出来る寺田さんが、その仕事をやめて、俳諧の為に、一日あけてある日である。是はある意味から言えば、寺田さんにとって、奥さんの機嫌をとる事よりも、もっと大きな犠牲を払う事でなければならなかった。それほど大きな犠牲を払ってまでも俳諧を作ろうとしている寺田さんの心持に、私は立ち入って見る事が出来ず、自分は自分で、我意に、勝手に振舞ったのだから、寺田さんが憤慨するのに、少しも無理はなかった。同時にこの俳諧を、我我が共同で従事している一つの「仕事」として考えれば、その「仕事」に対する寺田さんの打ち込み方に比べては、私の態度が「不誠実」であり、共に「仕事」をするに足りない、それこそ「破門」に値いする態度であるという事は、言うでもない事である。私が誰かと一緒に「仕事」をして、その相手が私のように振舞ったとしたら、私もやっぱり寺田さんのように、相手の態度に憤慨するに違いない。

　そうは思ったが、然しそれだからと言って私は、私の俳諧に対する「不誠実」を、どう改める気にもならなかった。その気にはなっても、私は決してそれを実行出来なかったのに違いなかった。私は俳諧の制作に、それほど打ち込む気に、到底なれなかったからである。それで私は、暫くたったあとで、「そうですか」と、静に寺田さんに答えた。——つまり私は、俳諧に於いて、寺田さんから「破門」される事を、承諾してしまったのである。

　その後私は、寺田さんの前では、俳諧のはの字も言わなかった。寺田さんも同じように、俳諧のはの字も言わなかった。勿論私達は、芭蕉の話もすれば、七部集の話もした。俳諧の附味も論じれば、歌仙の機構を論じもした。然し嘗て我我が一緒に携わった、我我の「仕事」としての俳諧には、私達は一言も触れなかった。従ってその後、寺田さんの客間には、俳諧の事で、一度も上がって行く事がなかった。そうして私は、なんとなくほっとしたような気持がしていた。然し寺田さんが東洋城と両吟で制作した歌仙が、その後毎号のように『渋柿』で発表され、寺田さんの附句が目ざましく上達して行くのを見る度毎に、私は何か淋しい心持にならない訳には行かなかった。然しその事を私は、決して寺田さんに言わなかった。

――是が寺田さんと私との長いつき合いの間に、寺田さんから叱られた唯一の思い出である。寺田さんと話をしていると、時時横っ面を張り飛ばされるように感じる事がある。然しそれは、大抵こっちが何等の点で、馬鹿になっている時、いい気になっている時である。その際寺田さんの方では、別にこっちの横っ面を張り飛ばそうと意図している訳ではなく、寺田さんから言えば、ただ当り前の事を言っているのが、此方は横っ面を張り飛ばされて感じるのである。然し是はそうではない。寺田さんはほんとに叱る積りで叱ったのである。然もよくよく考えて見ると、寺田さんの叱ったのは、私の俳諧のみではなかった。私の仕事、私の学問、私の生活、――いつまでたっても「後見人」を必要とするような私の一切を、寺田さんは是で叱ったのだという気が、段段して来る事を、私は禁じ得ないのである。それは或は私の感傷主義であったとしても、少くとも是が、寺田さんの俳諧に対する打ち込み方、学問に対する打ち込み方、生活に対する打ち込み方、――人生の凡《すべ》てのものを受けとる受けとり方を、最も鮮やかに代表しているものであったとは、言う事が出来るのである。

（一一・一・二三／『渋柿』昭和一一年二月号　寺田寅彦追悼号）

『回想の寺田寅彦』序

寺田さんは生前、小林〔勇〕君を大変に可愛がった。それが小林君を感激させ、寺田さんが病気になってから亡くなるまで、また亡くなった後の今日までも、小林君は、親身の者も及ばないくらい、一所懸命寺田さんの事で骨を折っている。『寺田寅彦全集』があんなに早く、且つあんなにいろんなものを網羅して出版される運びになったのも、一つは小林君の骨惜しみをしない奔走の結果である。その急がしい中で小林君は、自分で筆を執ってはなかなか書きそうもない人たちの、寺田さんに関する思い出を聴いて廻り、それを一一丹念に筆記して、是だけの記録を纏め上げた。

この為め小林君が先ず訪問したのは、寺田さんの奥さんと二番目のお嬢さんと、即ち寺田さんの遺族の方方である。遺族の方方の思い出は、言わば現在の、家庭に於ける寺田寅彦を描き出したもので、是がこの『回想の寺田寅彦』の根幹を形づくっている。次いで小林君の訪ねたのは、寺田さんの一番上のお嬢さん、即ち森さんにかたづいておいでの貞子さんの所で、貞子さんの思い出は、遺族の方方のそれに比べると、もう少し過去の寺田さんが中心になっているように見える。寺田さんの子供の時分からの友達である間崎〔純知〕さんの話は、もっと過去の、中学・高等学校・大学の、学生時代の寺田さんを中心としたものである。寺田さんの一番上のお姉さん、別役さんの話と、二番目のお姉さんである伊野部さんの御家督の奥さん、美可子さんの話とは、相当寺田さんの子供の時分の事に触れている。小林君自身の思い出と、寺田さんの病中を看護していた飯田さんの思い出並に病床日誌とは、死病の床についた寺田さんを物語ったものである。是に小林君の書いた、寺田さんの告別式の当日の記録を加えれば、無論ざっとした素描であるには違いないが、ともかく是で寺田さんの一生は、生れるとから死ぬまで、ほぼ描き悉《つく》されていると言って可《よ》いであろう。然《しか》も是は、是まで人人に余り知られていない、寺田さんの一生なのである。そうして此所ではそれが、一一、いかにも寺田寅彦を躍如たらしめるような、灸所灸所を押えた物語になっている。恐らく人人は是を読んで、更に深く寺田さんを理解し、更に濃やかに寺田さんを愛するようになるに違いない。その意味で是は、寅彦研究の上に、逸する事の出来ない、貴重なドキュメントである。

例えば遺族の方方の話の中に、寺田さんが苦労性で、一人で旅行になかなか出かけられなかったという事が書いてある。寺田さんは旅行しようと思ってうちを出ても、ステーションに着くか着かない内に、もう、うちに急病人が出来ていはしないか、うちが火事で焼けていはしないかと、心配でたまらなくなって来るのだそうである。また奥さんが旅行に出かけようとすると、寺田さんは機嫌が悪く、なんとかかとか言ってそれをやめさせようとするが、それも駄目だとなると、どうしても出かけるのなら致し方もないが、せめて安否だけでも毎日知らせてくれ、第一何か事件が起った時、知らせたくっても知らせる事が出来ないから困るじゃないかと、こぼしていたという事も出ている。貞子さんの話の中には、二番目の正二さんが、自由ヶ丘のアパートに越して行くと言い出した時に、寺田さんが、そんな遠方の、不便な所に越して行って、もし自分が急病にでもなった時にはどうする、すぐ来てもらう訳に行かないじゃないか、自分に一寸相談してくれさえすれば、もっと近くていい所をいくらでも探してやるのにと言って憤慨し、ねえお前そうだろうと、貞子さんの同意を求めたという事が出ている。

是は余計な取越苦労である。無論そういう事はあり得ない事ではないが、然しそういう意味でのあり得る事を一一心配していた日には、命が三つあっても四つあっても足りないほど、苦労の絶え間がないではないかと、笑う人があるかも知れない。然し寺田さんの頭の中では、いつでもそういうあり得る事の限りが、驚くべき速度で駆けめぐり、然もそのあり得る事の一一が、非常に鮮やかな、現実的な姿をとって眼の前に浮かんで来るので、寺田さんは、その一一の事を一往点検して、そんな事はないと見究めをつけるのでなければ、安心して先へ進む事が出来ないのである。従ってそういう心配は、寺田さんにとって、一つの宿命のようなもので、寺田さんの科学も寺田さんの芸術も、悉くその基礎の上に立っているのである。是は寧ろ心配するなと言う注文の方が、寺田さんにとって、無理な注文であった。

然も寺田さんのその心は、一方から言えば、例えば弥生さんなどの作った御料理を、大抵はほめながら食べるが、どうかしてそれを残す場合があると、是は大変結構だが、今日はお腹の工合が悪いから残すのですと、必ず言い訳をするというような事や、或は夜昼そばにつききりの飯田さんに、身体の工合の好い時は、ねろねろと勧めて寝かしてしまうが、然し飯田さんが夜半に不図《ふと》眼をさまして見ると、よく寺田さんは暗い電気の光の下で、ぽつねんと煙草を吹かしていたというような事や、同じ飯田さんが、奥さんから暇をもらって、一日外出して帰って来ると、寺田さんが、僕があんまり我儘をいうものだから、あなたはもう帰って来ないのじゃないかと思っていた、と言ったというような事や、——寺田さんが、相手の心持に深い思いやりを持つ為に、自分でいろいろと気を使い、気がねし、多くの場合自分で自分を苦しめる心と、非常に共通するものを持っているように思われる。その意味で淋しがりやの寺田さんは、淋しがりやであるにも拘わらず、他人に対して過度の要求《アンシュプルッフ》を持つ事を、実に周到に慎んだ。過度の要求を持ち得るには、寺田さんの頭脳と心臓とは、あまりにデリケートであり、あまりにサトルであった。然もそれだけ寺田さんは、一層淋しがらなければならなかったのである。

そうは言っても寺田さんは、ただ淋しがっている計りの、弱虫ではなかった。寺田さんには烈烈たる負けじ魂と癇癪とがあった。勿論寺田さんはこの負けじ魂と癇癪とを、自分の学問の中に導入して、専ら学者としての自分の生活に、驚くべき緊張を与えていたようであるが、それでもそれらのものは、寺田さんの日常生活の上で、劇しく爆発する事も、屢《しばしば》あった。遺族の方方の話の中に、ある時期の寺田さんが非常な癇癪持ちで、どうかするとうちの者に手を当てていたという事が出ている。寺田さんは、あんな細い瘠せた腕によくこんな力があると思われるような烈しい打ち方をしたというが、又ある時の寺田さんは、火鉢から火箸をとるなり、ぐさりと畳へ突きさして、それをぎゅうぎゅう押しつけていた事もあったのだそうである。私は寺田さん自身の口から、このごろ癇癪が起ってたまらない時には、食後自分の茶碗を持って食卓を離れ、知らん顔をして縁側に出て、それを沓脱石にこつりとぶつけて二つに破ってしまう事にしている、それでもいくらか癇癪が紛れるから妙なものだと、冗談めかした告白を聴いた事がある。——是らのものは或は寺田さんの、自分の癇癪を自分で征服して行く経路の、三つの段階を示すものであるのかも知れない。それはともかく寺田さんは、決して人に過度の要求はしないと言っても、うちの者には、自分が認めて正当とするだけの要求は持ったに違いないし、又その要求がいつまでたっても充たされない場合には、猛然として癇癪を起す事も、恐らく屢あったに違いないのである。もっとも是があとで寺田さんを悲しくした事は、言うまでもない。然しそれを知っていてもなお寺田さんは、癇癪を起さなければいられないほど、相手の仕打に刺激されるのである。

その上寺田さんは、内に、真理と正義とに対して燃える、劇しい情熱を蔵していた人であった。寺田さんの烈烈たる負けじ魂も癇癪も、寧ろこの真理と正義との愛から来ていると言った方が、或はもっと適切であるのかも知れない。然も寺田さんは、そのデリケートでサトルな頭脳と心臓とをもってして、到る所に無恥や無神経や虚偽や不正が跋扈しているのを見るのだから、そういう点で、世の中一般に対して、寺田さんが癇癪を起し、或は負けじ魂を発揮し、それを打倒しなければいられなくなるのも、蓋し当然の事だと言って可いであろう。寺田さんはうちの門を一歩出ると急にしゃんとなり、うちの門を一歩くぐり入ると急にぐたりとなるというような事が、遺族の方方の話の中にあるが、休養する為めの家庭が、ある時ある場合、自分にどうしても休養を許さないものになるとすれば、寺田さんは、外から持って来た癇癪を、家庭で爆発させるような事も決してなかったとは言えないのである。そうして寺田さんの癇癪は、恐らく最も多くこの方面の癇癪であった。寺田さんは晩年うちではあまり癇癪を起さなくなったというが、それは結局寺田さんが自分の随筆で、自分の言いたい事を、相当思い切って言うようになったからに外ならない。

間崎さんの話の中に、寺田はおとなしい男だったが、然し底には毅然とした所を持っていたという、一節がある。実際寺田さんには、懐ろに匕首をのんでいるといったような、凄味を帯びた所が、あの暖かな奥の何所かにあった。それは、うかうかした事を言おうものなら、すぐ横っ面をはりとばされそうな、それでいて当人はおよそそういう事とは縁の遠い、善良な意志しか持っていないというような、不思議な感じである。是は恐らく寺田さんの癇癪と負けじ魂とが、常に寺田さん自身を監視していて、寺田さんを絶えず緊張した状態に置いている為めに、こっちのだらけた心持がそれに触れ、ある嶮しさを感じて、思わずぎょっとするせいなのだろうと思う。――もっとも寺田さんに、学問の事にかけては、他人の誤魔化しや己惚を、一歩も仮借しない、峻厳な所があった事は、事実である。いつだったか寺田さんは、ある人に就いて、ああいう人間は一度鼻を攫《つま》んでぐいとねじり上げて置かないと癖になると、私に言って、その人の学問に対する態度を憤慨した事がある。その後寺田さんがそれを実行したかどうかは分からないが、然し是が寺田さんの、真理に対する、正義に対する、学問に対する真剣な情熱から来たものである事は、言うまでもない。寺田さんがそういうものの敵を憎む態度は、それが日本の権威であっても、また世界の権威であっても、そんな事には貪着なく、実に男性的であった。

然し寺田さんは、世の中の正義呼わりする人のように、無闇に人をかき分け、無闇に人の前へじゃじゃ張り出て、正義は自分の専売であるような顔をする事を、卑しむべき事であるとした。即ち寺田さんのサトルでデリケートな頭脳と心臓とは、それほど寺田さんを無反省に思い上がらせる事がなく、寺田さんを真に真理の前に跪く事を知っている、謙虚で励精な、自然の弟子にするとともに、寺田さんの癇癪と負けじ魂とは、寺田さんを、謙遜ではあるが勇敢な、真理の為め、正義の為の戦士とするのである。同時にこの癇癪と負けじ魂とは、寺田さんのサトルでデリケートな頭脳と心臓とが、実人生に於いて、あまりにサトルでありデリケートである為に、とかく寺田さんを人情の流れに溺れさせそうにする事から救い、必要の場合、寺田さんがそこから思い切って飛躍する事を、可能にする。寺田さんに感じる凄味は、一つは寺田さんの、この思い切った飛躍から出て来るのである。

——漱石先生が亡くなったあと、殊に寺田さんが亡くなる前、寺田さんは頻に、漱石先生を知っているあらゆる人から、先生の思い出を聴いて、書き留めて置きたい、一日遅れれば一日人が減ってしまい、従ってその人の見た漱石先生はなくなってしまう、たといそれが先生に対する誤解でも悪意でも、なんでも構わない、そういうのは自然が、後世がひとりでに訂正する、要はなるべく早く、なるべく広く、そういう資料を集めて、後世に残して置く点にあると、資料の蒐集を希望した。それは目下、森田草平の努力によって、着着実現されつつある。小林君が早くそういう事に気がついて、寺田さんに関して、不取敢《とりあえず》是だけのものを集めてくれたのは、なんと言っても、有難い事である。殊に小林君の筆記には、少しも小林君の色気や私がまざっていない。それは言わば純粋に客観的な態度で書かれているから、読んでいて、まったく透明な、気持の好い感じがする。その上小林君は、此所に飯田さんの思い出とともに飯田さんの病床日誌を挿入する事を忘れなかった。是は正に、小林君の功績である。漱石先生の病床日誌は、何所に行ったか分からない。その時分看護してくれた人人の名前の如きに至っては、私なぞとうの昔に忘れてしまっている。そういう不注意に比べて、小林君のこの用意は、後世から感謝されて然《しか》るべきものを持っていると思う。

（一二・八・一／『回想の寺田寅彦』岩波書店、昭和一二年九月刊）

漱石と寅彦

漱石と寅彦との肖像が文化切手になっている。漱石は私の最も敬愛する先生であり、寅彦は私の最も敬愛する友人である。二人の関係を中心にして、二人のことを少し書いてみようと思う。

漱石が五高の教師になって松山から熊本へ赴任したのは明治二十九年（一八九六）四月のことだった。寅彦が五高に入学したのは、その年の九月である。寅彦はのちに物理に変ったが、当時は工科志望だった。そのせいもあって漱石と寅彦との関係は、初めのうちは、教場で英語を教え教わるというだけの関係にすぎなかった。二人が個人的に接触するようになったのは、寅彦が二年の学年試験が終った時のことで、友人のために漱石のところへ点数をもらいに行った時から始まるというのだから、明治三十一年（一八九八）の七月ごろのことである。この年漱石は三十一歳、寅彦は二十歳だった。

この時分漱石は『ホトトギス』派の俳人として有名だった。五高の学生は漱石を中心として句会をつくったりなどしていた。それに刺激されたものかどうかはわからないが、寅彦は漱石のうちへ初めて行った序《ついで》に、俳句とはどういうものかと質問した。漱石は「俳句はレトリックの煎じ詰めたものである」。「扇のかなめのような集注点を指摘し描写して、それから放散する聯想の世界を暗示するものである」と答え、最後に「いくらやっても俳句の出来ない性質の人があるし、始めからうまい人もある」と附け加えた。これで寅彦は急に俳句が作りたくなったのだそうである。そうして寅彦は「始めからうまい人」の部類に属する人だった。寅彦の俳句は漱石から書き抜かれて子規の許に送られ、子規はそれを当時の『日本』俳壇に採録した。

　寅彦は英語も大変よくできたのだそうである。寅彦は当時ある友人に、さすがの夏目先生でも、僕の質問にはすぐ答えられないのがあると言ったというが、漱石は一体できる学生は非常に可愛がり、できない学生には随分冷淡なところがあった。

　五高で寅彦と同級だった内丸最一郎によると、英語の試験の答案を出す場合、内丸が答案を待って行くと、漱石はフンと云ったような態度で至極愛想が悪い、ところが寅彦が答案を持って行くと、ニコニコとして手ずからその答案を受け取る。あんな不愉快なことはなかったという。

　寅彦の漱石への傾倒も大変なものだった。寅彦が五高を卒業したのは明治三十二年（一八九九）七月のことだから、これは寅彦が漱石を訪ねた明治三十一年七月からその明治三十二年七月までの一年間のことに相違ないが、寅彦は漱石のところへ書生に置いてくれと頼みに行ったことがあった。当時漱石は内坪井のうちに住んでいた。内坪井のうちというのは、狩野亨吉の借りていたうちで、狩野が転居したあとを漱石が借りたうちである。漱石は若い者の世話をすることが好きで、五高の学生を自分のうちに書生に置いて、学校に通わせていたのが、二人も三人もあった。もとの神宮皇学館の教授をしていた湯《ゆ》浅《あさ》廉《おさ》孫《ひこ》などもその一人である。『猫』の中に出て来る多々羅三平のモデルに擬せられていた股野義郎もその一人である。書生のみならず、漱石は自分の同僚をさえ自分のうちに、一人ならず同居させて世話をしていたことがある。そういうことを見知りしていたせいかどうかはわからないが、ともかく寅彦は漱石のところへ書生に置いてくれと頼みに行ったのである。

これは、この物置より外に君を置いてやる所はないと言って漱石から断られて断念しなければならなかったが、しかし寅彦のうちは裕福なうちだから学費に困るという理由からではないことは勿論、身を落して人に物を頼むことの嫌いな、また内気で何等かの意味で人に迷惑のかかるようなことを極度に慎んでいた寅彦にとって、よほどの思いで言い出したことだったに違いない。

漱石は明治三十三年（一九〇〇）九月に官命によってロンドンに留学、明治三十六年（一九〇三）一月末に帰国し、熊本へは行かず、東京に止まって、大学と一高とに教鞭をとることになった。寅彦は病気で一年休学した為に、この年の七月に大学を卒業、直ちに大学院に入学して、実験物理学を専攻することになった。漱石が一方では『猫』を書き、一方では『倫敦塔』などを書き出したのは、明治三十八年（一九〇五）一月からのことである。ロンドンから帰って一二年の漱石はまだそれほど世間的に有名ではなく、従って門下生も後年ほど多く群がり集まって来ることもなく、訪ねて来る者と言っては、高濱虚子・阪本四方太などの『ホトトギス』の同人か、英語や俳句を教わったことのある五高の卒業生位のものだった。

この時分寅彦が頻繁に漱石を訪ねたことは言うまでもない。寅彦の日記を見るとそのことが詳しく記されている。寅彦が最も多く漱石によって慰められ、漱石がまた寅彦によって最も多く慰められたのは、あるいはこの時分だったと言っていいかも知れない。——僕から言うと先生が小説なぞを書き出して有名になるよりも、なんにも書かずにいてくれた方が、どんなに先生らしくてよかったか知れないと、いつか寅彦が私に述懐したことがあった。それほど寅彦は漱石を愛していたのである。愛する結果漱石を天下のいろんな人たちと分けて所有するに堪えないで、自分一人で独占したかったのである。真に人を愛した経験のある人なら、寅彦のこの心持は十分了解することができると思う。

しかし漱石が小説を書き出したことは、実は寅彦の生活にとって非常に意義のあることだった。というのは、寅彦が熊本で漱石から俳句をつくることを教えられたように、寅彦は東京で漱石から小説をつくること、ものを書くことを教えられたからである。寅彦は漱石の刺激で『団栗』だの『竜舌蘭』だの、その他いろんな作品を発表した。その『団栗』だの『竜舌蘭』だのは漱石の激賞を得ると共に、鈴木三重吉、野上彌生子その他の『ホトトギス』派の作家を刺激して、ものを書かせ出した。

寅彦には実験物理学者としての本職があり、その本職としての仕事が世界的に認められるようになればなるほど、寅彦は小説の方面に余力を割くことができなくなり、次第にこの方面から遠ざからなければならなくなった。しかしこの経験はいつまでも寅彦の脳裏に残り、のちに寅彦が漱石と同じ胃《い》潰《かい》瘍《よう》に罹り、永い間大学を休んで休養しなければならなくなった時に、新しく活動を始めて、寅彦に、寅彦が晩年までそれを唯一の慰安とした随筆を書かせるようになるのである。もし漱石の刺激がなかったら、のちの寅彦の随筆が生れ得たかどうかはわからない。

初期の小説を見てもわかるように、寅彦は小説をこしらえることを好まなかった。寅彦が実験物理学者としてどこまでも事実を尊重したと同じように、寅彦は作家としても事実を重んじ、かりに芸術の衣をきせる必要のある場合でも、無闇に人間をこしらえたりすることがなく、むしろ自分が実際に体験しないことは、決して書くまいと心がけた。勿論漱石の作品の場合でも、漱石は自分の体験しなかったことは決して書いていない。ただ漱石は自分の想像力を働らかして、自分でない、いろんな人間になって見ることに興味を持ち、ああいう人間のああいう心持が書いて見たいとか、こういう人間のこういう心持が書いて見たいとか——ともかく自分の体験をいくつかに分けて、一つの体験を一人の人間に、他の体験を他の人間にさせて小説を書いてゆくという風な書き方をしている。これが一般の作家の書き方である。しかし寅彦はほとんどそういう書き方をしなかった。事実をそのまま書いた。従って寅彦の小説は寅彦の随筆とそのまま繋《つな》がると言っていいので、もしその間に相違があるとすれば、随筆の方がより多く批評的であり、もしくはより多く科学的であるという点である。

明治四十年（一九〇七）の夏のことだったと思うが、漱石の『文学論』が出版された。しかるに校正者の不馴れと印刷者の不都合との為に、それには誤植が目ざましく多く、否定が肯定になっていたり、肯定が否定になっていたり、意味がまるで通じないところさえ到る所にあった。それで私が正誤表を作ることを引き受けたが、作って見ると、それは六号活字で三段か四段かに組んで十八頁に余る、夥しい分量になった。漱石はそれを見て烈火の如く憤慨し、おれに金があったら『文学論』をすっかり買い上げて、庭に積んで焼いてしまいたいんだがなあとさえ言った。私達はその気持に同情してなんにも言えなかった。そこへ丁度寅彦が来てことの一什《いちぶ》始終を聴いた。聴き終ると、寅彦は、文学の方はどうなっているのか知らないが、しかし科学の方では、論文などにつける正誤表が精密であればあるほど、その著者が良心的であるという点で反って評判がいい、十八頁の正誤表はむしろ誇っていいじゃありませんかと、漱石に向かって言った。それで漱石の機嫌がなおった。

聴いていて私は、寅彦が思いも寄らない角度から物を見る態度にびっくりした。寅彦にも漱石の憤慨する気持は、十分に了解できていたのである。しかし誤植の多い本は既にできあがってしまっている。今更どうすることもできない。もしどうかする余地があるとすれば、それは精密な正誤表をつけることである。その正誤表はすでにでき上がって、一一『文学論』に添えて配ることになっている。現在必要なことは、憤慨することよりも、正誤表を広く頒布することである。――寅彦には漱石と同じく、炎のような情熱があったが、しかしそれとともに寅彦は、ひらりと身をかわしてその中から跳り出し、高いところからその情熱を押えて無闇に荒れ狂わせない、特殊な能力を持っていた。勿論漱石にもその能力はあった。またそうする努力を一生の間続け通したが、しかしその点では漱石はいくらか寅彦に劣る――寅彦のようには素早く気持を転換することのできないところがあった。これは寅彦の専門が科学であり、科学が寅彦の身についていたせいかも知れない。またその点で漱石は寅彦を尊敬していたようである。

（二八・二・二三）

寅彦と死相

寅彦は昭和十年十二月三十一日午後零時二十八分に死んだ。

当時私は仙台に住んでいたので、岩波から電報をもらって前日の夕方東京に着いたが、その日は会わず、その翌日、死の当日の朝になって会った。寅彦はもう口が利けなかった。胸の上に置いた左手に軽く触って、小宮です、わかりますかと、顔をそばに寄せたが、寅彦はなんにも言わなかった。しかしどっか遠い所を見ているような眼に、ふうっと涙が浮び上がって来る気がした。これはあるいは私の錯覚だったのかも知れない。しかし私は、私の十歳の時に死んだ、父の臨終の表情にも同じものがあったように記憶している。その時私は慟哭したが、今度は慟哭はしなかった。

その前私は、十一月八日に寅彦に会った。無論寅彦は病床に横たわっていたが、病室にはいって寅彦の眼と私の眼とが合った瞬間、私はぎょっとした。これは取り返しのつかないことになったと感じた。――寅彦は、病苦の為に憔悴しきって、皮膚はたるみ、光沢は失せ、色は土気色に蒼ざめ、髯はもじゃもじゃに伸び、眼光は鈍り、不断の寅彦の、人を高める表情は、どこにも現われてはいなかった。しかし私をぎょっとさせたものは、それだけのことから来たのではないらしかった。どこがどうだとはっきり指摘することはできないが、しかしそういうのとはまったく別なもの、丁度末期の水を捧げた時の漱石先生の顔に現れていたもの、透明ではあるが不断の相好をまるで変えてしまう面《めん》のようなものが、すぽりと寅彦の顔の上にかぶさっているのである。私はこれが昔の人の言う死相というものではないかと考えた。

しかし話をしているうちに、寅彦の表情は、次第に不断の表情に復《かえ》って来た。少くとも私がとっさに感じた死相はいつのまにか消えて、いつもの通りの寅彦の顔が、いつもの通りに話をしていることを感じ出した、のみならず寅彦の話によると、寅彦はゆうべよく眠れなかったということである。私は次第に落ついて来て、実は、ここにはいって来てあなたの顔を見た時には、あんまり憔悴しているのでぎょっとしたが、しかしこうして話をしていると、それが下らない幻覚に過ぎなかったことがわかって安心したというようなことまで、寅彦に打ち明けた。しかし死相という言葉は、さすがに使えなかった。寅彦は黙然と聞いていた。

あとで考えて見ると、私が最初にぎょっとした方が、どうも正しかったようである。これはまさしく死相だったのに違いないのである。

実は前に私は、芥川龍之介にそれを感じたことがあった。その時私は別に神経を使うことはなく、むしろ芥川をからかうような気持で、君の顔には死相が出ている、気をつけないといけないと言った。すると芥川は実に厭な顔をした。芥川には何かそういう予感のようなものがあったのかも知れない。私は余計なことを言わなければよかったと後悔した。その後、これは寅彦が死んでから九年くらい後のことになるが太田正雄が死ぬ前年の夏、仙台に遊びに来たことがある。当時は戦争のせいで、みんな碌な物が喰えず、誰でも憔悴しきっていた際だった。私は太田が憔悴していたのには別に驚きもしなかったが、しかし太田の顔には憔悴以上のものが漂っていた。私は三たびぎょっとした。しかし芥川の経験もあり、第一憔悴しきっている者に、死相が出ているなどというような、残酷なことは言うべきではないと囁くものもあったので、私は黙っていた。しかしこれも一緒に画をかいたり酒を飲んだり飯を喰ったりしているうちに、忘れるともなく忘れて、いつものように平気で別れてしまった。

寅彦に対しても、私は平気になっていた。私はその後なお二三日は東京に滞在していたが、寅彦の病気のことは大して気にもとめず、電話で容態を聞いて見る程度で、仙台に帰ってしまった。寅彦は淋しかったのではないかと思う。

寅彦は医者を軽蔑していた。医者一般を軽蔑していたわけでもあるまいが、しかし医者は病気のことは何一つ知らない。こんなに人が苦しんでいるのに、その病根がどこにあるかを発見することもできない。医者は体《てい》のいい病気の番人に過ぎないと、寅彦は言った。

押し詰めてゆけば、結局はそういうことになるのかも知れない。しかし医者にも藪医者もあれば名医もある。そう一概に言うわけにも行かないだろう。のみならず病気にも恐らく個性があるに違いない。いくら名医でもその病気の個性に馴れるまでは、それを適切に処理することは困難であるに違いない。寺田寅彦のようなオリジナルな人間の病気は、あるいは非常にオリジナルで、普通の医者には手のつけようがないものでもありうる。もっと好い医者に度度診てもらって、病気のオリジナルな点を捉まえてもらはなくてはいけないと、私は言った。なるほどそうかも知れない、医者はすべて一般的なことしか知らないんだからなと、寅彦は答えた。しかしそれでは、誰に診てもらおうかなどとは別に言わなかった。あとで島薗博士の診察を受けてわかったことであるが、寅彦の病気は転移性骨腫瘍とかいう、珍らしい恐ろしい病気で、それとわかった時には、もう手のつけようがない位に、病勢が進んでいたのだそうである。

あなたのような用心深い人が、どうしてこんなになるまで無理をして来たのですと、私が言ったら、寅彦は、こんなになるとは知らなかった。知らなかったんだから仕方がないと、吐き出すように返事をした。専門の学問のみならず、生活の上でも、あらゆる可能の場合を考えた上で一切を処理することに馴れ、且つそれを考えることが得意でもあれば好きでもあった寅彦が、この病気に限って、あらゆる可能の場合を考えることを怠っていたのである。これは無論、寅彦に医学上の知識がなかったせいだったのに違いないが、しかし一面から言えば、そうなるのが寅彦の運命だったのだろう。私もまた病気の個性だの独創性だのと口にはしたものの、寅彦の病気がそんな腫瘍のために骨が崩れていくというような、恐ろしい病気だろうなどとは、夢にも想わず、ただ言うだけのことは言うが、それが実行されなければ致し方がないくらいのことで、深刻な問題にはしなかったのである。

神秘主義の信奉者から言えば、私が寅彦の顔に死相を観たという事実は、超自然の力が私に寅彦の死を警告したということに外ならなかったのかも知れない。しかしそういうものの信奉者でない私は、それを別に重大なことと考えることができず、のほほんと仙台に帰って行ったのだった。

そういえば、こういうこともあった。

寅彦の死んだ年の一月十七日に、仙台から出て来ていた私は、寅彦と一緒に数寄屋橋のニュウ・グランドで一緒に昼飯を喰ったあと、外に出て、前の電車通を呉服橋の方へあるいて行った。

数寄屋橋の交叉点を過ぎて間もなく、丁度銀座教会の前あたりで、今まで黙黙とあるいていた寅彦が、あるきながら不意に「僕は自分の専門の方で、これぞと言って自慢になるような事を何一つしてはいないが」と言い出した。私もあるきながら、次の言葉を待った。

「しかしたった一つ安んじて言えることは、僕がこうだと見当をつけたことは、これまで決してはずれたことがなかったということだ。――君、僕が死んだら、このことを書いてくれ玉え」

私はぎょっとして、思わず立ちどまり、寅彦の顔を覗き込んだ。寅彦の顔には、いつもの寒そうな表情の外には、別に変った表情も浮かんではいなかった。寅彦は、真っ直に向いて、さっさと、いつものように、せっかちにあるいている。

当時寅彦が、自分で死ぬよりもつらい事件に出会っていたことを、私は知っていた。現に寅彦はニュウ・グランドの二階で、その一什始終《いちぶしじゅう》を私に話して聞かせ、それに附け加えて「こんな思いをするほどなら、自分が死んだ方がよっぽどいい」とまでも言ったのである。それだから私は、寅彦の顔に特別な表情の浮かんでいないことを見届けた上で、寅彦のこの言葉を遺言としては受けとらずに、現在の自分の苦しい心持に風を入れる為の、俳諧として受けとった。私は、飄軽に、粗野に、「ええええ、書きますとも」と答えた。寅彦は、それをどう取ったかはわからないが、それきりその問題には触れなかった。私たちは呉服橋の手前で別れた。

あとになって考えてみると、これも私が最初にぎょっとした方が、どうも正しかったようなのである。寅彦は恐らく、ほんとに私に遺言するつもりで、あれだけのことを言ったのだろう。寅彦は当時きっと頭のどこかの隅で、今にも自分が死にそうな予感を、相当はっきり持っていたものに違いない。少くとも私に遺言しなければいられないほど、本気に、自分の気の弱りを自覚していたのだろう。「こんな思いをするほどなら、自分が死んだ方がよっぽどいい」などという弱い音は、不断の寅彦なら、決して吐くはずがないのである。

しかし私はそれに気がつかなかった。それどころか寅彦の感傷を茶化す気で、剽軽に、粗野に、その遺言を書くことを安請合してしまった。寅彦は私の返事を受けとって、あるいは遺る瀬のない寂しさに襲われたのではなかったのかとも思う。

そうはいうものの、寅彦自身でも、あるいはそうはっきりと自覚的に自分の死を予感していたのではなかったのかも知れない。十一月八日に会った時にも、寅彦は私に「この病気は長くかかるが、しかし必ず癒る」と繰り返して言った。――もっともこれも、寅彦に自覚的・意識的には「癒る」とよりは考えようはなかったのかも知れないが、しかしそういうものを突き抜けた奥の方では、何か死の影のようなものに絶えず脅やかされるのがやりきれないので、他人にも自分にも言い聞かせて納得させる気で、「この病気は長くかかるが、しかし必ず癒る」を繰り返していたものだと、解釈することも可能である。もしそうだとすれば、寅彦もまた私と同じように、感じてはいたが、知らなかったのである。

寅彦のことを考えると、よくこの問題が私の頭の中を去来する。そうしてこういう場合、私はどうすれば一番よかったかについて迷う。自覚されない、意識されない、我我の意識の閾の向う側で動いているものは、恐らく夢のように無数である。その中からどれを正夢として採り上げればいいかは、恐らく普通の人間の思量を絶していることが、必ずしも正しかったとは言えないに違いないからである。しかし私の場合では、私のぎょっとしたことは、大抵ぎょっとするに値いすることだった。しかも私の思量は、これが重大なことであるとして、他のものを排除して、その一つのものを断乎として採り上げることができなかったのである。

（二五・四・一七／第二次『寺田寅彦全集』第一巻月報　岩波書店、昭和二五年五月刊
「寅彦のこと」改題）

寅彦と俳諧

寅日子が俳諧を始めたのはいつのことだったか、精確なことは分からない。『寅彦全集』をあけて見ると、大正十一年（一九二二）一月三十一日の日記に、「客去って唯眺め居る炭火かな」という私の句に、寅日子が「麻布へ抜ける木枯の音」とつけたのがある。あるいはこれが一番早い時期のものかも知れないと思う。なんでもこれは寅日子が青山の私のうちへ訪ねて来たあと、私から寅日子に書いてやった句で、私の青山南町のうちは谿《たに》一つ隔てて向うに麻布の三聯隊が見える位置にあった。それだから寅子は更に第三に自分で「気になるは軍曹殿の鼻の疣《いぼ》」という句をつけているのである。

それより前私は、阿部次郎、安倍能成、勝峯晋風、和辻哲郎などと一緒に太田水穂が主宰する『潮音』の芭蕉研究会に出席し、俳句だけでは芭蕉は分からない、どうしても俳諧を研究する必要があるというので、時時向島まで出かけて行って、幸田露伴先生に俳諧実作の手ほどきをしてもらいつつあった。寅日子のこの附句から考えると、それは大正十年ごろのことではなかったかと思う。俳諧の実作の面白味を私がしきりに寅日子に述べ立てたので、寅日子が刺激され、それが先ずこういう形になって現われたものではないかと思う。

しかし私は大正十二年の初めにドイツに向けて出発することになった。私は沼波瓊音《ぬなみけいおん》の『芭蕉全集』を行李の底に入れて出発したが、しかし西洋と日本との間で附句を送り合う気持にもなれず、またそれほどの余裕もなかったと見えて、パリで「ラジオで踊る三階の春」という短句を、オランダでは「風車つづきて雲に入る国」という短句をつくったりしたが、それをあるいは寅日子のところへ書いて送ったかも知れない。しかしそのさきをつけてよこしてくれとは、どうも言ってやらなかったようである。それに長句を附け、また短句を附けて『新三つ物』と題したものが、大正十四年の九月の『渋柿』に載っているが、これは私が日本に帰って来てからのことで、寅日子が段段熱心に俳諧に牽《ひ》かれるようになったのは、多分私が外遊から帰ったのちのことだったのだろう。私は大正十三年十月半ばに日本に帰り、翌大正十四年の四月初めには仙台に越して行ったが、東京へはよく出て来て、出て来る度に寅日子には会った。そうして時時俳諧をやった。大正十五年の一月、二月、四月と跨って『潮音』に寅日子と私との両吟の『ロンド』が八つ『ディプテュホン』が一つ、『トルソ』という名前で一括されて出ているのも、多分私の上京を記念するものだったと思う。もっとも附句はなかなか思うようには渉らないので、私が仙台に帰ってからでも、手紙で附句のやりとりをした上で、纏めなければならない場合も屢あった。『トルソ』という題は、それに費す時間の関係上、歌仙形式の三十六句で纏めるのが困難だったので、三句で纏めたり、六句で纏めたり、十句で纏めたり、その時時の気分次第でいろいろになったが、結局それは歌仙の断片にすぎないという意味を、洒落れて『トルソ』と名づけたままである。『ロンド』というのは、発句から始めて脇・第三と十句目まで続けて行くうちに、いくらかずつ加減して、その十句目が前句に附くとともに、またうまく第一の発句に附くように工夫して附ける、従って全体が環をなしてぐるぐる廻るようにと心がけたので、『ロンド』と名づけたのである。例えば「夕立にあはれなりける円太郎」という発句に「人待つ宵の濠端の闇」という脇をつけ、それに第三・第四と続けて附けて行って、十句目に「はねしキネマの人を吐き出す」という句が来る。これは「あてもなく宿きき廻る小さき町」という前句につけた句であるとともに、それが発句の「夕立にあはれなりける円太郎」にもつくようになっているという類である。『ディプテュホン』だの『二枚屏風』もしくは『二枚折』だのというのも、六句と六句とが対になるような仕立方をしたということを意味するものに過ぎない。

　大正十五年七月の『渋柿』に載った『二枚折』、九月の『二つ折』、十二月の『二枚屏風』を見ると、これらはすべて寅日子、東洋城の両吟で、私は参加していない。これはあるいはこの時分から寅日子の俳諧熱が更に昂じて、私の上京まで待っていられず、自分の気の向いた時に、東洋城を相手にどんどん創作を進めていきたくなった結果なのではないかと思う。歌仙形式の方面でも、大正十五年には両吟の形で、随分たくさんのものが発表されている。

　句の作りかた、自然なり人事なりの把握のしかた、把握したものを表現する表現のしかた、もしくは前句の受けとりかた、受けとったものに感じる附け合い、そういう点では寅日子はどっちかと言えば、私と肌が合い、東洋城とは合わないところがあった。東洋城には東洋城の主張があり、趣味があり、癖があって、それがとかく附句の上に強く現われる。そのため三人でやる場合には、東洋城の附句に対して文句を言う場合が多く、文句を言わないまでも、これは困ったなと当惑して、附けあぐねる場合が多かった。それだけ私は寅日子と両吟をやりたがる傾向があったし、恐らく寅日子にもそういう傾向があったことと思う。それでも寅日子は俳諧に熱中し出すと、そんな贅沢は言っていず、東洋城相手に両吟で、しきりに俳諧に耽り始めるのである。

　もっとも寅日子と私とでは、どっちかと言えば肌合が合っているだけに、二人で俳諧をやっていると、同じ肌合の句、同じ調子の句が続いて、全体の感じが単調になりがちだった。そこへ東洋城が入り込んで来ると、いわば不協和音が飛び込んで来ることになるので、それだけ句面に変化が生れ、寅日子と私とだけでやっているよりも、はるかに面白い巻面《まきづら》にもなりうるのである。寅日子は初めはいろんな不平を言っていたが、その点で段段に悟りをひらき、好んで東洋城を相手に両吟を試みるようになったのみならず、かりに東洋城がどんなに自分の気に入らない句を作ろうと、決して不平を言ったり、不愉快がったり、辟易したりしないで、反って自分の力で相手の句を包み込み、相手の句に新しい魂を入れ、即ち自分の句を活かしつつ、同時に相手の句を活かそうという、丁度芭蕉が俳諧で考えていたろうと思われるような立場に立って、俳諧に携わろうとするのである。寅日子の附句は初めからうまかったが、そういう意味で寅日子の附句は目ざましく進歩して行った。

元来寅彦という人は、自分の興味を持つものに対しては、一所懸命それについて勉強するとともに、いち早くその核心をつかんでしまわなければ落ついていられないようなところのあった人だった。寅日子が俳諧に興味を持ち出してからは、自分で句作するとともに、芭蕉が一座した歌仙を研究し、創作と読書と双方によって動かされる自分自身の内部を精到に検討して、そこから結論を作り上げつつ、次から次へと俳諧の核心へ辿って行く用意を怠らなかった。感じと感じとで不即不離に繋がって一歩一歩前進する蕉門の附合の味を、寅日子ほど微妙に捉えた上で、それがどんなに広い適用範囲を持ちうるものであるかを、明快に闡明《せんめい》した者は、恐らく外にいない。寅日子の『連句雑俎』は、俳諧の研究者にとって必ず逸してはならない、第一流の研究である。これは俳諧の学者のみならず、また俳諧の実作者のみならず、あらゆる芸術に携わる者の、是非一度は眼を通さなければならない、重要な研究である。

『連句雑俎』は、昭和六年三月から昭和六年十二月へかけて『渋柿』に連載された。これは前にも言ったように、俳諧の核心を把えた研究であるが、しかも一方ではこれは寅日子が、なぜ自分がこの芸術をこれほど愛好し、なぜ自分がこの芸術の制作にこれほど一所懸命になるかを、きわめて明快且つ適切に、告白し説明したものでもあった。そこにこの研究の力と美しさとがあるのであるが、同時にこれは寅日子の決然たる「改宗」の宣言であると言っていいものである。これを書いてから寅日子は、更に熱心に俳諧を作り始めた。

私は俳諧を面白いものであるとは思っていても、寅日子の精進にはついてゆけないところがあった。のみならず私が仙台から東京に出て来る度に、私はうまいもの屋をあさりあるくことに忙がしいので、日をきめて寅日子や東洋城と俳諧をやろうとしても、寅日子のうちでほっと一息つくというような恰好になってしまうので、句作に一向熱心にならず、いつでも雑談をするか昼寝をするかで、とうとう寅日子から愛想をつかされ、君とはもう一緒に俳諧はやらないと宣告されてしまった。それはあるいは『連句雑俎』が書かれた、昭和六年前後のことではなかったかと思う。ともかく昭和六年十月の『渋柿』に出ている私の『短夜の旅寝なりしが別れかな』に寅日子が「蚊帳の釣手に浜の朝風」とつけた歌仙あたりを境にして、寅日子・東洋城・蓬里雨の三吟は跡を断っているし、しかもこの発句は多分昭和二三年ごろの句だったはずだからである。昭和十一年十一月の『渋柿』には私の「ほのぼのと明け行く閨の牡丹哉」に寅日子が「溶けて清水と消ゆる歯磨」とつけた未完の歌仙が載っているが、これも恐らく昭和四五年のころ私の作った句であり、且つ附句の下に記した（多分寅日子の）日附によると、十句目の私の「櫟林に狭くなる道」の下には昭和六年四月十三日とあり、それから八句目の東洋城の「藪からどこへ通う足長」の下には、昭和七年四月十三日とある。私の「櫟林」の句から東洋城の「藪からどこへ」まで丁度一年かかっているのである。これは外に何か理由があったからには違いないが、たとい理由があったにもせよ、八句つくるのに一年もかかるとすれば、寅日子でなくてもいいかげんしびれをきらしてしまうはずである。

　このことを考えると、私は未だに寅日子に悪いという気がしてならない。それにしても寅日子の俳諧は、寅日子が『連句雑俎』に書いたことを実際に適用していっただけあって、晩年ますます冴えたものになったことは争われない。芭蕉が凡兆や去来のような弟子を持っていたように、寅日子にももっとたくさんの弟子なり友人なりがあって、それぞれ自分の持っているものを十分に発揮しつつ、寅日子の指揮棒の下に管絃楽団を纏め上げるとしたら、きっと新しい見事な交響楽がいくつもできあがっていたに違いないのである。寅日子には、われ笛吹けども汝等踊らずの嘆があったに違いない。

（二五・一〇・二三／第二次『寺田寅彦全集』第七巻月報　岩波書店、昭和二五年一一月刊）

寅彦と羽子板

寺田寅彦が死んだのは昭和十年十二月三十一日のことだった。決定版『漱石全集』の出だした年である。その十月四日に寅彦は、当時仙台にいた私のところへ、「今度の全集の書簡集には小生トットキの手紙を提供する、則天去私の教によるものなり、ミンナ則天去私を心掛けたし」と言ってよこした。

あとで届いたものを見ると、それは明治四十三年（一九一〇）一月十九日附けで、当時ベルリンに留学していた寅彦宛に書かれたもので、中には森田と私とが方方へ招待状を出して、漱石山房で新年会を催したことなどが出て居り、松根東洋城が一中節を歌ったり、森田の当時の妻君藤間勘次が踊を踊ったり、安倍能成が後架へはいってさんざ反吐をはいたあとへ、お嬢さんが行って臭い臭いと言って飛び出して来たりすることまでも書いてあって、なかなか面白いものだった。どうしてこれを「トットキ」なんぞにして置いたのだろうと不審に思っていると、最後に「又赤坂の三河屋を思い出した。あの芸者はどうなったろう。我我が変化する如く彼女も変るだろう」という一節が出て来た。あ、これだったのだなと気がつくとともに、私はまず微笑し、改めて厳粛な気持にならざるを得なかった。寅彦は自分が嘗てこういう生活をしたということを、自分に対して許すことができないから「トッキ」として置いたものに相違ないのである。しかし「則天去私」の立場に立てば、そんなことにこだわっていることはバカげたことだというので、寅彦は敢てこれを発表する気になったのだろう。

明治三十八年十二月四日高濱虚子宛の漱石先生の手紙には、「僕先達て赤坂へ出張して寒月君と芸者をあげました。芸者がすきになるには余程修業が入る。能よりもむずかしい」と書いてある。――寺田は別に冗談の言いっくらをして騒ぐのでもなんでもなく、ラッパ節か何かを歌っているだけなんだよと、先生は嘗て私に言ったことがある。寺田はあれで芸者を連れて羽子板を買いに行ったこともあるんだぜと、これも別の機会に先生から聞いた話である。――寅彦を誰が赤坂へつれて行ったかはわからない。しかし寅彦の赤坂通いは、初めの奥さんと死に別れて三年、丁度二度目の奥さんと一戸を構える以前の時分だったのだから、恐らく淋しくて堪らなかったせいだろうと思う。

明治三十八年前後の漱石先生のノートの中には「芸者」という項目を掲げて、客と芸者との短い対話を書きとめたらしいものが二箇所あり、別に「花月巻白いリボンのハイカラ頭、乗るは自転車ひくはヴィオリン、半可の英語でペラペラと、I am glad to see you」というのと、「畳たたいてねえ、くどい様だがようきかしゃんせ、悋気でいうのじゃなけれども、一人でさしたる傘ならば、片袖濡れよう筈がない」というのと、「鉦や太鼓でねェ迷子の迷子の三太郎と、どんどこどんのちゃんちきりん、叩いて廻って逢われるものならば、わたしなんぞも鉦や太鼓で、どんどこどんのちゃんちきりんと叩いて廻って逢いたい人がある」というのと三つの歌が書きとめられている。これは恐らく寅彦に連れられて行った、三河屋での採集だったのに相違ない。しかも「花月巻」と「鉦や太鼓」との二つは、明治三十九年四月に発表された『坊っちゃん』の中の、花晨亭におけるうらなり送別会に芸者が出て来て歌う歌になっているのである。

寅彦はそういうことは私には一度も言わなかった。恐らく誰にも言わなかったろう。前掲の虚子宛の手紙は、既に初版の『漱石全集』の時分から発表されていたが、それさえ寅彦は知らん顔をしていた。「トットキ」の手紙が届いた翌月、十一月に私が上京して寅彦を見舞った時、あれを「トットキ」にしていたことについて、一往寅彦をひやかしてやろうと思っていたが、しかし会って寅彦の顔を見たら、そんな気持はどっかに吹っ飛んでしまった。なんとなく私にはその顔に「死相」が現われている気がしたからである。

（二九・三・——／『東京新聞』昭和二九年三月二二日〈印象と記憶・5〉
「寺田寅彦と羽子板」を改題）

「御髭」

このあいだある人のところへ、寅彦をしのぶ会をするというので招かれた。松根東洋城、安倍能成、弁慶橋の清水の女将の歌女、私の四人だった。

その時東洋城が持って来たものに不思議なものがあった。奉書を名刺の大きさに畳んで紅白の水引をかけ、表に「御髭」と書き、裏に「昭和三年一月十日元服」と書いてある。東洋城が、これを覚えているかと、私に言った。そういわれれば覚えているぐらいではない。その字は私の書いた字である。奉書を畳んで水引をかけたのは、歌女だった。

当時東洋城は『渋柿』を主宰し、寅彦と私とは、毎号交り番こに巻頭に一頁の随筆を書いていた。私は心安だてに東洋城に、東洋城の俳句が頑固すぎるし、弟子達にやかましすぎるのがいけないなどと、機会ある度に言い言いした。無論東洋城も負けてはいなかった。そういうことがいろいろあった末私達は、君がそんな古風な髭なんぞ生やしているからいけない、早く短く刈り込んで新しくなり玉えなどとさえ言った。東洋城はそれまでカイゼル流のピンとひねり上げた、貴族風の髭を生やしていたのである。

漱石も昔はカイゼル髭をピンとひねり上げていた。それは『猫』にも書いてある。しかし漱石は修善寺大患後その髭を短く刈り込んでしまった。どういう動機で漱石がそういうことをしたのか、私には分からない。しかし漱石の髭の変化は漱石の人生観、漱石の芸術観の変化を象徴するものだった。髭とともに漱石は更生したと言っていいのである。私はその時それを東洋城に言った。

それが東洋城を動かしたのかどうか。またそれが一月十日のことだったのかどうか。そういう精確なことは覚えていない。第一それが昭和三年一月十日だったということも、今度初めて知ったくらいである。恐らく東洋城が我我の意見を採用するまでには、相当の時日を必要としたことと思う。

ともかくその日に東洋城が、じゃ髭を刈りこんでくれと言ったので、当時篤茂登の女将だった歌女を呼んで鋏を持って来させ、まず歌女に鼻の下の髭を刈り込ませ、私がピンとひねり上げた髭の右の先きを、寅彦が左の先きを、じょぎじょぎと刈りとった。——その髭を奉書に包んで水引をかけたのが「御髭」である。「元服」と書いたのは、これもふざけた書き方ではあるが、東洋城の俳句の前途がこれから開けて行くことを祝福する気持を籠めたものに外ならなかった。

それはいいが、驚いたのは、寅彦が東洋城の髭を刈りながら、ぷるぷる震えていたことだった。それを見ると同時に私は寅彦から横っ面を張り飛ばされる気がした。私は無神経に、のみかいい気になって、東洋城の髭をじょぎじょぎと刈り込んでしまったのである。二十年来だか三十年来だか知らないが、東洋城が丹精して愛撫して来た髭を冗談半分に刈り込んでしまうということが、いかに東洋城にとって重大なことでありうるかということなぞ、想像してみもしなかった。しかし寅彦にはその東洋城の気持が手に取るように頭にうつるとともに、そういうことを知っていながら強引に自分の意志を通すことが、何か赦すべからざる罪を犯しているように思われたに違いないのである。それでなければ寅彦が、あんな厳粛な表情をして、あんなに全身ぶるぶる震えるはずがない。寅彦は別にその後なんにも言わなかったが、しかし寅彦は厳粛な気持になるとともに、私の事を真に「悪友」だと感じたかも知れない。

――勿論その招待の席では、私はそんなことは言わなかった。ただそれが寅彦の一面を代表するものであるとだけ言った。東洋城も同じことを言った。能成はだまってにやにやしていた。

（二六・六・二六／『東京新聞』昭和二六年七月九日夕刊）

松根東洋城のこと

私が東洋城と知り合いになったのは、いつのことだったか、はっきりとは覚えていない。ただ私が東洋城と知るようになったのは、漱石先生のところの木曜会だったことは確かである。木曜会は明治三十九年（一九〇六）十月十一日から始められている。知り合ったのがかりにその翌年からだったとしても、今日まででもう四十六年になる。

もっとも東洋城が木曜会でまず親しくなったのは、鈴木三重吉ではなかったかと思う。当時三重吉は『千鳥』の作者として木曜会の花形だったし、当時の三重吉の趣味と東洋城の趣味とは、重要な点で共通するところがあったからである。現に三重吉の『千鳥』『山彦』その他の短篇を集めた『千代紙』が出版された時には、東洋城がその装幀を引き受けている。勿論これは東洋城自身が筆をとったわけではなく、現在の入江侍従のお父さんの筆になったものであるが、しかし意匠は東洋城の意匠だったはずである。殊にその装幀の一部には、三重吉が東洋城に宛てた手紙の一部が用いられ、それには「豊さままいる」という三重吉の筆跡が木版刷にして出ている。その『千代紙』が出版されたのは、明治四十年（一九〇七）の四月のことである。

『千代紙』の校正は私が引き受けた。それらのことは、漱石先生の序文に書いてある。先生のこの序文は、書翰体で、それが全部巻紙を使って木版摺にされて、折り畳んで巻頭に挿み込みにしてあった。これは恐らく三重吉の発意だったのだろうが、オリジナルで面白い序文だった。私はこれをひどく羨ましく感じ、おれもそのうち小説を書いて、先生からこういう序文を書いてもらって出版したいと考えたことを、今だに覚えている。

東洋城は私よりも六つ上、三重吉は私よりも二つ年上だった。従って二人とも、私を相手にするよりも、二人だけで話し合っている方が、話が合ったのだろう。よく覚えていないが、恐らく私は三重吉を仲介として、東洋城と知り合いになったのに相違ない。紅筆で紅を使って手紙を書いて、それをやりとりして喜ぶというような趣味は、当時の私にはなかったが、しかし既に大人だった二人は、それに似たことをしたり言ったりして、共鳴し合っていたようだった。しかし二人の濃やかな友情はそんなに長くは続かなかった。これは東洋城は生れつき貴族だったし、三重吉は生れつき平民だったし、お互に理解することのできないものが相手の中に次第に見出されるようになって来た結果だったのだろう。のみならず三重吉は、当時の文壇の空気に触れるにつれて、自分の『千代紙』趣味だの「豊さままいる」趣味だのから早く脱却しなくてはいけないと感じるようになって来たのに反し、東洋城はいつまでもそれを守ろうとする傾向があった為ででもあった。寺田寅彦が留学したのは明治四十二年（一九〇九）の三月のことだったが、東洋城が小さな可愛いい人形を寅彦に託して、船が地中海を通る時、これを海の中に放り込んでくれと頼んだ。これは自分が失恋した相手の女を、地中海に葬り去るという意味のものらしかった。東洋城って、なんて馬鹿野郎だろうと、三重吉が私に言った。恐らくこの時分から既に、三重吉と東洋城とは、離れかけていたのだったと思う。

その時分も私はそれほど東洋城と親しくなってはいなかった。それだけに三重吉が東洋城のことを、なんて馬鹿野郎だろうと言えば、私はそれに同意して、東洋城はまったく馬鹿野郎に違いないと考えた。しかしそこが一面から言えば、東洋城のいいところだという風には、当時私は考えなかったとしても、何か東洋城には愛すべきところがあると感じていたものか、三重吉が東洋城から離れるとともに、私は東洋城に段段親しくなって行った。これはあるいは私の漱石先生に対する感情と、東洋城の漱石に対する感情とに、特に共通するものがあって、直接ではなく、間接に漱石先生を通して二人は結び合わされたものだったのかも知れない。先生のところで飯を喰ったり、先生のところに泊ったり、先生だの奥さんだのを引っ張り出して飯を喰いに行ったり、そういう我儘勝手をして喜んでいたのは、私と東洋城とが一番ひどかったと言っていいに違いないからである。

そう言えば、私と東洋城とが共謀して先生を深川亭へ誘い出し柳橋の芸者を先生に見せようとしたことがあった。東洋城は先に深川亭へ行って用意万端を整えている。私は先生を迎いに行って深川亭へ案内するということにして、当日私は本郷森川町の下宿から早稲田南町の先生のところへ出かけて行った。生憎その日は前日からの雪がぽっかり積もっていて、先生のところまで行くのに難儀した。のみならず行ってみると、寒がりやの先生は書斎の瓦斯《ガス》ストーヴにかじりついて、がたがた慄えでもしているように竦《すく》んでいた。さあ行きましょうと言っても、先生は億劫がってなかなか立ち上がりそうにしない。そうしてなんだのかんだのと言う。仕方がないから深川亭へ電話をかけて、東洋城に連絡しようとするのだが、しかし雪の為か何か、電話がどうしても通じない。とうとううやむやのうちに、深川亭へ行くのはおやめになってしまった。これは大正元年（一九一二）十二月二十九日のことである。東洋城はじりじりしながら待惚けを喰ったわけであるが、しかしそのお蔭で東洋城は先生から、実に鄭重な謝罪状を受け取っている。

それはともかく私は、東洋城の俳句にはあまり興味を持っていない。勿論東洋城は自信家である。私がその俳句にあまり興味を持っていないなんて言ったところで、ちっともびくびくする男ではない。東洋城は漱石先生から俳句の手ほどきをしてもらっていながら、のちになると、先生の句は古い、先生の句は十八世紀だなどと言って、さんざ先生を悩ました男である。それだけにこっちも悪口の言いたい放題が言えるわけであるが、例えば昔東洋城が高濱虚子に代って『国民新聞』の俳句の選者をしていた時分の句でも、私はあまり感心しなかった。当時の東洋城の句には、艶なところ技巧の達者なところはあったが、しかし厭味なところがあった。妙に奥歯に物の挟まったような物の言い方をするのである。漱石先生が東洋城の句をどう思っていたか、精《くわ》しいことはわからない。しかし先生は専門家を尊重する人だったから、自分は既に俳句からは遠ざかっている、東洋城はずっと俳句に専心して来ている、従って東洋城の言うことは正しいのかも知れない、自分には納得のできない非難でも、しかし何しろ専門家の言うことだから、とっくりと反省してみなければならないという気で、東洋城の句のよしあしはともかく、東洋城の言うことは一往傾聴していたのだろうと思う。それが東洋城の自信を一層強めたのかも知れない。

先生の歿後、寺田寅彦と東洋城と私と、三人でしきりに俳諧を試みたことがあった。寅彦は次第に俳諧に凝り出し、私達の顔を見るとすぐ歌仙を始めようと言い出すほどになったが、そのうち私は仙台に去り、仙台から上京して一座することがしばらく続いたあとでは、寅彦とは逆に俳諧に対する熱が次第に醒《さ》めて、とうとう落伍してしまった。寅彦は死ぬまで東洋城だけを相手に歌仙三昧に耽ることになってしまった。東洋城の附句には、変に持って廻ったところがあり、かたくなで頭の悪いところがあり、ピントの合わないところがあり、ちっとも感覚的でなく、新古今流に抽象的であり、従って清新で自由な感じがない。それだけに私達は、東洋城の附句に辟易し、なんだのかだのと、よく東洋城に文句を言ったものである。しかし私が落伍し、寅彦が東洋城だけを相手にするようになってからは、寅彦は東洋城になんの文句も言わず、東洋城の附句ができれば、すぐそれをそのま採り上げて、それにすぐ自分の附句を附けることにしたらしい。寅彦の言うところによると、東洋城の附句がどんなに気に入らなくても、自分は自分の附句でその附句を活かし、二句が列《なら》ぶと一つの美しい世界が纏まり上がるようにする、そういう覚悟で附句をすれば、反って附句が面白くなって来るのだそうである。芭蕉もあるいはそんな気で俳諧を楽しんでいたのではなかったかと思う。

東洋城はこの点で、寅彦のようにフレキシブルな頭を——その意味で太っ腹な包容性を持っていない。東洋城は一向きな男である。自分の当初に立てた道をまっすぐにあるいて、ちっとも傍目を振らない。それだけに東洋城は狭い。私の従兄で、昔砲兵工廠に勤めていた工学士の技師が、俳句の先生を紹介してくれというので、私は東洋城に頼んで行ってもらうことにしたが、しかししばらくすると従兄は東洋城先生はどうもやかましくて困ると言い出した。東洋城は自分のいいと信じるところを人に説くのはいいが、その説くところから一寸でも一分でも、ちょっとでもそれると、黙って見ていることができない。つまり自分があるくとおりに、弟子をあるかせないと気がすまないのである。これは東洋城が「殿様」で、従って自分はこれを正しいと信じているが、しかしその正しいと信じているところが果して正しいかどうかと、自分で疑ってみたことが、これまで一度もなかったせいではないかと思う。東洋城は俳句においては、自分は子規の弟子ではなく、漱石の弟子であると、公言している。また東洋城は、芭蕉を尊敬し、自分は芭蕉の道をあるいているのだと、自認している。しかし漱石は無論のこと、芭蕉でも東洋城のような「殿様」ではない。さんざ迷い、疑い、悶え、悩みしたあとで、ようやく自分の道を築き上げているのである。その点で東洋城はもっともっと苦労する必要、苦労人になる必要があったと思う。

そうはいうものの、東洋城は正直で純粋で真面目である。明治三十九年（一九〇六）十月二十六日に漱石先生が三重吉に与えた手紙の中には、「松根はアレデ可愛らしい男ですよ。そうして貴族種だから上品なところがある。しかしアタマは余りよくない。そうしてすぐむきになる。そこで四方太と合わない。僕は何とも思わない。あれがハイカラならとくにエラクなっている。伯爵の伯父や叔母や、三井が親類でそうして三十円の月給でキュウキュウしているから妙だ。そうしてあの男は鷹揚である。人のうちへ来て坐り込んで飯時が来て飯を食うに、恰《あたか》も正当の事であるかの如き顔をして食う。『今日も時刻をハズシテ御馳走ニナル』とか『どうも有難う御座います』とか言ったことがない。自分のうちで飯をくった様にしているからいい」という一節がある。ここの「ハイカラ」というのは軽薄才子というか、世渡りが旨いというか、そういう意味を含んでいる言葉である。勿論東洋城はその後式部官になったり、北白川宮の御用掛になったりしたこともあるが、しかし東洋城が「ハイカラ」でなかった為に、そうして東洋城一流の正直で純粋で真面目だった為に、今では「三十円の月給」もとれずに、陋巷で「キュウキュウ」しているのである。

今度東洋城が芸術院の会員に選まれたのは、その点で、友人としてありがたい気がする。

（二八・一二・一二／『俳句』昭和二九年二月号）

鈴木三重吉

鈴木三重吉　作家・児童文学者　一八八二～一九三六

三重吉の思い出

上

三重吉に初めて会ったのは、漱石先生の所にきまっているが、それがいつの事だったのかは、正確には分らない。然《しか》し三重吉が木曜会で『山彦』の原稿を朗読した時の事は、未だに割にはっきり頭に残っている。多分その前後の事だったに違いないが、そうすると私達は、ともに大学の二年の時である。

その時三重吉はなんでも絹物の縞の袷に、縞の袷羽織を羽織って、袴ははかず、髪結床から今出て来ましたといいでもするように、髪をてらてらさせて、どっかの地方の町家の若旦那のような風采をしていたように思う。介添として中川芳太郎が付いて来ていた筈であるが、この時の中川の顔は思い出せない。外に高濱虚子、阪本四方太、松根東洋城、森田白楊、野間《のま》眞綱《まさつな》、皆川《みながわ》眞柝《まさき》〔正禧〕なども来ていた筈である。寺田寅彦も来ていたのではないかという気がするが、是は確でない。

三重吉は幾度も『山彦』を読みかけたが、興奮していて声がかすれ、咳払いだのなんだのをしてみても、どうしても読み続ける事が出来なかった。それを見かねて高濱虚子が、僕が読んで上げようとか何とかいいながら、原稿を受けとり、すっかりそれを代読した。然し虚子には虚子一流の読み方と、松山一流のアクセントとがあった。『山彦』の書き出しに「城下見にゆこ十三里、炭積んでゆこ十三里」という歌が出て来る。それを虚子は、「城下・見にゆこ・十三里、炭・積んでゆこ・十三里」という風に区切って読んだ上に、「見にゆこ」のに、「十三里」のん、「炭」のすなどの上にアクセントを置くようにして読んだ。それはメローディアスな三重吉の文章に何か飄逸の趣きを与えるものであったが、それだけに三重吉は大分不平らしく見えた。然し自分では読めないのだから三重吉にはどうしようもないらしかった。——今から考えて見ると、三重吉の原稿は、消したり書き加えたりで真っ黒だったのだろうから、アクセントはともかく、区切りはああでもしなければ、とてもすらすらと読んでは行けなかったのではないかとも思う。

朗読が済むと、批評が始まった。精《くゎ》しい事は忘れてしまったが、概して好評で、阪本四方太などは、激賞したように思う。当時私はまだほんの子供で、その上ひどいはにかみやだったので、隅っこに小さくなって黙っていたが、『山彦』には満腔の敬意を表していたのだから、人人の好評を良い気持になって聴いていた。すると漱石先生が、これは刺激がのべたらに続くので、聴いていてどうも息苦しくなる、まるでかんてんの中を泳いでいるような気がする、もっとも自分で読んで見ないとはっきりした事は言えないが、僕には『千鳥』の方が性に合うようだ、と言い出した。

それに就いて又一しきり色んな意見が出て、三重吉もまじって大層賑やかだったように記憶するが、これも精しい事は覚えていない。ただ三重吉が『花魁憂い式』の文学に就いて、即ち江戸の花魁が憂いに沈んでいるような感じの世界を表現しようとするのが、自分の小説の目的であるというような事を頻に弁じたのは、この時の事だったろうという気がする。——虚子が当時『国民新聞』に連載していた『俳諧一口噺』の中に、木曜会の光景を書いて、あとに「紫の雲たなびきぬ」何とかいう句を添えたのは、恐らくこの夜のことを書いたのではなかったかと思う。

下

私がその三重吉と親しく言葉を交すようになったのは、その年の十二月も押し詰まって、漱石先生が千駄木から西片町へ越して行く、引越しの手伝いをした時のことである。

その時三重吉は、『吾輩は猫である』の本尊だと称せられていた、猫を屑籠の中に入れ、これは俺が持って行くんだといって、上に風呂敷をかぶせて自分で抱いて出かけたのはよかったが、途中でその猫が暴れ出し、しまいに籠越しに三重吉に小便をひっかけ、三重吉は絹の着物を汚されてしまった。その時の三重吉の、実に不愉快そうな顔をして、籠を先の方に突き出して持っていた恰好は、鮮かに頭の中に残っているが、その時私も一緒にあるいていたのか、それとも私だけは先に西片町の方に来ていて、玄関を入って来る三重吉を見たのか、其所の所は何一つ覚えていない。

我我の仕事は、先生の本を整理する事だった。荷物の着く端から我我はそれを書斎へ運び、運んだものを整頓して、本棚に立てる。これが実に面倒で、頭の痛くなる仕事だったという事は、今でも覚えている。もう一つ覚えている事は、三重吉が、屢《しばしば》休んでは、本のページをめくって、本文だの挿画だのを覗いていた事である。私は面倒で、頭が痛くなっても、ともかく仕事が片づくまでは、それを続けてやらないと、気が済まない性分である。それだから厭でも無理にそれをする。そうしない三重吉は、寧ろ自分よりも遥に正直なのかも知れないなどと考えて、私は仕事を続けて行った。

そのうち、多分夕御飯の済んだ後の事だったろう。夜、私と三重吉とは、茶の間で箱火鉢を囲んで話をし出した。たしか三重吉が私に、君、君は心中がしたいとは思いませんかといったのだったと思う。それに私がなんと答えたか、私は覚えていない。然し私は当時寄席で義太夫を聴いて廻り、浄瑠璃の中に出て来る男女の世界に対しては、特別にロマンティックな憧れを持っていた時代だったのだから、恐らく私は、それに大いに賛成するような返事をしたものに相違ない。それから話は次から次へと紡ぎ出され、自分にはたった一人の定められた女があって、それが何所にいるか分らない、自分の一生はそのたった一人の女を尋ねて廻る漂泊の旅だなどという事まで三重吉が言い出し、私と三重吉とは、本を整理する仕事はそっちのけにして、初め火鉢を囲んだままの姿勢で、長い間話し合った。恐らくそれが三重吉の気に入ったのだろう。その後三重吉は繁繁《しげしげ》私の所へ遊びに来だした。私は元より三重吉を、ある意味では英雄視していたのだから、それを歓迎し、私は三重吉に兄事した。

はっきり覚えていないが、たしか寺田寅彦だったと思う。漱石先生はその後間もなく、我我のいる前で寺田寅彦に、どうもこの連中は馬鹿気ててね、引越しの手伝いに来ていながら、火鉢にあたって一晩中、心中がしたいのしたくないのって、下らない事計り饒舌《しゃべ》っては、大いに意気投合してるんだよといった。三重吉はにやにやしていたし、私は畏まっていた。実際馬鹿気ていたには違いないのである。

（一三・二・二四／『東京日日新聞』上「「山彦」朗読の夜」昭和一三年三月二六日夕刊、
下「引越の手伝い」同二七日夕刊）

鈴木三重吉

三重吉が死んだ時、新聞は口を揃えて三重吉の事を、童話作家・童話作家と言った。今日三重吉は『赤い鳥』の主幹として、『綴方読本』の著者として、世間に通っている。新聞がそう書くのに無理はない。然《しか》し古くから三重吉を知っている私から言うと、三重吉がただ童話作家とだけで片づけられてしまうのは、三重吉の為に、ひどく寂しい気がする。三重吉は何よりもまず、詩人だったからである。

勿論三重吉は散文に終始して、竟《つい》に詩を書かなかった。是は日本に、適切な詩形がなかった為である。三重吉は小説の形をかりて、詩を書いた。明治三十九年、三重吉が『千鳥』を書いて夏目漱石に贈り、それを漱石が「僕名作を得たり之をホトトギスへ献上せんとす……」という折紙をつけて『ホトトギス』誌上で紹介して以来、『山彦』といい、『お三津さん』といい、『鳥物語』といい、三重吉の書くものは、すべて無韻の詩であった。

当時三重吉は「花魁憂い式」という言葉を用いて、自分が描き出そうとする小説の世界を説明した。自分の目ざしている所は、美しい花魁が憂いに沈んでいるような感じを描き出す点にあるというのである。もっとも三重吉の花魁は、江戸の花魁であるよりも、上方の花魁だったように見える。現実の花魁よりも、詩の中の、浄瑠璃の中の花魁である。その「花魁憂い式」の世界を、三重吉は、きめが細かで、しなやかで、然も感覚的な、西洋風を加味した清新な文章で、メロデアスに表現して行った。それは、喞喞《しょくしょく》として人に迫り、迫られた人はそれに絆されずにはいられない、ある悩ましい世界であった。もし義太夫のさわりの精神が、いろんな意味での古びを洗い落され、新しく二十世紀に復活するとすれば、それは、恐らくこんなものになったに違いないと思われるのが、三重吉の世界である。自分たちのロマンティックな夢を濃厚に表現されて、当時の青年は、歓呼して是を迎えた。三重吉は、バイロンかなぞのように年若くして、一躍文壇の寵児となった。

然し三重吉が、まだ二十五や六の大学生として、早くも文壇の寵児となりおおせたという事は、三重吉にとって、無上の幸福ではあったが、同時にまた、無上の不幸でもあった。自分の詩が、人生に於いてどういう位置を占めるべきであるかに就いて、もしくは自分が詩人として、自分の詩と自分の生活とをどう関係させるべきであるかに就いて、まだしかとした考えが堅まり切らない先に、三重吉の名は世間に喧伝され、世間は何の思い遣りもなしに、刻下に自分の求めるものを、頻に三重吉から得ようとして止まなかったからである。漱石は三重吉に、美しいものの計りを書いているのが、作家の能事ではない、作家にはまた、維新の志士のような覚悟の下に、世の中の悪と戦う、大きな世界があるという事を訓えたけれども、その訓えは三重吉の心には徹らなかった。そうして三重吉は、求められるままに、籠の鳥のように無心に、自分の歌に歌い入った。

然《しか》るに三重吉は、明治四十一年に大学を卒業するとともに、父を失った。早く母を失った三重吉は、父の死とともに、年とった祖母と叔母とを背負い込んで、自分で自分の生計を立てなければならない境遇に、追い落された。文章に鏤骨彫心する三重吉にとって、筆で喰うなどという事は、思いも寄らなかった事である。不得已《やむをえず》三重吉は、中学の教師となる事に、決心する。そういう現実の圧迫の下に、三重吉はなお克《よ》く自分の詩を護って、例えば『黒髪』のような美しい作品を書く事を忘れなかったが、それでも三重吉は、自分の言いなりに父から学資を送ってもらって、自分の思いのままに詩の世界に没頭する事が出来ていた時分とは違って、眼前周囲の現実に圧倒される事はないまでも、何かと心の余裕を持つ事が出来ず、自然詩の世界は容易く結晶せず、三重吉は十分生産的である事が出来なかった。——その意味で父の死は、三重吉の詩の世界に動揺を与えた。

其所へ第二の、もっと大きな動揺が来た。それは同門の森田草平の『煤烟』の出現である。『煤烟』は、明治四十二年の元旦から東京朝日新聞に連載されたが、是はその前年、社会の耳目を聳動した所謂《いわゆる》『煤烟』事件の背景もあって、既に連載される前から、著しく世間の好奇心を喚っていたものである。その上草平は当時、この小説によって生きるより外に、自分には生きる道がないという、せっぱ詰った境遇に置かれていた。草平は、この小説に一切を賭ける気で、自分の生活を赤裸裸にさらけ出し、捨て身でこの仕事に立ち向おうとした。草平が果して此所で、ほんとに捨て身になり得たかどうかは問題であるとしても、ともかく事件の圧力と気組みの悲壮とは、当時の人人を動かすには、十分であった。殊に文壇は、自然主義の風潮に乗って、懺悔・告白の文学でなければ文学でないと叫ばれていたような時代である。『煤烟』は懺悔・告白の文学として、漱石以上であるとさえも称せられた。三重吉の名は、草平の名に圧倒された。

三重吉はそれまで自分の頭の中の、美しい詩の世界に生き、それを身上に文壇に名をなして来たのである。仮令父の死とともに現実が身近に押し寄せ、ともすると自分の詩の世界を脅やかそうとするにもせよ、三重吉はそれと抗争して、ともかく自分の詩の世界を護りおおせて来た。然し三重吉の詩は、言わば、外の風に当てまいとして両手で囲っている、裸蠟燭のようなものであった。囲った両手をひっこめると、それはすぐにも消えてしまう、脆い、傷つき易い美しさである。それを十分護り通し得る為には、人は、その囲りに強靭な障壁を築くか、それでなければ、その美しさを奉じて現実の中に躍り込み、現実を征服する戦いを戦わなければならない。それには、自分の全生活を挙げて自分の詩に仕えようとする、毅然たる意思か、不抜の信仰かが必要である。然るに一方で三重吉は、自分の中に、その詩とはおよそ似もつかない、現実的なものを、沢山持っていた。三重吉は、自分の詩は愛しても、然しその詩の為の、戦士となって、世の中に戦い掛けるほど、自分の詩を信仰する事が出来なかった。信仰していても、それに殉ずる意志に欠けていた。其所に三重吉の分裂があり、其所に三重吉の詩の弱さがあった。其所へ出て来たのが『煤烟』である。『煤烟』で草平は、仮令草平流ではあっても、ともかく自分の詩の——その夢の——強さによって、人人を自分の世界に捲き込まうとする。もしくは自分の詩を——自分の夢を——現実の中から、戦い取ろうとする。その態度が正しいかどうかは別問題として、草平の『煤烟』には、自分に従って生きるか、社会に従って生きるかの、エントヴェーデル・オーデルが、問題として読者の前に提供されるのである。

草平によって、こういう恐るべき詩の存在を示されて、三重吉は自分の詩を、自分の詩と自分の生活との関係を反省し、そうして草平の『煤烟』の強味が何所にあるかを、考えて見ない訳に行かなかった。三重吉は煩悶した。その結果として現われたものが、自分の是までの詩の否定である。詩の代りの現実主義——自分の生活の、赤裸裸な告白である。三重吉はそれによって、自分の是までの薄手な詩の世界を放擲し、厚味のある、圧力のある作品を書いて、『煤烟』に対抗しようとした。三重吉は、明治四十三年に、その立場から、『小鳥の巣』を書いた。

然し事実は三重吉の本領は、詩の世界にあって、生活の世界にあるのではなかった。生活の世界で人を動かし得る為には、三重吉は是まで、余りに詩の世界に耽り過ぎていた。従って自分の生活を赤裸裸に描き出そうとした『小鳥の巣』には、詩によって浄められる事もなく、生活によって深められる事もなく、徒に分裂し転変する人間が、尖がった神経によって人を傷け自分を傷けつつ、無反省にのたうち廻る所が、背骨なしに描かれているのみである。三重吉を知っている者にとって、三重吉がこういう作品を書かなければいられなかったという事その事に、痛ましい同情を禁じ得ないものがあったのではあるが、然し是を芸術品として見ると、是は結局失敗の作であると、言わざるを得ないものであった。

嘗て三重吉に、作家の大きな仕事として、社会の悪と闘う仕事がある事を注意した漱石も、その後三重吉の本領が、詩にあって生活にない事を、はっきり見てとったもののようである。漱石は同様の注意を、二度と繰り返す事がなかったが、『小鳥の巣』に到って、その本領のありどころを三重吉に反省させる必要があると感じたと見えて、『小鳥の巣』の中の小鳥の巣の描写のようなものこそ「君の真面目を発揮」したものである、こういう叙述になると、文壇にその匹を見出す事が出来ないとまで言って、暗に三重吉が、再び「小鳥の巣の描写」に復《かえ》る事を希望した。然し一度新しい方向に脚を向けた三重吉にとっては、その脚を踏み止めた上で、更にそれを元に復す事は、容易な事ではなかった。のみならず、三重吉は、元来すべてのものを好きか嫌いかの二つに分けてしまい、好きなものだけを自分の周囲に集め、その周囲に集めたものを、理由の如何に拘わらず、自分の思いのままに動かそうとする性癖をもっていただけに、人生はそうそう自分の思い通りになる筈のものではなく、然も自分の思い通りにならなければならないほど、愈《いよいよ》いら立ち、愈いら立てばいら立つほど、それをそのまま小説に書く事が、三重吉にとっては、どうしても必要な事になって行ったのである。三重吉の神経は尖がり、気持は陰鬱になり、落ちつきは失われ、三重吉は懊悩し、彷徨する。前にも言ったように、当時の三重吉の希望は、生活を現実的な厚みを持って描き出す点にあった。然し事実三重吉が描き出したものは、三重吉の気分――三重吉の詩――懊悩し彷徨する三重吉の嘆きもしくは叫びに過ぎなかった。然もその詩は、前記の詩の美しさに比べて、恐ろしく醜く、重苦しく、冗く、いらいらした詩である。勿論その奥には三重吉の純真で傷つき易い魂が顔を覗けて居り、その魂の故に、人は三重吉の詩を無視する事を得ないのではあるが、外貌だけに就いて言えば、これらの詩は、詩というに値いしないと言われても仕方のない、醜いものしか持っていなかった。三重吉のこの彷徨時代は、相当長い間続いた。三重吉が其所から纔《わずか》に脱け出た事を示すものは、大正二年の『桑の実』である。

　勿論『桑の実』の世界は、嘗ての「花魁憂い式」のような、華やかな世界ではなかった。然し此所には、地味ではあるが、素直で、沁沁《しみじみ》して、寂しく、悩ましい、詩の世界がある。是は、『千鳥』や『山彦』に見るような、御伽噺《メールヘンハフト》的な世界ではない。家常茶飯の世界である。然し此所の家常茶飯の中から抽き出された詩は、それだけ三重吉の生活が一つの支柱を発見し、其所に落つきを見出し、其所から世界を眺めようとしている事を物語るサムシングを持っている。恐らく三重吉は、この時期に、自分の懊悩と彷徨との道草に気がつき、自分の生活と芸術とを、徐徐に自分の本領に向けて行こうと志し始めたのではないかと思う。然し一度現実の泥濘の中に顚がり廻った三重吉が、その本領の「小鳥の巣の描写」に帰って、其所にしっかり腰を据え得る為には、まだまだ相当の時日を必要とする。その事は三重吉が、『桑の実』以後大正四年の『八の馬鹿』までの間に書いた、いろんな作品に就いて見ても、想像する事が出来る。自分の詩と自分の生活との間に協調が成り立って、ともかくも自分の本領に安堵した人間に、例えば『八の馬鹿』のような、現実を嘲笑しようとして嘲笑する事が出来ず、纔に口のはたに痙攣的な皺を漂わして見せたような作品を、書く筈がないからである。

然し三重吉が、一度『桑の実』で自分の本領に帰りかけたという事実と、それが相当人人の好評を博したという事実とは、三重吉の中で、そのまま消えてしまう筈がない。今までに悶えに悶え、焦りに焦った三重吉にとって、この事は自分の目の前に、はっきり陸地が見えて来たという事である。あとはただ、それに漕ぎ寄せればよかったのである。——残念な事に、三重吉は『八の馬鹿』を最後として、小説を書かなくなった。三重吉はやがて童話集を出し始め、大正七年からは、童話・童謡の雑誌『赤い鳥』を出し始める。三重吉によると、三重吉が童話集を出し始め、『赤い鳥』を出し始めたのは、自分が子供を持って童話に興味を感じ、その方面の雑誌や単行本をいろいろ読んで見るにつれて、その文章・内容・表紙・挿画など、すべて愚劣で俗悪で、見るに堪えないもの計りである事に憤慨し、自分で自分の趣味に叶ったものを作り出そうと思い立ったのが、動機であるという。それは恐らくその通りなのだろうと思う。然し『千鳥』・『山彦』で自分の作家としての生活を踏み出し、中ごろその軌道から逸れはしたが、再び『桑の実』で自分の本領に帰った三重吉が、童話に興味を持ち、日本の童話界に新しい空気を注入しようと思い立ったという事は、単に自分に子供が生れたからというような、偶然の理由からのみではなく、その間にはもっと必然的な繋があるもののように見える。言うまでもなく童話の世界は、現実の上に、現実を超越して、現実に見出される事のないようなコムビネーションによって、世界が組み立てられている世界である。そういう世界と、彷徨と懊悩とに疲れて『桑の実』を書いた作者の世界との間には、どうしても響きを合せなければいられない、コンジニアルなものが存在している。

　三重吉は、小説が書けなくなった為に、潔く小説に見切をつけて、童話・童話の世界に隠れたのだと、言う者がある。或はそういう事もあるかも知れない。然し一旦創造の歓びを味った者にとって、殊に三重吉のように、華華しい出発点を持ち、仮令中途で彷徨はしても、更に自分の「陸地」を発見した者が、そう容易く小説を書く事を断念し得るかどうかは、問題だという気がする。三重吉から創造の歓びに与かる意志が失われなかったとしても、三重吉が童話の世界に没入する事によって、其所で彷徨に疲れた自分の魂を憩わせ、其所で生活に汚れた自分の魂を洗い浄め、更に新しく自分の「真面目を発揮」しようとしたという事も、十分可能な事だったのである。

然し、一つの雑誌を主宰し、隅から隅まで編輯を監督し、毎月一回約束の期日にそれを出し続けるという事は、三重吉が予想した以上に、三重吉の精力と時間とを奪ったに違いなかった。

その上三重吉は童話を書かなければならなかった。三重吉の童話はすべて翻訳ではあったが、然し選択の上にも、翻訳の上にも並並ならぬ苦心が施こされて、三重吉の童話は、創作以上に手間のかかったものであった。のみならず三重吉は、『赤い鳥』で、最も熱心に綴方教育に従事した。日本の小学生の綴方教育に働らきかけるという事は、未来の日本国民の考え方、感じ方、見方に働らきかけるという事である。これは、相手が純真な子供であるだけに、またその仕事の影響する所が遠大であるだけに、それに従事する者は、真面目であればある程、怖ろしいほどに、その責任の重さを感じなければならない仕事であった。三重吉はこの方面に深入りすればする程、童話を書く以外の一切の精力と時間とを挙げてこの仕事に傾倒しても、なお足りない事を、痛感したに違いない。

然もその事が三重吉に、仮令三重吉が、自分自身の詩の世界を、新しく表現する意欲を持っていたとしても、その意欲を抑制しなければならなくした事であるという事は、言うまでもない。『赤い鳥』の発行によって、三重吉が日本の童話界に貢献した所は、大きい。更に『赤い鳥』の童謡と綴方とによって、三重吉が日本の小学生の考え方・感じ方・見方に影響した所も大きい。然し三十年来の友人としての私から言えば、三重吉をしてもう一度創作に帰らしめ、三重吉に三重吉の本領を思うさま書きまくらせて、三重吉とともに歓びを分ちたかった。詩人としての三重吉には、歌いあげたいものが、腹の中に溜っていたに違いないからである。然も寂しがりやの三重吉の寂しさは、自分の詩を歌い上げる時に於いてのみ、そうしてそれに人人が響きを返す時に於いてのみ、充たされたに違いないからである。

（一一・七・九／『中央公論』昭和一一年八月号）

三重吉のこと

編輯者の希望に副えば、私は此所で『三重吉遺業の概観』というような題で、三重吉が生前した仕事は、すべて三重吉の内部の必然から生れたものであるという意味の事を書き誌すべきであった。生憎な事にその希望が私の所へ通じられたのは、私が既に同じような観点から『鈴木三重吉』を書いて、中央公論社へ送ったあとの事であった。その希望に副うとすれば、大体私は、その『鈴木三重吉』に書いた事を、繰り返すより外はない。それは私の好まない所である。勝手がましい事ではあるが、私は此所に、別な「三重吉のこと」を書いて、責を塞ぐ事にしたいと思う。

三重吉は決して古い友達を捨てなかった。三重吉には新しい友達から友達へと、どしどし移って行くというよりも、古い友達をしっかりつかまえて、心を外へ移さない、誠実な所があった。勿論三重吉は、我儘で、癇癪持で、酒にでも酔うと、手がつけられないほど、うるさい男であった。従って三重吉を十分理解している人間でないと、三重吉とほんとの友達にはなる事が出来なかったには違いなかった。仮令三重吉の方では、友達になりたいと思うほど、相手に親しみを感じていても、相手の方では恐れをなして、なるべく三重吉に近寄らない工夫をするというような事も、あり得ない事ではなかったからである。然《しか》しそれ計りではなく、三重吉には進んで友達を作ろうとするような所があまりなかった。一緒に酒を飲むような友達は、いくらでも新しく出来たかも知れないが、お互に許し合うような友達は、大抵三重吉の古くからの友達である。三重吉ほど、小学校時代の友達だの、中学校時代の友達だの、つまり彼の郷里、広島時代からの古い友達を沢山持っている者は、外にはあまりいないのではないかと思う。そうして三重吉はその友達を、その友達は三重吉を、心から愛しているのである。——是は、昨日と今日とでは、もうその友達が違っているというような人の多い文壇では、寧ろ珍らしい事だと言っていいだろう。

この事と、三重吉が自分の文章をいつまでも推敲して倦む事を知らなかったという事との間には、何か共通するものがあるような気がする。

三重吉が表現の文章に苦心惨憺した事は、周知の事実である。「鏤骨雕心」という言葉は、三重吉の為にわざわざ作って置かれた言葉ではなかったかと思われるほど、三重吉は文章に凝った。このごろこそ傍にいなかったから知らないが、三重吉の原稿は消しの為に真っ黒で、何所から何所へどう読んで行っていいのか、まるで見当もつかないようなのが多かった。然も三重吉は、それが新聞もしくは雑誌に載ると、また必ずそれに筆を入れる。纏めて単行本にする時にも、また訂正する。更にそれが別な形で単行される時にも、更に朱を加える。三度でも四度でも、絶えず自分の表現に磨きをかける事を懈らなかったのが、三重吉である。その点で三重吉は、確に昔の名人肌の、一国一途な所を持っていたようである。

漱石先生は然し、三重吉とは、だいぶ違っていた。勿論先生は、原稿を書き出す前に、是から書こうとする事を、頭の中で錬りに錬った。原稿を書く時でも、特にその前期の『幻影の盾』や『薤露行』のようなものを書く時には、あの字はいや、この句はいやと、自分で自分に贅沢を言い、俳句を作るような心掛けで、文章に凝りぬいた。然し一般的に言って、先生の原稿の消しは少なく、先生の原稿は綺麗だった。その上先生は、一度それを新聞か雑誌に発表してしまうと、其所によほどひどい間違か何かがない限り、ほとんどそれに手を触れる事がなかった。あとになって読み返してみて楽しむなどという事のないのは、無論の事である。——自分が一度書いてしまったものは、それまでの自分の最善を悉《つく》したものではあっても、要するにそれは自分の卒業したもの、自分の過去のものであるに過ぎない。そういう過去にいつまでも拘泥して、時間や労力を潰す位なら、自分はそれを現在の新しいものに使うというのが、先生の主義だった。自分の書いたものが、あとですぐ気に入らなくなるという点では、先生は三重吉と同じでも、先生は三重吉のように、その不満をその作品で訂正しようとせずに、外の作品で、次の作品で訂正しようとするのである。

三重吉が自分の過去の作品に幾度も手を入れているという話を聴いて、先生が、僕ならそんな事をしないで、新しいものを書くんだがなあと、言った事がある。然し三重吉は、依然として、手を入れる事を止めなかった。是は然し三重吉が、先生の言う事を聴かなかったというよりも、聴きたくても聴けなかったのだという方が、正しいだろうと思う。三重吉の凝り性は三重吉の天賦のもので、自分ではどうしようもなかったものに違いない。その点で三重吉は、漱石先生の進取的であるのに比べて、生れつきひどく保守的だったのである。

そうは言っても、三重吉の内部に動いていたものは、単に保守的な精神のみではなかった。例えば三重吉は、自分で出版屋になる事を思い立ち、今日の岩波文庫のような形で、漱石先生の小説や森鷗外さんの小説などを出版した事がある。是は間もなくやめてしまったが、然し大正年代の初頭に、三重吉がこういう仕事を思いつき、それに傾倒し、ほんの短い期間ではあっても、ともかく相当算盤のとれる仕事にしていたという事は、三重吉の中に、言わば先駆者的な、進取的なものが動いていた事を、証明して余りあるものではないかと思う。その後三重吉が『赤い鳥』を出し、童話雑誌の表紙・挿画を初め内容を改革し、童話・童謡・綴方の方面に清新なリアリズムと芸術的な芳香とを注入した事も、或は『赤い鳥』の童謡に新しい作曲を添えレコード屋と結んでそのレコードを作らしめ、もしくは『赤い鳥』社主宰の音楽会を催して、作曲家達に刺激を与えた事も、すべて、三重吉が単なる保守主義者ではなかった事を、雄弁に物語るものである。

それのみではない。三重吉は、その作品の上でも、驚くべく新鮮な、細緻な、鋭敏な感覚の持主である事を示している。三重吉が自然や人間から受とる印象には、何か天才の閃めきとでもいうようなものを想い浮べさせずには措かない、犀利な、的確な、対象の本質を、意外な角度から、ぴたりと言い当てている所があった。是が三重吉の武器となって、三重吉の世界の基調は寧ろ古いにも拘わらず、三重吉の世界を新しくし、三重吉の作品に二十世紀的な魅惑を用意した。

然しこの事は——三重吉が精神に於いては保守的で、感覚に於いては積極的であったという事、もしくは三重吉が内面的に、一方では古く、一方では新しかったという事は、事実は三重吉に歓びを与えるよりは、寧ろ悩みを与える方が多くはなかったかと思う。それらのものが歩調を合せて進行するのでない限り、片方は片方を束縛し、もしくは毀傷して、早晩三重吉に、安き心のない状態を招致するにきまっているからである。

もっとも三重吉はその点のみでなく、外に多くの矛盾するものを持っていた。三重吉は一方では詩に生きるロマンティシストでありながら、一方では算盤に明るいプラクティカルな所を持っていた。非常に摺れ枯しのような所があるとともに、非常に純粋な所を持っていた。なんでも分る通人のような所があるとともに、実に事理に暗い頑迷な所があった。無闇に気位が高いかと思うと、妙に下劣な所があった。清濁併せ呑むような親分肌の所を持っているかと思うと、箸の上げ下ろしにまでも小言を言わなければ気の済まない神経質な所を持っていた。あれほど美しいファンタジーを持っている反面には、本能的なものを病的に示そうとする醜さがあった。あれほど真実を持っているくせに、平気で嘘をつき、得意になって芝居をした。——考えて見ると三重吉は、実に矛盾だらけだった。人間は誰でも矛盾だらけであるには違いないが、三重吉ほど矛盾だらけな人間も亦あまり類がないかも知れない。殊に三重吉は、正直にその矛盾をさらけ出すだけに、一層その矛盾が顕着に目だったのだろうと思う。その点では三重吉は天醜爛漫な所があった。

　三重吉は我の強い男だった。三重吉が酒に酔うと、殊にそれが劇しかった。そういう場合、三重吉は必ず一座の者に号令をかけて、すべて自分の思い通りに振舞わせなければ気がすまない。号令が行われないと、何かにつけて絡み出すが、号令を行わせると、今度はいろんなおせっかいを始める。それさえ何か少しでも御機嫌を損ざすような事でもあると、酒の悪口を言ったり、料理の小言を言ったり、女に皮肉を言ったり、一座の誰かを目の敵に選んで、それに無闇に突っかかって行ったりする。こういう時は三重吉も不愉快だったに違いないが、端の者も甚だ迷惑であった。殊に目の敵に選び上げられた相手なぞ、三重吉を張り飛ばしてやりたい位に思ったかも知れないと思う。

　それにも拘わらず三重吉が、古い友達から離れ去られないのは、三重吉の強がりには、奥に非常に弱いもの、脆いものがあって、三重吉がそうして強がっている最中でも、ともすると、それがちらちら顔を覗けるからである。三重吉には、三重吉が酔っ払って、いくら勝手な熱を吹いていても、こっちが少し腰を据えて立ち向うと、すぐへたへたとひしゃげてしまい、どうかすると、ぼろぼろ涙をこぼし出すような事さえあった。そうすると今度はこっちがそれに絆されて、余計な事を言わなければよかった、したいままをさせて置けばよかったと、向うを痛わらなければいられない気になるのである。三重吉の我の強さは、ヒステリ的な女の我の強さに比較する事が出来る。三重吉の真実は酒に酔った場合、こういう形をとってでなければ、現われる事が出来なかったのかもしれない。

　その点を理解している限り、酒に酔った三重吉にいくら不愉快を感じた人でも、きっと三重吉を憎み切る気にはならなかったに相違ない。憎み切るには三重吉は、あまりに弱かった。且つあまりに淋しかった。三重吉の我の強さは、無神経で野蛮な我の強さではなかった。寧ろあまりに神経質で、あまりにリファインされている為に、すべてから圧迫を感じ、その圧迫を感じるのがやり切れないから、強いて強がろうとする所があった。つまり子供が夜道をあるくのに、声を張り上げて軍歌を歌うようなものである。この際の虚勢が即ち真実なのである。

然し三重吉は、よく嘘をついた。三重吉が嘗て『山彦』を書く為に、本郷台町の福栄館だったかの、高等下宿の三階に陣取って、鉄剤ヘモグロビンを常用しつつ、日夜執筆に専念していた事があるが、その時漱石先生が、さぞ金がいるだろうというので、五十円だかの金を懐ろにして、わざわざ自分を下宿にたずねて来てくれた。そんなものをもらう道理はないし、もらっては済まないから、自分は断然それを断った。すると先生は非常に嬉しそうな顔をして、そうか、それじゃ是で俺のうちの質を受け出す事にしようと言って、自分が五十円もらいでもしたように、いそいそと帰って行ったという話なぞは、一度私が、そんな事は到底あり得べからざる事だと言って、三重吉からひどく怒られた事のある話である。漱石先生がこっちから頼みもしないのに、押しつけがましく、金を持って行ったというのからが、既に私の腑に落ちない。然しそれはまあいいとしても、三重吉がその金を断ると、先生が、自分が金をもらいでもしたように、そうか、それじゃ是で俺のうちの質を受け出す事にしようと言って、嬉しそうにして帰って行ったなどというに至っては、お伽噺の世界か何かでなければ、到底あり得べからざる事である。三重吉が『山彦』を書いていたのは、明治三十九年の秋の事である。明治三十九年の秋に先生が質に入れるほど、金に困っている筈がない。よし又質に這入っていたとしても、そういう事を先生が、知る筈がない。先生はうちの暮し向の事には全然口を出さない人であったし、奥さんは又そういう事を、先生に決して知らさない人であった。是は恐らくその前年、三重吉がまだ休学して広島の近くの島に行っている時分、即ち明治三十八年十一月九日の手紙で、先生が『猫』の上巻の売行の事を書き、「猫の初版は売れて先達印税をもらいました。妻君曰く是で質を出して、医者の薬礼をして、赤ん坊の生れる用意をすると、あとへいくら残るかと聞いたら一文も残らんそうです。いやはや。」と言ったのが、どうかした工合で混線し、竟《つい》にこういう事実になったものに違いないのである。

　それからまた、三重吉が、千葉だか何所だかの待合にとまって、午頃起き出して酒を飲んでいたが、便を催したので、二階からじゃあじゃあ用を便じたという話がある。それが塀の向うに飛ぶと、運悪くその塀の下に兵隊が休んでいて、軍曹か何かにそのとばっちりがかかった。三重吉ははっとして障子を締める。軍曹は激怒して、靴のまま二階に跳り上がり、今小便をした奴はどいつだ出て来いと怒鳴り込む。大変な騒ぎになった時、三重吉の相手の芸者は澄したもので、誰も小便なぞ致した者はございません。唯私が杯洗の水を捨てましたが、それがあなた様のお召物にかかりましたか。どうもとんでもない麁相を致しました。どうか御免し下さいまし。御小用だと臭い筈でございますが、是御覧遊ばせ、こうして舐めてみても臭いもなんにもございませんと言って、その軍曹の肩に口を当てて、濡れている所を吸いとった、それで軍曹は黙って引上げて行ったというが、是も恐らく嘘だろうと思う。是もあまりに、三重吉の注文通りでありすぎるからである。こういう、浄瑠璃の中からでも抜け出たような、大時代な、然も三重吉の小便を舐めて三重吉の危難を救うというような、エロ味とグロ味とを兼ね具えている女は、三重吉の頭の中からでも出て来るのでなければ、現実の世の中に、そうそう生きていようとは思われない。是は三重吉のそうありたいと望んでいた事が、いつのまにか現実の姿をとったものに相違ないのである。三重吉には、事実と詩との境目がぼやけて、詩がとかく事実になってしまう傾向があった。

従って三重吉には、そういう空想上の出来事でも、繰り返し頭の中で動いているうちには、いつのまにか真実になってしまい、それを嘘だろうなんて言おうものなら、頭からどやしつけかねまじき権幕で怒られるのは、当然の事であった。三重吉にとっては、それは真実であったに違いないからである。またそれは、繰り返される度毎に生き生きしたヴィジョンとなり、従って描写が写生的になり、次第にその真実性をまして来るからである。

是は然し三重吉が、天成の詩人であって、空想の力を豊富に恵まれて生れて来たという事と、密接に関係する。詩人の頭の中に、一つの想像が浮ぶと、それに枝葉がさし、花が咲き、実がなる。丁度レンズのピントでも合せるように、それは次第に鮮やかになり、立体的になり、対象性をもち、動き出し、リアルに生きたものとして、詩人に働きかけ、詩人はそれを現実として受けとり、そうしてそれを現実的に表現する。それだからこそ三重吉は、例えば『千鳥』のような、もしくは『山彦』のような、美しい詩を、純然たる空想の所産として、あれほどリアルに描き出す事が出来たのだとも言えるのである。

三重吉のように、主観的である事をもって終始した人間には、主観に働らきかけた運動量の相違だけで、真実と不真実とが区別されるのだろうから、客観的には嘘以外の何ものでもないものでも、主観的には嘘と言われるに堪えないほど、儼たる事実になっていた事は、寧ろ当然の事だったかも知れない。ただそれが三重吉の場合、芸術生活と実生活との間に、截然たる区別がついていない点に、第三者の不満はあっても、三重吉から言えば、それが時宜に従って調節する事が出来ないほど、汪然と動き出すのだとすれば、それも亦已むを得ない事とするより外はないであろう。私は三重吉に対して、それは嘘に違いないと言って、屢《しばしば》三重吉から怒られたが、今から考えて見ると、私は三重吉に対して、詩と真実との境界線を無闇にはっきりさせる事だけを急いで、三重吉の頭の働き方の特殊性に、十分の思い遣りを持つ事が出来なかったようである。三重吉も悪いには悪いが、私も少しよくなかったと思う。

「小宮のはロジカルだけれども駄目です。たとえば私が金がないというと私に向って酒を飲むなと云うんでしょう。飲みゃしないと云うとだって酔ってるじゃないかと云うのです。

論理にゃ叶っているが忌むべき論理です。／私ゃ淋しくって酒を呑まずにゃいられないのです、酒を呑むと夫《それ》でも仕事をする気になるんです、飲まないと丸で寂寞で堪らない、所が飲んでも矢張り寂寞です、……」――是は明治四十四年五月の日記に、漱石先生自身が書き込んでいる言葉である。漱石先生に訴えているのが三重吉である事は、言うまでもない。先生が是をどういう気で日記に書きとめたか、今となってはその理由を精確に知る由もないが、然し恐らく先生も、人間には、理窟では癒やし切れない淋しさがある事を知っていて、三重吉に同情する気持で、是を書きとめたものではないかと思う。

然し先生の淋しさと三重吉の淋しさとでは、その性質が根本的に違っていたように思う。先生の生活には一貫した論理があった。然るに三重吉には、それがなかった。先生は道理に生きた。三重吉は感情に生きた。道理に生き徹す為には、人は多くの感情を踏み破って進まなくてはならない。感情に生きる者は、漂蕩恒なき世界に堪えなければならない。先生は自分の淋しさが、酒や女で癒やされるほど浅い淋しさではない事を知っている故に、酒や女に走る事をしなかった。三重吉は、そういう事を知っていながら、やっぱりそういうものに走り、そういうものによって自分の淋しさを麻痺させようとした、時期を持っていた。然しそうして麻痺させたあとの淋しさは、もっと深刻なものになって三重吉に襲いかかって来る。それだけ三重吉は、更にデスペレートな気持になって、それらのものの中へ跳り込まなければいられなかったようである。

北極探険の映画に、氷塊の上の白熊が鉄砲で撃たれ、何がこんなに自分を苦しめるかを知る事が出来ずに、自分に痛みを与える局部に、仇敵のように噛みつく光景を撮影したものがあったと記憶する。当時の三重吉の態度には、何かこの白熊を思い出させるものがあった。三重吉は、渾身の勇を奮って、自分に襲いかかる寂寥を駆逐しようとするのであるが、その駆逐の方法は、寧ろ三重吉の命根を噛る歯を自分の胸に当てる事で、その為め寂寥は、三重吉から遠ざからずに、反って三重吉に肉迫するのである。三重吉は、骨に徹する寂寥の重荷を背負って、のた打ち廻わらざるを得なかった。

そういう三重吉に対する言葉として、私は当時、実に残酷極まる事を言ったものである。仮令この言葉は、その方向に於いて誤っていなかったとしても、是が三重吉にとって、何の慰藉にも何の助言にもなり得なかった事は、言うまでもない。のみならず是は反って三重吉を不愉快にし三重吉を淋しくしたに過ぎなかったのである。私は『漱石全集』を読んで、此所に至る毎に、先生に対しても、三重吉に対しても、甚だ慚愧に堪えない気がする。勿論三重吉は後に、この淋しさの境地を通過して、ドメスティックな世界に安住し、可也《かなり》好好爺的な生活を送るようになったには違いない。然しこの言葉は、私に、何かいつまでも私が三重吉に、負い目を負っているような感じを起させるのである。

（一一・八・二三／『赤い鳥』昭和一一年一〇月号）

青春記

なんでも大正の初ごろだったので、四十年近い昔のことになるだろう。我我は廻り持ちでそれぞれの家庭に、毎月のように集って会食した。我我というのは、森田草平、阿部次郎、安倍能成、柏木純一、私の五人である。

柏木が結婚して麻布一の橋の新居に我我を招待したことがある。あるいはこれがこの会食の発端ではなかったかと思う。鈴木三重吉はどういうのか、この会にはいってはいなかった。三重吉には酔うととかく草平につっかかる癖があった。あの二人はなるべく顔を合せない方がいいということだったのかも知れない。

三田四国町の私の家で会をすることになっていた日に、その三重吉が偶然私を訪ねて来たことがあった。これは困ったなとは思ったが、しかしせっかくみんなで会食するときまっている日に、三重吉を帰すという法はない。私は三重吉を引き止めた。三重吉は喜んで参加すると言った。しかし段段酔が廻って来るにつれて、三重吉はやっぱり刺刺《とげとげ》しくなり、なんぞというと森田につっかかった。森田はこれを軽く受け流した。すると三重吉はこんどは私に向かって、私の家の悪口や庭の悪口を言い始めた。

私の借りていた家は、元妾宅に建てた家だとかいうことで、狭い家ではあったが万事が粋づくりにできていた。庭も狭い庭だったが、泉水があったり灯籠があったりして、待合の面影があった。三重吉はそれが気に入らないというのである。私は別にそれを好んだわけでもなかったが、三重吉の言い方が気に入らなかったので、三重吉の意見に反対した。外の連中も多く私の意見を支持した。

すると三重吉は、三重吉の膳のそばにうろうろしていた、うちの飼猫の首っ玉をつかむや否や、うるさいと言って、庭の泉水の中に叩き込んだ。この猫は可愛い仔猫だったので、私は腹に据えかね、三重吉を怒鳴りつけた。それが三重吉には淋しかったのだろう、三重吉はぼろぼろ泣き出した。私も三重吉にわびを言いたい気持になった。

それからどういう段取でそうなったものか覚えていないが、森田が急に大声をあげて泣き出した。これはあるいは猫で爆発した三重吉の癇癪《かんしやく》が、改めてまた森田に向けられた結果だったのかも知れない。それともこれは三重吉とは何の関係もなく、もういいかげん酔っ払ったので、森田が自発的に酔い泣きし出したのかも知れない。ともかく今度は森田が泣き出した。

すると安倍が座敷の隅に置いてあった、簞笥の上に登り上がった。安倍は簞笥の上で我我一座の者を見おろして洋服のままキチンと坐り、山上の垂訓をたれるのだと言って、

「子等よ子等よ」とかなんとか言い出した。酔った安倍は乱に及んだ一座の空気を取り鎮める目的でそうしたのだろうが、桐の簞笥は安倍の巨軀の下でミシミシ鳴った。

阿部と柏木と私とはにやにやしていた。三重吉も森田もあっけにとられた形で、改めて酒を飲み出した。

――我我の会食は始終こんな形態をとったわけではない。しかしかりにこんな形態の連続だったとしても、我我の会食は常に楽しいものだった。今思い出しても、この光景は実になつかしい。

三重吉はこの六月が十七回忌だった。森田が死んでからでも五年たっている。阿部と柏木とは仙台に住んでいるが、阿部は健康を害していて、恐らく十年以上東京に出て来ない。柏木は毎月一度は必ず上京するが、銀行の用が忙がしいので、ゆっくり一緒に飯を喰うこともできない。

昔の仲間のうちで始終顔を合わせていられるのは、安倍だけである。

（二七・八・五／『東京新聞』昭和二七年八月五日〈わが青春記〉「思出す会食の光景」を改題）

写真

三重吉は子煩悩だった。長女のすず子が年頃になると、髪を高島田か何かに結わせ、綺麗な着物を着せ、ちゃんとお化粧させた上で、料理屋だの待合だのへつれて行ったりした。すず子ほどの美しい娘を持っていたら、私もあるいはそんな気になったのかも知れない。しかし、そうでない私には、子煩悩にもほどがあるという気がしていた。

三重吉がなくなって程経てから、私はすず子の口から、三重吉がすず子の写真を始終机の上に飾っていたという話を聴いた。――私はうちにいて、始終眼の前を動いているのに、どうして私の写真なんか飾って置くのか、わけがわからなかったと、すず子が言った。親馬鹿だからさと、私はそれを軽くかたづけた。しかし肚の中で私は、それまでは少しも想像して見たことのなかった、まるで別なことを考えていた。それは三重吉がすず子を通して、死ぬまですず子の母を恋し続けていたに違いないということだった。

事情があって三重吉は、すず子の母と別れた。あとで三重吉の後妻になったお濱は、真に献身的に三重吉に仕え、また真に献身的にすず子姉弟を育て上げた。三重吉はお濱に感謝していた。しかしすず子が段段大きくなり生みの母親そっくりに段段美しくなって来ると、三重吉は恐らく絶えず別れた妻のことを思い出し、自分の非を悔い、相手に謝罪する気持とともに、相手に憧がれる気持をどうすることもできなかったのではないかと思う。しかし自分の許を去った女は、杳として消息を絶っている。現在自分の許にいる女は、自分にまめやかに仕え、自分の子供を実子以上に懇ろに育て上げてくれた女である。かりに三重吉がどうかしたい気になったとしても、三重吉はただすず子に高島田に結わせてつれてあるき、あるいは写真をとらせて、それを机の上に飾り、日夜秘かにそれを眺め入るより外、どうしようもなかったのではないかと思われる。そうなるともうすず子はすず子であってすず子ではなく、すず子の写真はすず子の写真であってすず子の写真ではなくなってしまうのである。

すず子の母親は、たしか二十歳前後に三重吉のところへ来たはずである。三重吉はその当座高島田だの髷だのを結わせて、よく連れてあるいていた。

（二四・一・二五／鎌倉文庫『文芸往来』昭和二四年四月号「某月某日」欄）

安倍能成

安倍能成　哲学者・政治家　一八八三〜一九六六

安倍のこと

ソクラテスは陣中でも往来でも、いつでもどこででも自由にものを考えることができたというが、安倍にもまた若い時分からそういうところがあった。昔修善寺で漱石先生が大病をした時、見舞に行って安倍も私も同じ宿屋に泊っていたが、見舞客の出入が劇《はげ》しく、周囲がひどくざわついている中で、安倍が朝日文芸欄の為の原稿を、二回分だか三回分だか、悠悠と書き上げたので驚いたことがある。今日でも私にはそういう芸当はできない。ということは、条件が揃っているのでないと、私にはものが考えられないということである。

もっともこれは、一つは習慣である。また内部に溢れ出る泉があるかないかできまる問題ででもある。私にそれができないと言って、別に驚くにはあたらないかも知れない。漱石先生も、必要とあれば衆人稠座《ちゅうざ》の中ででも、結構原稿を書いてみせると言ったことがある。寺田寅彦は本郷から深川まで、水産講習所へ往復する電車の中で、カントの『純粋理性批判』を読み上げた。湯川秀樹君は、いつどこででも考えたいと思う時に考えることができると言っている。中谷宇吉郎君はアメリカ旅行中の飛行機の中や汽車の中で『花水木』をかいた。結局これは自分の眼が視、耳が聴くものから煩わされることなしに、自分の欲するものにいつでも自分の心を集中することのできる、意志の力があるかないかできまる問題ででもあるようである。しかし今日の安倍の場合は、より多く、安倍の心が自由になって、環境に支配されることがなく、反って十分環境を支配することができるようになった結果であると思われる。意志が自然になったのである。認識が身になったのである。

利休は心の赴くところに従って矩《のり》を踰《こ》えずと言った孔子の言葉を、座右の銘にしていたのだという。今日の安倍の心の自由は、ほとんどこの境地に到達していると言っていい。

例えば私は人に会って話をすると、すぐくたくたに疲れてしまう。会議が二つ続いても、頭がぼうとなって、活発にものが考えられなくなる。しかるに安倍は、十人や二十人の客に会っても平気である。会議が三つ続こうが、能や芝居が四つ続こうがびくともしない。これは勿論安倍が無比の健康に恵まれているせいででもあるが、しかしそれとは別に、安倍の心が自由で超脱的で、余計なことに神経を使ったり拘泥したりせず、いつどこにいても平常心を取り失わないでいられるせいであると思う。疲れると安倍はどこでも居睡《いねむり》をする。しかしこれもまた安倍が心の赴くところに従うので、安倍ほど自然に居睡《いねむり》をしうる者は、恐らく、類がない。また居睡をしながら、安倍ほど灸所を取りはずさない者も、また類がないのである。そういう安倍を見ていると、安倍には何か不思議な勘のようなものがあって、灸所と灸所でないところとが前以って嗅ぎ分けられ、安倍はその灸所でないところだけを縫って居睡をするのではないかとさえ思われて来るのである。もっとも灸所と灸所でないものとを識別する――どういう問題にぶつかっても、その中で一番大事なことはなんであるかを識別して、全力を集中してそれと取っ組み合うというのは、安倍のものの考え方の特徴であり、安倍の生活はその修練の連続であると言っていいものだった。それだけに安倍の灸所の攫《つか》み方は、早いし、鋭いし、正しいし、またその処理の仕方も、必ずしも悉くとは言えないのかも知れないが、早いし、正しいし、適切である。裁断流るるが如しという言葉があるが、安倍の裁断はてきぱき、きびきびしていて気持がいい。これも安倍の心が自由で私がなく、従って右顧左眄《うこさべん》する必要がないところから来るのだろうと思う。勿論人を相手にする場合には、その裁断があまりてきぱきしすぎ、きびきびしすぎて、相手に気の毒な気がすることもなくはない。しかしそれはたいていそう思う方が気が弱すぎるので、誠実で私のない安倍の裁断は、決して間違ってはいないのである。気の弱い者はちょっとひるむような場合でも、安倍はただずばずばそれを言うだけの話である。

　安倍は愛憎の念が強いと言える。しかし安倍の愛憎は、正邪・善悪・美醜の判断のはっきりした基礎の上に立っている。いたずらに感情的もしくは感覚的に愛憎するのではない。その点で安倍の愛憎は、いわば公けのもの、男らしいものである。しかしひっくるめて言えば、安倍の底を流れているものは、無限の人間愛で、安倍はすべての人を抱擁し、すべての人に奉仕したい願いを懐き、且つそれを実行している。安倍の憎みは、実は相手に自分が愛するに値いする者になってもらいたいと祈る心の、変形なのである。

　安倍が学習院の再建という大任を背負い込みながら、なお且ついろんな仕事を引き受けさせられ、三人前も五人前も働いているのも、結局は日本に奉仕し、ひいては世界に奉仕しようとする、安倍の人間愛に外ならなかった。安倍は多くの点で私の及び難いものを持っているが、私の一番及び難いと感じるのは、この点である。嘗て安倍が大臣をしている時分、あまりに来客が多すぎ、そのため安倍が健康を害することを虞れたので、秘書官に命じて訪問客を調節させてはどうかと勧めたことがあった。しかし安倍は決してそれをさせず、一一来客に会ってはその請願や陳情に耳を傾け、時の移ることも自分が疲れることも意に介しなかった。ドイツ流に昼飯の時間を三時間とって、その間に昼寝をしてはどうかとも言って見たが、安倍はこれも聴き入れなかった。その時私は、安倍の人間愛に比べれば、私の中にはむしろ厭人的なものが巣喰っていて、それが私に己れを空しゅうして人に奉仕すること、安倍の如くならしめないのではないかと、しみじみ反省しなければいられなかった。安倍が身を粉にして働いているところをみると、今でもこの対照をつくづく感じざるを得ないのである。

（二六・四・五）

眼鏡

安倍がアメリカから帰って来るというので、羽田まで迎いに行った。

羽田の空港を見るのは今度が初めてである。外の空港を知らないから比較するわけには行かないが、どういうものか私には殺風景で、妙に荒れ果てた感じだった。勿論そのうちにはここにも何か一種の情調が出て来るのかも知れない。しかし空港というものは、あるいはどこでもこんなものなのではないかという気もする。

それはともかく、安倍が焦茶色のソフトをかぶり、ボストン型の眼鏡をかけ、双眼鏡のケースを肩にかけ、左手に小型のスーツケースを提げ、右手に真っ赤な花束を捧げて、飛行機から下りて来たのには、驚いた。

安倍はこのごろ帽子というものを被ったことがなかった。そうして二月も三月も床屋に行かない白髪《はくはつ》を、獅子のたてがみのように風に翻えしているのが、私には好ましかった。

それが変につままれたソフトで隠されているのである。のみならず安倍は、上が一直線で下が椀形になっている鼈甲《べっこう》縁の眼鏡をかけている。中谷宇吉郎君が前にアメリカから帰って来た時、妙に派手な洋服を着て、妙に派手な帽子をかぶっていたのを、何か中谷君らしくない、アメリカ帰りの若いハイカラを見るようで、ちょっと馴染めなかったことがあった。安倍のこの眼鏡にも似た意味で私は馴染めなかった。

真っ赤な花束は、近づいて見ると、花だか葉だか分らない花で、葉柄にあたる辺から、雄蕊《おしべ》だか雌蕊《めしべ》だか知らないが、ともかく黄色い蕊がぬうっと出ている。これは安倍がハワイを立つ日にもらったのだそうである。我我日本人から見ると、どうしても自然の花とは思えない。まるで造花である。しかし馴染めないとは言っても、これは何も安倍の身についているものではないから、帽子だの眼鏡だのほど気にはならなかった。

眼鏡のことをあとで安倍に聞くと、安倍が眼とすれすれに新聞を寄せて読むところを見て、五十年振に会った安倍の旧友が、サンフランシスコの眼医師と眼鏡屋とへ連れて行き、この眼鏡を買ってくれたのだそうである。それだから安倍は戦災以来の習慣を破って、眼鏡をかけることにしたのだというが、視力をいたわる為には、眼鏡をかける必要があり、サンフランシスコで買えばボストン型であるのも当然なのかも知れない。これは止むを得ないことである。そのうちには段段とこっちも馴染むに違いない。

しかし更にあとで聴くと、この眼鏡をかけていると、よく涙が出るし、どうかすると、一字書いた上に重ねて字を書くように、見当が狂うこともあるのだという。安倍はこれを眼が眼鏡に馴染まないせいであると解釈しているようである。私もそうかと思っていたが、しかし考え直してみると、これは眼鏡の度と眼の度とが合わないせいに違いない。もしそうだとすれば、反って眼鏡は安倍の眼を悪くするばかりである。これはこのまま捨て置いてはいけないのではないかという気がし出した。

安倍は今熱海で休養している。帰って来たら早速眼鏡屋へ行くように忠告しようと思う。

（二八・三・三）

アンシュリアム

去年安倍がアメリカから帰って来た時、葉っぱだか花だかわからない、真赤な花を持って飛行機から下りて来た。花は一弁で黄色い蕊《しべ》も一本にゅうっと出ているだけで、形は水芭蕉の花に似たところがあるが、感じはまるで違って、むしろ毒毒しくいかにも造花らしい感じのものだった。

これはなんという花なのかと訊いてみたが、しかし安倍は名前は知らないといった。立つ日にハワイでもらったのだそうで、このまま花瓶に挿して置けば、一月くらいはもつ花なのだそうである。ハワイと聞けば、いかにもハワイらしい、熱帯の花だという気がする。日本人から見ると、これは花ではないと、その存在を否定したくなるような花ではあるが、しかし花は葉っぱの変形であるという仮説を立てていたゲーテからいえば、これはその仮説を支持する有力な花であるらしくも思われた。

それにしても私は、その花の名前が知りたかった。安倍は名前を聞いたのだが、途中で忘れてしまったのかも知れない。もしそうだとすれば、そのうち思い出す機会がないとは限らない。そう思って私は、その後一二度安倍に、あれはなんという花かと訊いてみたが、その都度安倍は知らないと答えた。やむを得ず私は断念しなければならなかった。

そのうち今年になって長與《ながよ》〔善郎《よしろう》〕のうちへ行ったら、長與がこの花をかいた画があったので、ちょっと驚いた。長與の画には跌宕《てっとう》とか豪壮とか形容したい趣を持ったものもあるが、一面また妖怪的というか、神話的というか、そういう不思議な味のあるものもある。この花の画の味はむしろ後者に属するもので、そこにはいかにもハワイらしいエキゾティズムがあった。面白いねと讃辞を呈したあとで、君、この花はなんという名前か知っているのかい、と訊いたら、長與はアンシュリアムというのさ、と無造作に答えて、エー・エヌ・テー・エッチ・ユー・アール・アイ・ユー・エムと綴るんだと綴りまでへてくれた。一緒にいた安倍は、そうか、アンシュリアムというのかといった。安倍はやっぱり名前を聞かなかったのだろう。

帰って来て井上十吉の『英和大辞典』をあけてみると、そのアンシュリアムはちゃんと採録されており、「菖蒲属（学名Acorus）に類せる一属」で俗にフラミンゴ・プラントというのだと、説明がつけてあった。フラミンゴというのは紅鶴と翻訳されて、今はどうだか知らないが、昔は上野の動物園にも飼養されていた鳥である。この花を見てフラミンゴを連想したのは面白いと思った。フラミンゴにもなんとなく怪奇な趣きがあるからである。

その後岩波書店に行っていたら、ある重役のところへどっかから、この花が届けられた。

その重役はこの花の名前を知らなかった。ここぞとばかり私は、この花の名前を知るまでのいきさつを一席弁じた。

（二九・五・一）

森田草平と内田百閒

森田草平　作家　一八八一〜一九四九
內田百閒　作家　一八八九〜一九七一

森田草平

多分おととしのことだった。森田が信州から出て来て、安倍と私と三人で一緒に飯をくったことがある。その時森田が、おれはピースが日に三箱ないと足りないと言うから、よくそんなに手に入るものだ、それじゃうちの人が大変だろうと言うと、なに、なければ機嫌が悪いんだから、うちのやつはなんとかして来るよという返事だった。それで共産主義もないじゃないかと、私はひやかした。

去年森田が共産党に入党した時、私は二三の新聞から、それに関する意見を求められた。森田が共産党に入党したということは、私には滑稽なこととしか考えられなかったので、私はその旨を述べて、全部寄稿を断った。——それが森田に伝わったのか、それとも前年の話をおぼえていたのか、森田は入党後しばらくしてある雑誌に、おれが共産党に入党したと聞いたら、安倍や小宮は笑うだろうが、しかし漱石先生はきっと笑わないに違いない、という意味のことを書いた。

死人には口がない。その死人の漱石先生を引合に出して、自分にいろんな箔をつけようとするのは、さもしい了見である。しかし一面から考えると、森田の気持には何か釈然としないものがあって、森田は自分で自分に釈然とする為に、せめて漱石先生でも引合に出さなければいられなかったのかも知れない。もしそうだとすれば、何かあわれでもあった。

しかし一体に森田には、罪を他人に嫁して、自分はいい子になっていようとするところがあった。その点で森田は女性的でもあったし、嫉妬深くもあった。他の美をなすことを好まないところがあった。ということは森田は己惚が強かったということを意味する。漱石先生の『それから』は自分の『煤煙』の影響でできたのだと、森田は一時真面目に考えていたのである。

イプセンのペール・ギュントは自分の女房を放り出して置いて、三十年だか四十年だか勝手な放浪生活をしてあるき、くたくたになって郷里に帰って来て、それまで一人を守って自分を待っていた女房の腕に抱かれて死ぬが、森田はそういう夢を一生持ち続けていたように思う。元来すべての男はあるいはそういう得手勝手な夢を持つものなのかも知れない。しかし大抵な男は、それが得手勝手であることを反省して、それを夢として抱いているだけである。しかし森田は現実にそれを実行しようとした。その点では森田は驚くべき夢想家だったと言っていい。

私は森田とは近来うとうとしくなっていた。しかし新聞で森田の死を知った時には、さすがにはっと吐胸をつかれた。これは二人の間に四十年の歴史があるせいだろう。

（三四・一二・一七）

『実説艸平記』

内田百閒君の『実説艸平記』では、森田の呼吸が感じられるほど、森田が活き活きと描き出されている。しかもその森田は、いわば愛に包まれているので、全体の感じが暖かである。これは内田君の傑作の一つではないかと思う。

内田君は人間として実に純粋なものを持っている。ただ内田君の書くものや言うことには、一種内田流の衒《てら》いのようなものがあって、それがとかくお互の間に立つ傾向があるので、内田君の中の純粋なものがまっすぐに伸びて、こっちの胸に跳り込むことがない場合が、割に多い。ここではそれが影を潜めているというよりも、むしろそれが内田君の中の純粋なものを担い出す方便になっているので、特に我我は暖いものを感じとるのだろうと思う。もっともそれには森田草平という人間そのものが、内田君には丁度手頃な人間だったということも、与かって力があったのかも知れない。

一体作家が誰かを描こうとする場合、作家がその誰かをぎゅっとつかんでいるのでない限り、描かれた者は必ず活躍することがない。しかし相手をぎゅっとつかむ為には、作家は相手を愛するだけでなく、またある程度相手を見下ろすことができなくてはならない。内田君は漱石を比類のないくらい愛していたが、しかし内田君の描いた漱石が漱石としてあまり活躍していないのは、内田君が漱石を見下ろし、もしくは漱石から十分離れることができないからである。

その点で森田の場合はだいぶ違う。森田には善良なところと不善良なところと、両方があった。しかも森田はその善良を助長する努力や、その不善良を征服する努力を、特に試みようとはせず、むしろそれを得意にしているような自然児で、感情の赴《おもむ》くままに善良になったり不善良になったりしていた人間である。それだけに森田には、どこにも嶮しいところがなく、従って親しみ易く、また与《くみ》し易いところがあった。内田君から言えば森田は、いくらか玩具にしながらなお且つ腹の底で愛してるのに、丁度似合いな人間だったのだと思う。

不善なところに着眼すると、森田ほど道理の通らない人間はなかった。しかし善良なところに着眼すると、森田ほど愛すべき人間はなかった。例えば森田からひどく不愉快な思いをさせられることがあったとしても、森田から離れて森田の善良な面だけを思い出したりしていると、森田の不善良な面はいつのまにかリディキュラスなものになり、仕舞にはその不愉快をつい笑ってすましてしまうようなことさえ、屡《しばしば》出て来るのである。法政騒動では内田君は随分森田を憎んでいたようだった。しかし今日となっては、それをいつまでも根に持っている様子もなく、反って森田の立場を弁護し、森田に対して森田の愛すべき思い出ばかりを抱いているように見えるのは、内田君の森田に対する観点が、森田の善良性の上に確立されているせいに違いない。

私は森田の『煤烟』からは、随分芸術上の影響を受けた。その時期には私はまた、生活の上でも、森田から刺激を受けている。しかし間もなく私は、森田の影響下から離れた。離れてからは森田と私とは、むしろ喧嘩をしいしいつきあっていたと言った方がよかった。しかし喧嘩はしても私は、森田の中に善良なものがあるということだけは、疑わなかった。ただ森田の善良性をどこまで信じていいかに、私は迷わざるを得なかった。善良だと思っているといつのまにか善良でなくなっているのである。そうしてそれが幾度も繰返されるのである。森田には一貫するものがないとしか、私には思われなかった。しかし内田君のものを読むと、内田君はその点で迷っているようには、少しも見えない。それだからこそああいう暖か味が、内田君の書くものの奥から滲み出て来るのだろう。私はこの機会にもう一度森田の善良性について反省してみようと思う。

（二五・一〇・九／『図書新聞』昭和二五年一〇月一八日号
「草平と百閒——「実説艸平記」を読んで」を改題）

誤植

漱石の歿後『漱石全集』を出版することになって、森田草平と内田百閒と私とがその校正をひき受けた。私は一つも誤植のない全集を世の中に送る覚悟で、校正に従事しようとした。それはたしか大正七年(一九一八)のことだった。

私の受持は、私が編輯した、まだこれまで出版されたことのない、例えば漱石の書簡・日記・ノート・初期の文章・俳句・漢詩、その他の部分だった。私は二人の助手を使って、毎日のように築地活版所に通って、校正刷に眼を通した。

校正は三校を原則としていた。助手二人が眼をそれぞれ通したものを、更に私が眼を通すのが一校である。それを築地活版所の校正係が見て、私達の見落しがあれば、それを訂正した上で、我我のところへ再校刷となって届けられるのである。我我は一所懸命だった。にもかかわらず、見落しはいくらでもあった。再校・三校が来てみると、我我の見落しを監督するはずの築地の校正係の見落しさえ方方にあった。

私は懸賞して見落しを発見することに努めた。一字五銭だか十銭だか忘れたが、我我の方と築地活版所の方と、先ず二つにわかれて、見落し発見に賞を懸ける。ついで私と助手二人との間でも賞を懸ける。のみならず我我の間では、みんなが一度眼を通した校正刷を、更に私が受け持って、助手の一人に本文を特別な、意味の通じない読み方で読んでもらいながら見て行き誤植を発見しようとする、新しい方法を案出した。例えば「僕が二十三四にかきかけた小説が十五六枚残つて居た。よんで見ると馬鹿気てまづいものだ。あまり恥かしいから先達て妻に命じて反古にして仕舞つた」という本文の終りの方を「よんでケンるとウマ・シカ・キてまツいものだ。あまりチかしいからマズ・タツてツマにイノチじてハンコにしてシブつた」というように読んでもらうのである。

　築地活版所の校正係で『漱石全集』にかかりきりだったのは、たしか三人だった。私の方も三人だから、合計六人である。それが三度ずつ見るのだから十八度、それに右の特別な読み方の校合を入れるとすれば、我我は合計十九度眼を通した勘定になる。これなら安心だと思っていたが、しかし『全集』が出て見ると、誤植はやっぱりあるのである。自分でも発見するし、読者からも指摘して来た。

　私は情ない気がした。私は発見したり、指摘されたりする度毎に、初校・再校・三校の校正刷を点検して、一体この誤植は何校目から始まっていて、どこの誰の責任であるかをつきとめて見ようとした。しかし驚ろいたことは、そういう誤植の大部分が既に初校の校正刷にあり、それが再校から三校まで、ずっと誰からも発見されずにいて、そのまま印刷されたものだということだった。今まで見事隠れおおせていた罪人が忽然我我の眼の前に現われて、覆面をとってしまいでもしたように、私は気味が悪いような気さえした。

しかしこれは、考えてみると、人間の注意の緊張と弛緩とのリズムは、人人によってそれぞれ違っているとしても、その最大公約数のようなものがあって、そこでは人人の緊張と弛緩とは必ず一つのものになり、丁度その弛緩の谷の底にあたる部分にその誤植があったのだとすれば、眼を通した数は十九度でも、ついに発見されずにすんだのだと言えないこともないかも知れない。これは実験してみなければわからないことであるが、しかし私は何かそんなことでも想像しなければこの現象を説明して、自分を納得させることができない気がした。

今から考えて見ると、あの時もう少し私が学問的な立場に立ち得ていたら、あの校正刷の誤植の拠って来るところをつきとめて、人間の注意に関する具体的な有益な論文に纏めることができたのではないかという気もしないではない。なにぶんにもその時の私の態度は、責任の追及ということだけに向けられていたので、せっかくの好い資料も目前の問題に利用されたきりで、無意味に屑籠にほうり込まれてしまったのである。

（二七・七・一七）

誤伝の経路

森田草平がまだ法政大学に勤めていたころ、教員室で、夏目漱石は胃潰瘍《いかいよう》で死んだということになってはいるが、実は肺病で死んだのである。しかしそれを言うとお嬢さん方の縁談に差し障りがあるから、それで胃潰瘍で死んだということにしてあるのだと、一度ならず、たびたび言いふらしていたということを、ついこのごろになって耳にした。しかしこれは間違いである。漱石がまさに胃潰瘍で死んだのであるということは、漱石の死体を解剖した長與又郎博士の報告書によっても明白である。

この解剖には私も立会った。眞鍋嘉一郎君が主治医だったので、眞鍋君が長與博士と相談のうえ開腹して胃の腑を点検したのであるが、胃壁の方方が腐蝕されて血管が露出しており、ある個所では、それがほんの薄皮一枚だけになっている部分さえあった。眞鍋君がそこを指しながら、こんなになっているんだから、今度の出血で亡くならなかったとしても、先生はとうてい長くは生きていられなかったんだよと、自分でも諦め、ひとにも諦めさせようとでもするかのように、私に言った。そのあとで漱石の頭が截《き》り開かれて、脳髄が取り出された。これは特に長與博士の希望で、遺族の諒解を得て、手がつけられたものだった。漱石の肺が悪くて死んだのだったら、当然肺臓が点検されるはずである。しかし解剖のメスは少しもそちらへ及ぶことはなかった。それだけでも、森田の間違いは、はっきり証明されている。

もっとも漱石の兄さん二人は、若い時分肺病で死んでいる。漱石の姪の一人も肺病で死んだ。漱石自身も大学卒業後一年して喀血したことがある。そういう事実が森田の頭の中にあって、先生は胃潰瘍で死んだとはいうが、実は肺病で死んだのではないかというような想像が、ある時森田の頭の中に浮んだことがあるのかも知れない。のみならず明治二十七年の漱石の書簡の中には、自分が喀血した旨を友人に報告し、これまでの環境と遺伝と、どっちへ転んでも外れっこのない自分のことだからというような意味の文句があって、それが編輯会議で問題になり、万一お嬢さん方の縁談の妨げになってはいけないというので、遺伝だったか環境だったか体質だったか、そういう文字を伏字にしたことがある。それがまた森田の頭の片隅に残っていたかなにかで、お嬢さん方の縁談の差し障りになるといけないから、胃潰瘍で死んだということにしたのだと、歪んでいったものではないかと思う。

森田の記憶には、とかくそういうところがあった。自分の想像したものと、現実に体験したものとが変に接合して、事実が歪んだまま、事実として頭に残るのである。もっともこれは森田一人のことではなく、だれでも知らず識らずのうちに、こういう事実のとらえ方をする場合が多い。

しかし人はそういう場合、一度反省してみれば、少くともそういう大きな誤伝を、自分から作り出すようなことはなくてすむのである。

チョッキのまぼろし

登張正実《とばりまさみ》君がやって来て、お父さんの竹風老の話などをしているうちに、すっかり忘れていた昔のことを思い出した。それは森田草平、生田長江《いくたちょうこう》、阿部次郎、安倍能成、私などが竹風老を上置《うわぎ》として既に廃刊になっていた『帝国文学』を『赤門』という名前で再興しようと企画したということである。我我は神田美土代町の青年会館に一、二度集ったように思う。

発頭人は誰だか忘れてしまった。あるいは生田長江ではなかったかと思う。生田はそういうことが好きだった。生田が森田に賛成させ、森田が我我を仲間に引き入れたような記憶がある。なにしろそれは、その正月から『煤烟』を『朝日』に掲載し出して、森田はすばらしく有名になり、ある種の人達からは漱石以上とまで持ち上げられていた、明治四十二年（一九〇九）のことだったのだから、森田の鼻息の荒い時だった。しかしその企画は竹風老がしりごみをしてしまったので、結局は実現されずにすんだ。一方その年の十一月二十五日から漱石主宰のもとに、森田と私とが下働きとなって、朝日文芸欄が発足した。

竹風老の記憶によると、翌年の正月だかに森田が竹風老のところへ最後の返事を聞きに行ったところ、竹風老はとうてい自信が持てず、むしろ教師になって二高に赴任しようという気になっていたので、上置になることをきっぱり断ってしまった。すると森田はそれを聞いて、これ以上軽蔑しようはないと言っていいほど深刻な軽蔑の表情をして、ものも言わずさっさと帰ってしまったのだそうである。そういえば私は、何かそういう報告を森田から聞いたようにも記憶する。しかし森田はそれほど竹風老を軽蔑したようなことは言わなかったように思う。そう感じたのはむしろ竹風老の「脛《すね》に疵《きず》」があったせいに違いない。第一その時森田が竹風老をそれほど軽蔑したとすれば、ずっと後年、森田が法政大学の文学部の実権を握って野上を追い出した時、野上の代りに平田禿木を迎え、内田百閒の代りに竹風老を迎えることはなかったはずである。

　もっとも当時の森田の天下は、光秀の三日天下で、間もなく実権は再び野上に帰り、森田は竹風老から送り出される身になったのだそうである。――野上・森田の確執の精確なところは、私は仙台にいたので、よくはわからない。ただ森田は野上から拾われて法政の教授になった男である。その点から言うと、野上は飼犬から手を噛まれた形で、森田は分《ぶ》がわるい。勿論それにはいろいろ事情もあり、あるいは森田はかつぎ上げられて、心ならずも野上の敵になってしまったのかも知れないが、しかし森田には感情が高潮して来ると、とかく道理を通そうとする意志の鈍るところがあったから、敵方に廻わされているうちに、心から野上を憎むようになって、さまざまに言動したのかも知れない。

　しかし森田は死ぬ前に、野上から借りているチョッキがまだ返さずにある、あれを返さなくてはならないと、夢うつつのうちに幾度も繰り返して死んだのだそうである。私はこの話を聞いて、森田の純情に撃たれる気がした。森田は野上の情誼《じょうぎ》に対して、自分があんなことをしたのは、真《しん》にすまないことをしたと感じ、死ぬ前に野上にあやまりたい気がしていたに違いない。それが「野上から借りているチョッキ」のまぼろしとなって、末期《まつご》の森田に安き心を与えなかったものに相違ないのである。——森田はすれっからしでいるようでいて、心《しん》には純粋なところがあった。人のいいくせに、人がわるいことをもって任じるところもあった。竹風老が軽蔑の表情と感じたものは、むしろ失望・落胆の表情だったのではないかと思う。

（二九・三・一二／『東京新聞』昭和二九年三月一五日〈印象と記憶・4〉）

白髪

いくつの時から白髪になったのだと、人からきかれた。

いくつの時からだか、私はおぼえていない。しかし四十の年にイタリアをあるいていて、あるイタリア人から、お前はいくつになるんだときかれたことがある。あてて見ろというと、じっと私の顔を見詰め、どうも日本人の年はわからないと言いながら、帽子をとって見せろと、付け加えた。その通りにすると、お前の顔だけ見ていると二十代にしか見えないが、帽子をとったところを見ると、どうしても四十であると言った。これで見ると、少くとも私は四十で白髪になり、それが人の眼に立つほどだったことは明らかである。私の父は三十五で死んだが、死ぬ前の父の髪は相当白かった気がする。

そう言えば私はすでに洋行前に、行きつけの髪結床のおやじから、あなたは髪に栄養をくれないから、こんなに白くなるんだと、たびたびしかられた。おやじが栄養というのは、ポマードのことである。ポマードが果して栄養になるかどうかは疑問だが、しかし始終そう言ってしかられていたのは、洋行前四五年の間のことだから、私もあるいは三十四五で、すでに白髪が著しかったのかも知れない。

苦労すると白髪になると言われる。白髪三千丈憂によってかくのごとく長しという言葉もある。しかし私には苦労したために白髪になったという記憶が別にない。これはやはり遺伝なのだろうと思う。もちろん戦争中たしかに白髪はうんと殖えた。しかしこれも年のせい、食いものがないための栄養不良のせいで、精神的な打撃のせいではなかったのだろう。もっとも戦争中私は髪にポマードをつけたこともなく、髪結床には二月も三月も行かず、伸びたい放題に髪を伸ばしていたのだから、あるいはそのせいで白髪がうんと殖えたのかも知れない。白髪を蓬蓬《ぼうぼう》と伸ばしているのは、なんとなく悲壮で、自分には自分の食うや食わずの生活を象徴するような気がして、多少気に入っていないでもなかったが、しかし人から見るときたならしかったと見えて、ある友人はわざわざ自分のうちに私を夕食に呼んでおいて、髪を刈ってくれたことさえあった。

戦争がすんでから、何年振りかに内田百閒に会ったら、年をとってからそんなに髪をもじゃもじゃさせているもんじゃない。年をとると、それでなくてもきたならしくなるものである。ましてそんな白髪を馬のたてがみみたいに振り乱しているのは、はなはだみともない。少くとも月に一度は髪結床へ行って、せめて頭だけでも小ぎれいにしていらっしゃいと、痛切に意見された。それ以来、私は規則正しく毎月一度は必ず髪結床に通うことにしている。

このあいだ百閒が来て、小ぎれいになりましたよとほめてくれた。月に一度は必ず白髪に栄養をくれているんだから、髪もいくらかは黒くなったのかも知れない。それに戦争中よりも、よっぽど食いものもよくなっている。

（二九・五・二四）

野上豊一郎

野上豊一郎　英文学者　一八八三〜一九五〇

野上の死

二十三日の夜七時半ごろだったと思う。岩波書店の長田《ながた》〔幹雄《みきお》〕君が電話で、野上が死んだということを知らせてくれた。野上とは五十年に近い知合である。とたんに自分の横腹に穴があいて、寒い風がすうすう通る気がした。

野上と私とが一高に入学したのは同年だった。一高では今井政吉、青木嗣夫、堀田正昭などと一緒に、何号かの廻覧雑誌をつくったこともある。大学にはいって漱石先生のところへ行き出したのも、恐らくほとんど同時である。野上は英文学、私は独文学、専門は違っていたが、しかし私は漱石先生の講義は欠かさず聴きに行っていたし、木曜の面会日には毎週のように先生のところで顔を合せていたのだから、同じ専門の誰彼よりも野上の方が、はるかに馴染が深かった。

面会日の夜は、早稲田南町の先生のうちの書斎に、一時までも二時までも坐り込んだ。それから森田草平、鈴木三重吉、野上と私との四人づれて、議論をしながらぶらぶらあるいて、江戸川へ出、安藤坂を上り、柳町へ出て、当時森田が下宿していた、西片町の崖下の丸山福山町のうちのそばの、屋台のおでんやで酒を飲み、一渡り気焔をあげたあとで、三重吉と野上とは巣鴨へ、私は森川町の下宿へ、森田はすぐそばの、元樋口一葉が住んでいたというちへ、分れ分れに帰って行くのを常例とした。野上によると、巣鴨まで帰りつくと、たいてい一番鶏が啼くということだった。

おでんやにはいつもお神《かみ》さんが一人で店番をしていた。この神さんは、色の少し蒼白い、しかし太《ふと》り肉《じし》の、酌婦上りらしい女で、客扱いがうまかった。三重吉はこの神さんに興味を持っていたらしかったが、ある夜遊人《あそび》らしい男が屋台の暗がりに立っていたとかで、あの女にはうかつに手は出せないぞ気をつけろと、私に注意したことがある。これは恐らく三重吉が私にかこつけて、自分で自分に発した警告なのだろうと思う。

先生がなくなってから、私は野上とあまり会う機会を持たなくなった。そのうち私は仙台に行ったので、その機会は更に少くなった。法政で騒動が起り、野上と森田とが対立して揉み合っていた時には、私は森田側から話を聴くだけだったので、自然森田の方に同情する傾向があった。しかしあとで段段事情がわかってみると、結局野上は飼犬に手を噛まれたかたちだったので、私は改めて野上の方に同情した。森田は死ぬ前日だったかに、野上に借りていたチョッキを返すのだとかなんだとか、わけの分らないことをしきりに口にしたというが、森田もあるいは死ぬ前には野上に負目《おいめ》を感じ、それを返して置きたいと思っていたのが、こういう言葉になって現われたのではないかと思う。

暮の寛永寺で森田のお葬いの時、森田は君にすまないことをしたというので、あんなことを言ったのだよと、私が野上に言ったら、野上はなんにも言わずにただにやりとした。これであるいは二人の間には、和解が成り立ったのかも知れない。

それにしても最近引き続いて、森田が死に、野上が死に、前には三重吉が死に、寅彦が死に、漱石門下のおよそ同年配の者は、数えるほどしかいなくなった。この先きいつだれがまず召集されるか、それは我我にはわからない。我我はただ神妙にそれを待っているより仕方がないのである。

（二五・二・二四）

野上のこと

野上が死んだ。野上は運営委員として都民劇場組合出発の当初から組合のために尽力してくれた。一昨年の二月十一日軽微な脳溢血で倒れ、それ以来用心して委員にはとんど出席しなかったが、それでもブレインとしては、機会あるごとに相談に乗ってくれた。脳溢血は妙に週期的に襲いかかって来るものだと言われる。しかしその週期を越すと、あとはまたしばらく心配がないというので、野上のうちでは今年の週期が無事に過ぎたのを、みんなして祝うことにしていたのだそうである。ところが野上は丁度そのころから少し風邪をひいた。当人もうちのものも、ほんのかりそめの風邪だと油断しているうちに、二十三日の夕方、二声三声の鼾声を残しただけで、あっけなくなってしまったのだという。

野上は大学を出てからすぐ法政に勤め、ずっと法政の為に操を守り、終戦後は総長に推された。終戦後は根本的な学制改革があり、野上は戦災を受けた法政の復興に尽瘁《じんすい》しなければならなかった上に、私学聯盟だの大学設置委員会だの、その他それに似たいろんな仕事の為に、からだが二つあっても三つあっても足りない、急がしい思いをしなければならなかった。用心していたくても用心していられない場合も屢《しばしば》あったに違いない。野上は文字通り法政の為に一身を捧げてしまったのである。

こうして野上は法政の為に働くかたわら、いろんな著述をしている。嘗ては小説を書いたこともある。翻訳も随分している。能の研究もたくさんあるし、能面の研究もかなりある。戦前イギリスまで出かけて行って、能や能面について講演し、比類のないこの古典芸術を、それを専門に研究した日本人として、海外に紹介した功労も没しがたい。

明治四十二年（一九〇九）三月十四日の日記に、夏目漱石は野上の謡を評して、「臼川《きゅうせん》五位鷺の如き声を出す」と書いている。当時の野上はまったくおかしな声を出して謡をうたっていた。野上はしかし少しもひるまず、長い間かかってその悪声を鍛え、その悪声に磨きをかけ、見事にそれをサビのある声に仕上げた。素人で野上ほどの味のある謡のうたえる者は、あまりなかったと言っていい。それとは反対に野上は、学生の時分から器用に画をかいており、のちには能の舞台のスケッチをしきりに作っていたが、これは野上の謡ほど味のあるものではなかった。しかし簡素で軽妙ではあった。能が好きで、能に忠実だった野上のことだから、もし戦災に罹っていなかったとすれば、この種のスケッチは随分たくさん溜っていたはずである。適当な機会に適当な説明をつけてそれが展示されれば、能に興味のある人達には、恐らくいろいろ参考になることが多いだろうと思う。

（二五・三・八）

芥川龍之介

芥川龍之介　作家　一八九二～一九二七

芥川龍之介の死

「生きていた時分の芥川君と私とは、お互に呼び棄てにするような間柄ではなかった。然《しか》し、芥川君が既に一箇の歴史的な存在になって了《しま》った今日、私は、敢て彼を呼び棄てにし得る自由を持つ事にしたいと思う。」

芥川はなぜ死んだか。――芥川が死んだのは、芥川があまりに真面目であった為である、あまりに鋭敏なモラル・センスを持っていた為である、と私は思う。芥川は生理的に、生活力《ヴィタリティ》の欠乏の為に死んだのだと、考えている人もあるようである。それはその通りかも知れない。然し、芥川のその生活力《ヴィタリティ》を蝕んだものは、芥川の真面目である、芥川のモラル・センスである。芥川がいくら生理的に羸弱《るいじゃく》であったとしても、若し芥川が張三李四のように心理的に頑強であり得たならば、芥川は決して死ななかった筈である。

もっとも芥川は、道徳とか良心とかいう言葉を、ひどく嫌っていたようである。芥川は、自分はいかなる良心をも持ち合わせてはいない、あるのは唯神経だけであると、繰り返し言明してさえもいる。然し是は芥川が、自分の良心の存在を無視して了わなければいられないほど、良心を重荷に感じていたという事を物語るものではあっても、決して芥川に良心がなかったという事を物語るものではない。殊に芥川は、あるのは唯神経だけだと言っている。芥川は、自分の中のいかなる良心の存在をも否定しようとしたけれども、自分に作用して自分を苦しめる神経の存在だけは、竟《つい》に否定する事がなかった。然もその神経を染めている最も顕著な色彩は、「彼自身を恥じると共に彼等を恐れる心もち」――即ち罪の意識である。そうしてこの罪の意識こそは、芥川の神経を悸《お》びえさせ、芥川の心の平和を奪い、芥川の生活力を消耗させ、最後に、芥川を滅ぼして了ったものなのである。

芥川は、一面に於て、典型的なロマンティシストであり、また典型的な芸術至上主義者であった。この事は、人生を一行のボオドレエルにも若かないと言ったり、架空線から発する紫いろの火花を、命と取り換えてもつかまえたかったと言ったり、殊に、もし死体（註。解剖に必要な）に欠乏すれば、俺だったら何の悪意もなしに人殺しをするんだがと頭の中で考えたと言ったりしている、芥川自身の言葉に就いて見ても明白である。芥川の死を芸術的なものとして考えている人達は、恐らく芥川のこの一面に着眼するからの事であるに違いない。然し私は、違った意味では芥川の死を芸術的な死だと考える事も出来るけれども、そのままの意味では、到底その見方に同ずる訳に行かない。なぜなら芥川は、この意味でのロマンティシズムや芸術至上主義を竟に貫ぬき通す事が出来なかったからである。芥川は、もし死体に欠乏すれば、何の悪意もなしに、ほんとに人殺しをしたかも知れない。然し芥川はそのあとでは、その人殺しのために、必ず、自分が殺される以上に悩んだに違いないのである。芥川は自分を芸術至上主義者ではないと言っている。まったくその通りである。ロマンティシストであり芸術至上主義者であった芥川は、そのロマンティシズムや芸術至上主義を、究極のところ、言わば芥川の底を流れていた倫理主義というようなものから、動揺させられ崩壊させられ粉砕されて了ったのである。

芥川は早くから、少くとも理論的にだけでも、人生そのものに対する興味を失っていたようである。芥川にとって人生は灰色のじめじめした単調で退屈な生活の連続であった。然も、その落寞から彼を救ってくれたものは、彼の芸術である。もしくは芸術一般である。芸術は芥川にとっては、人生を超越したものであり、別乾坤を形づくるものであり、人生を蒸餾して得られた刺激の強い香りの高いエキスであった。芥川はこの人工の楽園に立て籠る事によって、香りも色も光もない人生を見下ろしながら、その上に軽侮や反語の微笑を浴びせる事が出来たのである。「人生は二十九歳の彼にはもう少しも明るくはなかった。が、ヴォルテエルはこう云う彼に人工の翼を供給した。彼はその人工の翼をひろげ、易やすと空へ舞い上った。同時に又理知の光を浴びた人生の歓びや悲しみは彼の目の下に沈んで行った」と芥川は書いている。是は芥川がヴォルテエルを通して、理知の力によって人生を或距離から眺める事を知ったという事を我我に報告するものであるには違いないが、然も是は、直ちに移して、芥川の芸術と人生との関係を説明するものと見做《みな》す事の出来るものである。

人工の楽園が人生から游離している限り、なんの問題も起りようがない。然もその人工の楽園が人生から游離している限り、其所の空気は人人に多くの捨離を要求する。然し全然風流人にはなり切って了えないほど多欲に生れついた芥川は、そうして一面では十分にリアリストででもあった芥川は、その人工の楽園に立て籠って、多くのものを捨離する生活に、じっと堪えている事が出来なかった。芥川は、今まで顔を背けるようにして来た人生に、再び接触し始めなければならなかった。という事は然し、此所で芥川のロマンティシズムや芸術至上主義が、芥川のリアリズムにその支配権を譲ったという事を意味しない。反対にそれは、そういうロマンティシズムや芸術至上主義がリアリズムと一緒になって、芥川をして、人生そのものの中に生きた芸術を求めしめたという事を意味する。別な言い方をすれば、芥川は、人生そのものの中に踏み込んで、其所から、新たな、よりリアルな人工の楽園を組み立てるに必要な、刺激の強い香りの高い、生きた材料を蒐集しなければいられなくなったのである。

其所に問題の起り得る機縁が成就する。

人生そのものの中に刺激の強い香りの高い——芸術を求めるためには、——人生そのものの中に人工の楽園を築いていつまでもその光輝を失わせないためには、所詮、人は徹底的なエゴイストになるか、それでなければ、徹底的なロマンティシストにならなければならない。人生そのものは常に芸術を提供し得るものではないとともに、一旦それを提供した以上は、それが芸術としての性質を持ち続けるか否かに論なく、いつまでもその代償を請求して止まない傾向を持っているからである。然し芥川は、その代償を拒絶すべく、あまりに鋭敏な良心を持ちすぎた。然しその代償を支弁すべく、又あまりに多く芸術家でありすぎた。

坂田藤十郎は自分の芸術のために人妻を誘惑したと言われる。ゴーンクールの書いたラ・フォースタンは自分の芸術のために、所天の末期の苦悶を観察したあとで、鏡に向ってその表出を研究する。ラ・フォースタンはそれを所天から見つけられ即座に離縁されて了ったが、藤十郎はその翌日その女の所へ、芝居をするに就いて研究のためにあんな事をしたに過ぎない、どうか悪く思ってくれるなと、謝りに行ったのだそうである。

ラ・フォースタンは自分の芸術のために自分の情合を忘れた。藤十郎は自分の芸術のために他人の情合をおもちゃにする。自分の情合を忘れても、他人の情合をおもちゃにしても、ともかく彼等は、そういう風にしなければいられないほど、自分の芸術を愛していたのである。人間的な、もしくは倫理的な立場から言えば、彼等は正に化物のようなものであったには違いない。然し、芸術至上主義の立場に立てば、それほどまでに自分の芸術を信仰し熱愛する彼等の決然たる態度は、寔《まこと》に羨やむべきものがあるとも言える。彼等は徹底的なエゴイストであり、もしくは徹底的なロマンティシストである。例えば藤十郎の場合、相手の女が藤十郎の誘惑に乗って、本当に藤十郎を恋したとしても、藤十郎は恐らくその恋に応じもしなかったろうし、応じないとしても別に気の毒とも済まないとも思いもしなかったであろう。それが女にとってどんな犠牲を意味するものであるかを知ったとしても、藤十郎はそれを、自分の芸術に捧げられる当然の犠牲に過ぎないとしか考えなかったであろう。彼の良心は、こうして、いつでも明るく且つ晴れやかである事が出来た。

然し芥川はそうは行かなかった。

無論芥川は自分の芸術を熱愛していた。生活欲は少しもないと言明する時でさえ、制作欲だけは残っていると附け加えるほど、芥川は自分の芸術を熱愛していた。然し芥川は、藤十郎のように、自分の芸術を宗教的に信じきる事が出来なかった。同時に芥川は、多くの天才達のように、自分の才能を宗教的に信じきる事も出来なかった。人生に対してスケプティックであった。――芥川は、纔《わずか》に芸術の上に生きていたけれども、然し根柢では、その自分の芸術に対しても、その自分の才能に対しても、亦スケプティックであった。

——芥川は「あらゆる善悪の彼岸に悠々と立っているゲエテを見」て「絶望に近い羨ましさを感じた」と言っている。そうして「しみじみ生活的宦官に生れた」自分自身を「軽蔑せずにはいられなかった」と言っている。芥川は、ラ・フォースタンのような場合を経験するとしても、心の痛みなしには、鏡に向ってその表出を研究する事は出来ないに違いないのである。藤十郎のような場合を経験するとしても、十字架を負う事なしには、その女の所へ謝まりに行く事は出来ないに違いないのである。

然も芥川にとってフェータルな事は、それにも拘わらず芥川が、ラ・フォースタンの場合のような、もしくは藤十郎の場合のような場合の中に、進んで身を置かなければいられない、特別な、劇しい衝迫を内に蔵していたという事である。

芥川は聡明な理知の所有者であった。従って芥川には、自分の心の中のいろんな動きが、可也《かなり》の程度までは、手にとるように見えた。同時に、それらの心が外に動き出て、凡《およ》そどういう結果を生むものであるかという事も、可也はっきり分っていた。同時にまた、その事が凡そ可能である限り、ある心の動きを、まだ芽でいるうちにつかまえて思いの儘に変形する事も出来た。従って、こういう衝迫に対しても、その聡明な理知は、幾度か苦い経験を嘗めさせられて、その善後にもしくはその防遏《ぼうあつ》に、あらゆる手段を講じたに違いないと想像される。然し「僕の意識していない部分は、——僕の魂のアフリカはどこまでも茫々と広がっている。僕はそれを恐れているのだ。光の中には怪物は住まない。しかし無辺の闇の中には何かがまだ眠っている」と芥川自身恐れているように、それは、聡明な芥川の理知を以ってしても、竟にどうする事も出来ない——芥川の理知の支配力を超えた、ある知れざる力であるに外ならなかった。然もそれは、善悪を超えた力であり、火山のように卒然として噴出し得る力であった。

　藤十郎の心理は寧ろ簡単である。それが知れざる力であるにしろ、知れたる意志であるにしろ、藤十郎は唯その命令を聴いて、命令どおり実行しさえすればよかった。然し芥川は、欲する欲しないに拘わらず、先ず知れざる力の命令に聴かなければならなかった。然もそれは、多くの場合、芥川の中の倫理が、必ず是認しないものであった。然し、一方で芥川の中の芸術家は、無条件には、その否認を肯定しなかった。然も自分の芸術並に芸術家としての自分の才能に対する究極のスケプティズムは、芥川の中の芸術家の主張を十分力強いものにする事が出来なかった。芥川の中では、段段に倫理が、鉄のような厳めしさをもって、外のあらゆる心を支配し始める。然し、知れざる力は、その支配を嘲笑するように、いつのまにか、再び噴出を始めるのである。芥川は遅疑なく知れざる力のみに仕える事も出来ない。無条件に倫理のみに仕える事も出来ない。されば と言って、断乎として芸術のみに仕える事も出来ない。どれにもそれぞれにいくらかずつ仕えて、どれにもそれぞれに十分徹底する事が出来ないのである。「彼はいつ死んでも悔いないように烈しい生活をするつもりだった。が、不相変《あいかわらず》養父母や伯母に遠慮勝《が》ちな生活をつづけていた。それは彼の生活に明暗の両面を造り出した」とあるのは、可也の程度にこの間の消息に触れているものである。

ニイチェは、『ツァラツストラ』の中で蛇が口の中へ這い込んだ男の事を書いている。ツァラツストラが大声で喰い切れ、喰い切れ、と声を掛ける。それに励まされて男は、全身の力を自分の歯先に集めて、一気にその蛇を喰い切って了う。蛇を喰い切ってその男は、今まで一生の間に経験した事もないような、朗らかな笑いを笑った。

芥川は、蛇を喰い切りさえすれば朗らかな笑いが笑えるという事を、知っていた。知っていたればこそ芥川は、蛇を喰い切る努力を――思い切って乱暴になり、思い切って赤裸裸になる努力を、幾度かその作品の上で試みているのである。芥川は死ぬ一二年の間、余所目にはやけ糞になっているのではないかと怪しまれたほど、何かとり乱したものを書いた。『新生』の主人公を、老獪な偽善者だと言ったのもこの時分である。ストリンドベリを嘘つきと言ったのもこの時分である。芭蕉を大山師と言ったのもこの時分である。それのみではない。その死後遺稿として発表されたものの中には、不断の芥川を知っている者から言えば、芥川が決死の覚悟をしなければとてもこんな事は書かなかったに違いないと思われるようなものが、随所に続続と書き連ねられている。是は芥川にとっては、絶望に近い、大飛躍である。芥川は、渾身の力を揮って、その蛇を喰い切ろうとしたのである。然し芥川には蛇を喰い切る力がなかった。「丈の高い唐黍は荒あらしい葉をよろったまま、盛り土の上には神経のように細ぼそと根を露わしていた。それは又勿論傷き易い彼の自画像にも違いなかった。しかしこう云う発見は彼を憂鬱にするだけだった。『もう遅い。しかしいざとなった時には……』」と言っていた芥川も、その「いざとなった時」を違った意味に用いなければならない事を意識しないではいられなかった。

　蛇を喰い切った男は、それをするために、ツァラツストラのような、声を掛けて力をつけてくれる人を持つ事が出来た、然し芥川には、そのツァラツストラがいなかった。その自叙伝小説の後半部に於いては、ほとんど同じような心持の世界を持っていたストリンドベリは、――そのため死ぬ一二年特に芥川が愛読もし影響も受けたらしく見えるストリンドベリは、――神を疑い神を否定しようとしたにも拘わらず、結局はその神に於いて自分のツァラツストラを持つ事が出来た。是は恐らく、子供の時から浸み込んで、殆んど一つの本能のようなものになっている神が、ストリンドベリの中に動いていたためであろうと思う。然し芥川の中には、多くの現代の日本人と同じように、そういう本能のようなものになった神は、何所にも動いてはいなかった。然も後天的に何ものかを信じ得るためには、芥川の頭脳はあまりにリアリスティックでもあれば、又スケプティックででもあった。殊に、息ぐるしく悩ましく、睡眠の平和をさえ人工的に用意しなければならなかった時分の芥川は、悪魔の存在は信じ得ても神の存在は信じ得なかったようである。

芥川は死んだ。蛇を喰い切る力もなく、ツァラツストラを持つ事も出来ず、然も口に蛇をくわえている事に堪えられないものは、結局、徐ろに自分を滅ぼしに来るものを待つか、自分で自分を滅ぼすか、途《みち》は唯二つしか持っていない。芥川は、自分で自分を滅ぼして了った。然も芥川は自分で自分を滅ぼす事によって、自分がいかに真面目に人生を苦しんだかという事を証明した。芥川がいかに真面目に人生を苦しんだかという事は、既に遺稿として発表された、彼の作品の幾つかが鮮やかに証明している。然し彼の死は、それらの作品による証明の上に、最後の最も鮮やかな証明をつけ加えたものである。仮令作品の中を流れる芥川の真面目と倫理感情とを認識する事を拒む者はあり得ても、芥川が明らかな意識下に自分で自分を滅ぼしたという事実を拒否する者はあり得ない。その意味で芥川の死は、芥川のそれまでに書いたどの作品よりももっと力強い作品である。

芥川は是まで、才人と言われ、技巧家と言われ、警句家と言われ、芸術至上主義者と言われ、その他いろいろに言われた。芥川はそういういろいろのものでもあったには違いない。然し、それよりももっと大事な事は、芥川が恐ろしく真面目であった事である。『行人』の主人公は、「人間も気狂にして見ないと本心がわからないのか」と言った。芥川も死なければ或はその本心を人に分からせる事は出来なかったかも知れない。然し芥川は、死んだのである。死んで本心を出したのである。死なずに本心を出した積りでいる人よりも、是はどんなに立派な事だか分からない。

（四・五・五／『中央公論』昭和四年六月号）

一挿話

芥川君は、亡くなる年の春、改造社から頼まれて『現代日本文学全集』宣伝の講演旅行に、北海道まで行く途中、仙台の私の所を訪ねてくれた。私達は一緒に太田〔正雄＝木下杢太郎〕の所へ行き、三人で昼飯を喰って別れた。

芥川君は、私の家で、いろんな話をした。九州大学へ来ないかと言われているが、どうしようかと思っているとも言っていた。私は、それは可《よ》い、君は今非常に疲れているようだから、当分休息するつもりで、是非九州に行って来玉えと勧めた。然《しか》し芥川君は、それに対して、別にはっきりした返事はしなかった。

芥川君は仙台には、里見〔弴〕君と一緒に来て、一緒な宿にとまったようである。里見君は是から児島〔喜久雄〕の所へ行くと言い、自分はあなたの所へ来ると言い、結局離れ離れの行動をとる事になった。私は児島に会うと気づまりに感じる、里見君はあなたに会うと気づまりに感じるのだそうだ、然し私はあなたに対しては、水揚をされたお酌が、その旦那に対するような気持を感じている、とも芥川君は言った。この言葉は、一寸私をどぎまぎさせた。水揚をされたお酌がその旦那を懐しさ計りをもって思い出すとは、必ずしも保証する事が出来ないからである。あるお酌は、その旦那に憎悪のみをしか感じないのかも知れない。私は、実は僕も一寸そういう気がしていると、答えざるを得なかった。

——

芥川君が『新思潮』に『鼻』を書いて、夏目先生の所の木曜会で有名になって以来、初めて芥川君の小説を買いに来たのは、『新小説』だったと記憶する。是は当時『新小説』の顧問のような事をしていた、鈴木三重吉の指金であった。そうして出来あがったのが、たしか『芋粥』である。

その時私は、『時事新報』に頼まれて、その月の小説の批評を書く事になっていた。当然私は芥川君の小説を取り上げて問題にした。恐らく是が公けの舞台で芥川君の小説を批評した、最初のものではなかったかと思う。少くとも芥川君は、私のこの批評を、そういうものとして記憶していてくれたに相違ないのである。それでなければ芥川君が、自分自身を水揚されたお酌に比較する事が、意味をなさない。

然し、私の批評は、芥川君の小説を、ただ褒めた計りではなかった。精《くわ》しい事は忘れてしまったが、私は、私の批評の終に、頭の良い人が、自分の事は棚に上げて、他人の欠点ばかりに眼を着けていると、その人は屹度《きっと》バーナード・ショウになる、芥川君がショウになるとは思わないが、気をつける必要があるというような事を附け加えた。是は、後で考えてみると、余計なおせっかいであった。その上此所には、何か親切めかして口を利いている奥に、一種の悪意が動いている事も、見遁がす訳には行かない。然し私は当時、それでいっぱし芥川君の灸所を剔《えぐ》ったつもりか何かで、得意になっていたもののようである。

それが恐らく夏目先生の炯眼に視てとられたものに違いない。次の木曜に先生の所へ行ったら、君は芥川の批評の中に、ショウの事を書いているが、あれはいけないと、いきなり先生から小言を言われた。すると、其所に来合せていた芥川君は、言下に、いや、あれは、頭の良い人が、自分の事を棚に上げると、ショウになるというので、私の事をショウだと言ってあるのじゃありません。私とショウとは違うと書いてありますと、私に代って返事をしてれた。先生はそれぎり、黙ってしまった。私も何も言わなかった。然し私は、何か芥川君から、ひどく手際よくうっちゃりを喰わされたような気がしていた。

勿論是は、当時私がそう感じたというのみで、それが当っているものやら当っていないものやら、私には、はっきりした事は分からなかった。その上そんな事は、そういつまでも覚えているほどの事でもない。私はそれを、いつのまにか忘れてしまっていた。然《しか》るに芥川君が突如として私を音ずれ、突如として私に言いかけた言葉は、また突如として私を大正五年の秋の、漱石山房の木曜会の一夜につれ返り、私をして、その時経験した一切の経験を、まざまざと再経験させるに十分だったのである。私は、当時、私が芥川君に対して持っていた、愛と憎みとの交錯した不思議な感情を、思い起した。そうして私は、或は芥川君も当時のそういう感情を記憶していて、それだから、わざわざこういう妙な比喩を用いたのではないかと考えざるを得なかった。そう思うと同時に私は、純粋な愛情からのみではなく、例えば野獣のような愛と憎みとを絡み合せた、不思議な慾望から、処女を傷つけた人間が、心鎮まってから感じるであろうような、心の痛みを不図《ふと》感じた。僕も一寸そういう気がすると、私が答えたのは、実は当時の悪意に対する悔、もしくはひそかな謝罪の心持も、多少は交っていたのである。

それが芥川君に通じたかどうか、分からない。それよりも何よりも芥川君の方で、そういう意味を含めてあの比喩を用いたものであるかどうか、それさえも分からない。然し今となってはもう、どうする事も出来ないのである。

（一〇・四・一／『芥川龍之介全集』月報第七号　岩波書店、昭和一〇年五月刊）

小宮豊隆

コミックエッセイ
香日ゆら

漱石門下の小宮豊隆

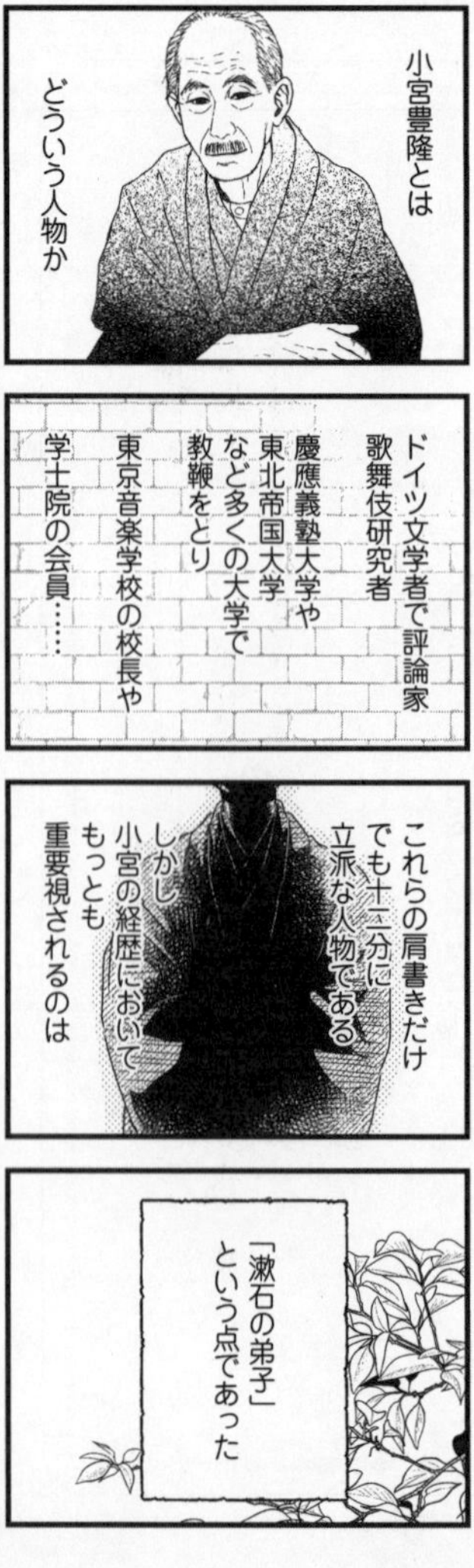

小宮豊隆とは
どういう人物か
ドイツ文学者で評論家
歌舞伎研究者
慶應義塾大学や
東北帝国大学
など多くの大学で
教鞭をとり
東京音楽学校の校長や
学士院の会員……
これらの肩書きだけ
でも十二分に
立派な人物である
しかし
小宮の経歴において
もっとも
重要視されるのは
「漱石の弟子」
という点であった

「漱石から生まれた男」
小宮は
『三四郎』のモデル？
まぁ僕だよね～
自他共に認める
最も愛された弟子である
素晴らしい
漱石を残そうと
本邦初の個人全集である
漱石全集の刊行に奔走し
漱石研究の基礎を作った
功労者であると同時に
理想化した漱石だ
漱石神話だと
批判され
漱石神社の神主と
揶揄もされるが
「漱石の弟子」
という二つ名を
背負い続けることは
小宮豊隆にとって
不幸ではなかった
明治十七年　福岡県の
犀川村(現・みやこ町)に
生まれた豊隆は
このあたり
幼い頃に父を亡くし
小宮家唯一の男子として
大事にされて育ち
明治三十五年
故郷から遠く離れた
第一高等学校に進み
明治三十八年には
東京帝国大学独文科に
入学した
倫敦で知り合った
帝大の講師を
紹介するから
保証人になって
貰えばいい
従兄・犬塚武夫
君が
小宮くんか
は…はい

そんな流れで夏目家に出入りするようになった小宮は
今日泊まってもいいですか?
帰れ
漱石の影響を受けたり
漱石
森田
三重吉
他の弟子に影響を受けたり
お〜
漱石を父親のように慕ったり
おとっさんはどうだろう先生にして友達だね
漱石の修善寺の大患に自分の結婚式を放って福岡から駆けつけ
マリッジブルーになったり
はあ〜
調子に乗ったり
ムフン
先生は爺さんだから
派閥を欲しがったり
朝日の文芸欄を私物化してキレられるの図
ひぇ〜
先輩風を吹かせたり
先生はやり込めるのが好きなんだから
じゃんじゃんやりたまえ
芥川
漱石の葬儀では弔辞を読み
解剖にも立ち会った

※本書「修善寺日記」参照

小宮が酒を飲んだとか芸者を揚げたとか云ふ事を
臆面なく僕の前で話すのを僕は可愛い男と思つている、（中略）
小宮は馬鹿である、（中略）
其馬鹿を僕の前で批判を恐れずに曝露してゐる、（中略）
僕は彼の行為飲酒其他を倫理的に推称しない、
けれども敗徳の行為とは認めない、つけ〳〵罵倒するにも拘はらず、
不徳義漢とは考へてゐない、あれで可いぢやないか、

明治四十四年　二月二十四日
坂元三郎（雪鳥）宛漱石書簡より

底　本

『漱石・寅彦・三重吉』岩波書店　一九四二年一月刊

休息している漱石／漱石二十三回忌／漱石と恋愛／漱石二題／漱石と読書／漱石と画／漱石と烟草／偽物／注釈／修善寺日記／『漱石・寅彦・三重吉』序／「寅彦全集」／「破門」／『回想の寺田寅彦』序／三重吉の思い出／鈴木三重吉／三重吉のこと／芥川龍之介の死／一挿話

『人のこと自分のこと』角川書店　一九五五年五月刊

「漱石発狂」の報告者／漱石文庫／漱石半身像／漱石のうちの猫／漱石と寅彦／寅彦と死相／寅彦と俳諧／寅彦と羽子板／「御髭」／松根東洋城のこと／青春記／写真／安倍のこと／眼鏡／アンシュリアム／森田草平／『実説艸平記』／誤植／誤伝の経路／チョッキのまぼろし／白髪／野上の死／野上のこと

編集付記

一、本書は、著者による夏目漱石とその門下の人々に関するエッセイを独自に編集したものである。文庫オリジナル。

一、正字旧仮名遣いを、新字新仮名遣いに改め、明らかに誤植と思われる語句は訂正した。必要に応じルビを適宜追加・削除した。本文中の〔　〕は編集部による注記である。

一、各文末の日付は著者によるもの。初出が判明したものについては編集部で追記した。

一、本文中に今日では不適切と思われる表現もあるが、発表当時の時代背景と作品の文化的価値に鑑みて底本のままとした。

中公文庫

漱石先生《そうせきせんせい》と私《わたし》たち

2023年11月25日　初版発行

著　者　小《こ》宮《みや》豊《とよ》隆《たか》

発行者　安部順一

発行所　中央公論新社

〒100-8152　東京都千代田区大手町1-7-1

電話　販売 03-5299-1730　編集 03-5299-1890

URL https://www.chuko.co.jp/

ＤＴＰ　平面惑星

印　刷　三晃印刷

製　本　小泉製本

Published by CHUOKORON-SHINSHA, INC.

Printed in Japan　ISBN978-4-12-207438-5 C1195

中公文庫既刊より

各書目の下段の数字はISBNコードです。978 - 4 - 12が省略してあります。

て-8-3
漱石先生
寺田寅彦
自他共に認める別格の弟子が文豪の素顔を親愛の情を籠めて綴る。高等学校での出会いから周辺に集う人々まで。文庫オリジナル。〈巻末エッセイ〉中谷宇吉郎
206908-4

て-8-1
地震雑感／津浪と人間 寺田寅彦随筆選集
寺田寅彦
千葉俊二
細川光洋 編
寺田寅彦の地震と津浪に関連する文章を集めた。地震国難の地にあって真の国防を訴える警告の書。小宮豊隆宛震災絵はがき十葉の図版入。〈解説・註解〉千葉俊二・細川光洋
205511-7

は-28-2
二魂一体の友
萩原朔太郎
室生犀星
北原白秋主宰の雑誌投稿で出会い、生涯の親友にして好敵手となった二人。交流を描いたエッセイ、互いの詩集に寄せた序文等を集成する。文庫オリジナル。
207099-8

な-73-3
鷗外先生 荷風随筆集
永井荷風
師・森鷗外、足繁く通った向島・浅草をめぐる文章と、自伝的作品を併せた文庫オリジナル編集。巻末に谷崎潤一郎、正宗白鳥の批評を付す。〈解説〉森まゆみ
206800-1

な-73-1
麻《あざ》布《ぶ》襍《ざっ》記《き》 附・自選荷風百句
永井荷風
東京・麻布の偏奇館で執筆した小説「雨瀟瀟」「雪解」、随筆「花火」「偏奇館漫録」等を収める抒情的散文集。初の文庫化。〈巻末エッセイ〉須賀敦子
206615-1

な-73-2
葛飾土産
永井荷風
石川淳が「戦後はただこの一篇」と評した表題作ほか、短篇・戯曲・随筆を収めた戦後最初の作品集。久保田万太郎の同名戯曲、石川淳「敗荷落日」を併録。
206715-8

さ-55-2
里見弴 小津映画原作集 **彼岸花／秋日和**
里見弴
武藤康史 編
小津安二郎は里見弴の小説をよく読み、「シナリオのねたに」し、「良き友」となった。表題二作のほかに、「縁談窶」など中短篇、小津を追想したエッセイを収録。
207357-9

さ-55-3

君と私 志賀直哉をめぐる作品集

里見弴

絶交と復縁を繰り返しながら、生涯にわたる友情を育んだ二人の作家。若き志賀との交友を描く小説・随筆を初集成。文庫オリジナル。〈解説〉麻井 朝

207364-7

う-9-4

御馳走帖

内田百閒《ひゃっけん》

朝はミルク、昼はもり蕎麦、夜は山海の珍味に舌鼓をうつ百閒先生の、窮乏時代から知友との会食まで食味の楽しみを綴った名随筆。〈解説〉平山三郎

202693-3

う-9-10

阿呆の鳥飼

内田百閒

鶯の鳴き方が悪いと気に病み、漱石山房に文鳥を連れて行く……。『ノラや』の著者が小動物たちとの暮らしを綴る掌篇集。〈解説〉角田光代

206258-0

う-9-11

大貧帳

内田百閒

お金はなくても腹の底はいつも福福である――質屋、借金、原稿料……飄然としたなかに笑いが滲みでる。百鬼園先生独特の諧謔に彩られた貧乏美学エッセイ。

206469-0

う-9-15

追懐の筆 百鬼園追悼文集

内田百閒

夏目漱石、芥川龍之介ら文学者から、親友・宮城道雄、学生、飼猫クルツまで。哀惜をこめてその死を悼み、思い出を綴る。文庫オリジナル。〈解説〉森まゆみ

207028-8

う-9-16

蓬莱島余談 台湾・客船紀行集

内田百閒

台湾へもう一度行き度くて夢に見る様である――友人に招かれ鉄路で縦断した台湾をはじめ、日本郵船での太平洋戦争直前の客船紀行を集成。〈解説〉川本三郎

207165-0

う-9-5

ノラや

内田百閒

ある日行方知れずになった野良猫の子ノラと居つきながらも病死したクルツ。二匹の愛猫にまつわる愛情と機知とに満ちた連作14篇。〈解説〉平山三郎

202784-8

う-9-6

一病息災

内田百閒

持病の発作に恐々としつつも医者の目を盗み麦酒をがぶがぶ……。ご存知百閒先生が、己の病、身体、健康について飄々と綴った随筆を集成したアンソロジー。

204220-9

各書目の下段の数字はISBNコードです。978－4－12が省略してあります。

い-38-3
珍品堂主人 増補新版
井伏鱒二
風変わりな品物を掘り出す骨董屋・珍品堂を中心に善意と奸計が織りなす人間模様を鮮やかに描く。関連エッセイを増補した決定版。〈巻末エッセイ〉白洲正子
206524-6

い-38-4
太宰治
井伏鱒二
師として友として太宰治と親しくつきあった井伏鱒二。二十年ちかくにわたる交遊の思い出や作品解説など太宰に関する文章を精選集成。〈あとがき〉小沼 丹
206607-6

ち-8-11
開化の殺人 大正文豪ミステリ事始
中央公論新社編
佐藤、芥川、里見に久米。乱歩が耽読した幻のミステリ特集が、一〇四年の時を超えて甦る！「犯罪と怪奇への情熱」に彩られた全九篇。〈解説〉北村 薫
207191-9

ち-8-13
作品集 講釈場のある風景
中央公論新社編
漱石、荷風の随筆から寂聴の短篇まで。講談専門の寄席「講釈場」や講談師たちを描いた明治・大正・昭和期の小説・随筆を集成。〈対談〉神田伯山・長井好弘
207274-9

ち-8-16
対談 日本の文学 素顔の文豪たち
中央公論新社編
森鷗外、夏目漱石、芥川龍之介、谷崎潤一郎、太宰治……文豪の家族や弟子が間近に見たその生身の姿を語る。全集『日本の文学』の月報対談を再編集。全三巻。
207359-3

ち-8-17
対談 日本の文学 わが文学の道程
中央公論新社編
川端康成、小林秀雄、宇野千代、井伏鱒二、武田泰淳、三島由紀夫、有吉佐和子、開高健……作家が自らの作品、当時の文壇事情や交友を闊達自在に語り合う。
207365-4

ち-8-18
対談 日本の文学 作家の肖像
中央公論新社編
泉鏡花、国木田独歩、島崎藤村、林芙美子、柳田国男、菊池寛、稲垣足穂、横光利一……全集編集委員や同時代評論家による作家論。〈解説〉大岡昇平／関川夏央
207379-1

つ-34-1
漱石の白百合、三島の松 近代文学植物誌
塚谷裕一
虞美人草、スイートピーから紅茸まで、文豪は植物をいかに描写してきたか。広大な文学作品の森に息づく草花を植物学者の視点で読み解く。〈解説〉大岡 玲
207218-3